La tentación
vive arriba

M.C. SARK

Editado por Harlequin Ibérica.
Una división de HarperCollins Ibérica, S.A.
Núñez de Balboa, 56
28001 Madrid

© 2017 María Cristina Carratalá
© 2017 Harlequin Ibérica, una división de HarperCollins Ibérica, S.A.
La tentación vive arriba, n.º 140 - 15.11.17

Todos los derechos están reservados incluidos los de reproducción, total o parcial. Esta edición ha sido publicada con autorización de Harlequin Books S.A.
Esta es una obra de ficción. Nombres, caracteres, lugares, y situaciones son producto de la imaginación del autor o son utilizados ficticiamente, y cualquier parecido con personas, vivas o muertas, establecimientos de negocios (comerciales), hechos o situaciones son pura coincidencia.
® Harlequin, HQN y logotipo Harlequin son marcas registradas por Harlequin Enterprises Limited.
® y ™ son marcas registradas por Harlequin Enterprises Limited y sus filiales, utilizadas con licencia. Las marcas que lleven ® están registradas en la Oficina Española de Patentes y Marcas y en otros países.
Imágenes de cubierta utilizadas con permiso de Fotolia.

I.S.B.N.: 978-84-687-9986-5
Depósito legal: M-11346-2017

A mi familia y amigos

Prólogo

¿Creéis en la buena suerte?
Hasta la fecha yo no pensé que fuera una persona afortunada, ni por supuesto, tampoco lo contrario. Siempre me he considerado optimista y he perseverado para ponerle al mal tiempo buena cara y, cuando algo me ha hecho caer, me he levantado, he sacudido mis ropas y he seguido adelante. Quizá eso me hacía pensar que la mala suerte no existía, que cada uno escribía su propio destino, pero los últimos acontecimientos están haciéndome creer que estaba equivocada. Llevo una racha...
Últimamente, más veces de las que quisiera, he deseado convertirme en la Mujer Invisible y poder así desaparecer sin dejar huella.
Me caí en mitad de la calle y fui a parar al único charco de barro que había en el asfalto; se me rompieron los pantalones al encontrarme un clavo oxidado en un banco del Retiro. Con la de bancos que hay y la cantidad de gente que los usa... pero me tocó a mí. Qué bien, ¿verdad?
¿Sigo? Esta es muy buena, hace dos semanas tuve que cortarme el pelo «a lo chico» porque a alguien se le ocurrió pegar un chicle en el respaldo de la butaca

del cine. Ni con los baños de aceite que recomendaba Google conseguí quitarlo, tuvieron que raparme la nuca sin piedad.

Y el caso es que estoy temblando porque presiento que «esto» no ha hecho más que empezar.

Capítulo 1

–¿Pero quieres parar y dejarles trabajar?

Samantha se agitaba inquieta mientras el enfermero envolvía su pie, tobillo y pantorrilla con una suave capa de algodón.

–No les dejes, Claire. ¡Me van a escayolar!

Claire se echó las manos a la cabeza. Hacía tan solo unos minutos que había conseguido llegar a la clínica tras la llamada de su vecina y amiga, Samantha, y todavía no conocía los detalles. La joven, demasiado nerviosa, le había dado un montón de explicaciones inconexas sobre el motivo por el que se encontraba ahora mismo en esta situación, pero el caso es que allí estaba, sentada en una camilla con el segundo metatarso del pie fracturado y al borde de un ataque de nervios.

–¡No puedo pasarme dos meses con esto puesto, atada a mi sofá!

–¡Sam, cálmate! No serán dos meses, ya lo verás, deja que este hombre trabaje con tranquilidad o cuando te quiten el yeso tendrás el pie del revés.

Poco a poco la tensión en los músculos de Samantha se fue relajando. Derrotada, inclinó la cabeza y comenzó a llorar en silencio. Claire se sentó junto a ella, la rodeó con sus brazos, dejó que se apoyase sobre su pecho y, como una madre, le retiró el flequillo de la cara y le habló con voz dulce.

—¡Vamos, Sam! No te agobies, no pasa nada. Shhh...

Tuvo que soltarla, el asistente que estaba preparando el grueso vendaje le pidió que se tumbara boca abajo. Iban a ponerle escayola solo en la parte de atrás.

Le colocaron el pie en ángulo recto y le envolvieron la pierna, hasta casi la rodilla, con una pesada manta de tejido, mojada y caliente, que moldearon con la ayuda de las manos para ajustarla a su pantorrilla, tobillo y pie. En esa posición la hicieron esperar y, cuando tras unos minutos comenzó a secar y a adquirir consistencia, le colocaron una venda elástica que fijaba, sin apretar, el tejido a su piel.

Si empezó protestando y lamentándose, el tiempo invertido en el proceso y la voz suave de la enfermera acabaron por calmarla, y cuando terminaron de enyesarla su rostro solo mostraba resignación.

Dos veces tuvo que decirle Claire que abriera los ojos, y no porque Samantha fuera rebelde, es que tenía todos los mecanismos de defensa activados. Si hay algo que no ves, simplemente no está.

Cuando tuvo valor para mirar se encontró con que su pierna derecha estaba envuelta con un vendaje abultado hasta la rodilla, y tan solo se le veían las puntas de los dedos del pie. Con los ojos a punto de que, de nuevo, le saltasen las lágrimas, tocó ligeramente la tela del pantalón, la pernera era estrecha y habían tenido que cortarla hasta el muslo. No fue capaz de decir nada, la histeria del principio había dado paso a la calma, una mansedumbre poco habitual se había apoderado de ella.

La procesión iba por dentro, le faltaba nada para comenzar de nuevo a llorar.

Una vez que todo hubo terminado, la sentaron en una silla de ruedas, le dieron un gran sobre con su radiografía y, junto a la puerta de la calle, esperó con su amiga a que el taxi que habían llamado hiciera su aparición.

Antes de salir, Ana, la secretaria del doctor Lamaignere, tuvo con ella unas palabras amables: que no se preocupase, que se recuperase pronto, que era una rotura sin importancia y allí estaban los mejores médicos... Sam asintió sin poder articular palabra y con la cara desencajada.

Mientras le hablaban, Claire la observaba. Su, ahora demacrada, cara de niña; su pelo corto y rubio, desordenado y rebelde, y sus ojos grandes del color del café todavía enrojecidos por el llanto mostraban un aspecto de Samantha que ella no conocía; se la veía vulnerable. Y, aunque permanecía sentada con la espalda recta y orgullosa, y mantenía la cabeza con la barbilla alta, su mirada perdida daba mala espina. Esa falsa serenidad... Samantha era cualquier cosa menos una persona fría o indiferente. Estaba claro que se contenía, pero estaba a punto de derrumbarse.

Una vez en el taxi, Claire volvió a la carga, pero a pesar de sus palabras de ánimo, a Sam le costaba hablar. Era su primer día y, ese trabajo, aunque alejado de sus miras profesionales, le había llegado como un regalo. Para seguir viviendo en Madrid ella necesitaba encontrar una ocupación, la que fuera, y ser recepcionista en una clínica de medicina deportiva de alto *standing* no era fantástico, pero le iba a dar de comer. Y ahora...

—¡Anímate, Sam! No ha sido grave. Podías haberte roto la cabeza.

—¿Crees que me despedirán?

—Yo no entiendo de esas cosas, pero es un accidente laboral. Y ya has escuchado a Ana, no debes inquietarte por nada.

Se hizo el silencio de nuevo.

La mayor preocupación de Sam no era tener un pie escayolado, eso solo era un incordio. El dolor que sentía no era físico, la congoja que la acompañaba se debía a tener la sensación de haber perdido una oportunidad. Volver a su casa, al pueblo, no era negociable. No ahora. No es que renegase de sus orígenes, no era por eso. Ella estaba orgullosa de ser quien era y de venir de un lugar remoto y apartado, perdido en la sierra. Era solo que necesitaba la oportunidad de medrar que le brindaba la gran ciudad. Cuando regresara, que de seguro lo haría, sería con un buen trabajo y una vida completa. Necesitaba demostrarles a sus padres que su sacrificio por darle unos estudios había merecido la pena. Ahora, volver significaría ser de nuevo una carga. Sabía que ellos la acogerían con ganas, sobre todo su madre, para la buena mujer era un suplicio que Samantha estuviera lejos de casa y se preocupaba en exceso, pero la joven quería sentir que no había fracasado, al menos, no del todo. Ahora las cosas no le iban como a ella le gustaría, pero iban a mejorar, estaba segura.

No pudieron hablar mucho más; el trayecto duró lo que se dice un suspiro. La clínica estaba en la entreplanta de un edificio del paseo del Prado, justo frente al Jardín Botánico. Ellas vivían en el castizo Barrio de las Letras. Las dos jóvenes compartían edificio en una callejuela próxima a la plaza de Santa Ana; Claire, en un pisazo heredado de su abuela; Sam, en un pequeño apartamento de alquiler. La casualidad las había convertido en vecinas y el roce, en amigas.

Cuando el taxi paró en la misma puerta, la calle se vio aún más estrecha. Las puertas abiertas del vehículo casi tocaban las fachadas de los edificios. Claire, muy solícita, la ayudó a bajar y a manipular las muletas que le habían proporcionado en la clínica, mientras repetía una y otra vez las palabras del médico: «Ni se te ocurra apoyar el pie».

Menudo fastidio.

Claire la miró muy seria. En realidad, no había dejado de observarla desde que fue a recogerla. En circunstancias normales su vecina era un polvorín a punto de estallar; una de esas personas con hiperactividad que es capaz de hacer varias cosas a la vez sin despeinarse. Y ahora... Pobrecilla, caminaba cabizbaja concentrada en apoyar las muletas de manera correcta. Sam, que siempre mostraba su cara más sonriente, ahora tenía el rostro serio y descompuesto.

Además, había trabajado muy duro, no se merecía esto.

Primero los recortes de presupuesto del museo que hicieron que sus prácticas no derivasen en un contrato más largo −Samantha había estudiado en la Facultad de Bellas Artes el grado de Restauración y Conservación del Patrimonio Cultural y le habían «prometido» que prolongarían allí su estancia si hacía bien su trabajo−. Aunque le dieron tan buenas referencias que después consiguió un empleo temporal en una fundación privada. Pero fue solo eso: temporal.

Meses más tarde la suerte le sonrió de nuevo y la contrataron en un taller de recuperación de mobiliario viejo, muy por debajo de sus conocimientos, en el que las piezas restauradas iban directas a tiendas selectas de interiorismo. Ahí estuvo tres años, bastante tiempo, pero la crisis hizo que cerraran y que, de nuevo, Samantha se encontrase en el paro a la búsqueda de algo que le permitiera quedarse en la capital. Y, cuando por fin había encontrado un trabajo sencillo, pero bien remunerado ya que era una clínica de medicina deportiva de alto *standing*, tenía la mala suerte de romperse el pie el primer día. Nada más entrar.

Era una mala jugarreta del destino y, desde luego, no se lo merecía en absoluto.

Pero Sam no se había quejado ni una sola vez, ni cuando en la fundación prescindieron de sus servicios, ni cuando su amigo Mikel tuvo que cerrar el taller –tenía una moral a prueba de bombas– y, por ello, a Claire le dolía verla tan alicaída.

Una vez entraron al portal, las dos jóvenes se dieron cuenta, al mismo tiempo, de que tenían un problema. Al pequeño apartamento de Sam no se accedía ni por el bonito ascensor de madera escondido tras una ornamentada reja, ni por la fabulosa escalera de mármol blanco que arrancaba desde el patio vecinal. Su piso estaba en la azotea y tan solo se podía llegar a él por la escalera de servicio, antaño usada por los sirvientes de aquel magnífico caserón y hoy en desuso, salvo para Sam. Ante ellas había un obstáculo difícil de salvar.

–¿Y ahora, qué? –murmuró Samantha levantando el mentón para, a través del hueco de la escalera, recorrer con su mirada un pasamanos que parecía ascender hasta el infinito.

A su lado, Claire miraba hacia arriba imitando a su vecina, pero algo debió de ocurrírsele, porque volvió sobre sus pasos hasta el interfono de la entrada. Pulsó uno de los timbres y esperó. Samantha se rio por lo bajo, ya imaginaba a «quién» estaba llamando. Y es que en aquel antiguo caserón había pocas posibilidades, la mayoría de los que allí vivían debían de tener más años que aquellas paredes.

No se equivocó.

En menos de un par de minutos, unos pasos amortiguados que llegaban desde el patio interior, por el que se accedía al resto de las viviendas, anunciaban la llegada de Rodrigo, uno de sus vecinos. Bueno, en realidad el «vecino» por excelencia, ese que te alegra el día con solo una mirada y una sonrisa.

Rodrigo, Rodrigo... Brasileño de ascendencia alemana, su padre le había legado, además de un cabello rubio natural, altura, complexión atlética, una estructura ósea facial perfecta y unos ojos azules de ciencia ficción. La parte materna tampoco le había dejado sin herencia, su madre, una italiana apasionada y hermosa, le había cedido, además de su carácter impetuoso y abierto, unos labios carnosos y sugerentes y una sonrisa fácil. Podría ser modelo si quisiera, eso lo había asegurado Claire una y otra vez, y ella conocía el mundillo, pero era sobrecargo en unas líneas aéreas. La de baberos que tendrían que repartir entre el pasaje.

—Pero ¿qué te ha pasado, Samantha? —Su dulce acento, acompañado de cierto arrastre en las palabras, arrancó un leve suspiro en Claire que resonó multiplicado por diez al encontrarse encerrados entre cuatro paredes.

Rodrigo la miró un segundo antes de volverse de nuevo hacia Sam, mientras simulaba no haber escuchado nada.

—A ver si tú consigues que te lo cuente —respondió Claire mientras le miraba embobada—, porque yo no le he arrancado más de cuatro palabras.

—Me gustaría subir y sentarme, si no os importa.

Rodrigo le quitó las muletas y se las entregó a Claire, mientras Samantha, en posición de flamenco, empezaba a poner cara de susto al ver las intenciones del brasileño.

No se equivocaba. Él iba a cogerla en brazos.

—No vas a poder subirme. Son cuatro pisos.

—Tranquila, si no puedo contigo pediré que me devuelvan el dinero en el gimnasio. —La cargó como si fuera una pluma—. ¡Por Dios, Sam! ¿No crees que deberías comer de vez en cuando? Si no fuera por el vendaje pensaría que he levantado un algodón de esos que venden en las ferias. ¿Cuánto pesas?

—Eso a ti no te importa, querido —protestó antes de sacarle la lengua, lo que arrancó de forma inmediata una sonrisa en el brasileño.

Durante un pequeño instante, Sam volvía a ser Sam.

Claire empezó a poner morritos al ver que la excluían de la conversación. No es que estuvieran ligando, no era eso, tan solo eran bromas inocentes, pero desde hacía algún tiempo le había echado el ojo a Rodrigo y lo quería para ella. Aunque no parecía conseguir nada, él ni la miraba, y la complicidad que en esos momentos tenía con su vecina no le permitía lucirse como era debido.

Carraspeó y ninguno de los dos hizo caso; siguieron con su conversación como si nada, así que, enfurruñada, les siguió mientras subían por la escalera.

No es que Rodrigo y Samantha se conocieran tanto, era tan solo que el trato con el sobrecargo era muy fácil. En realidad, no llevaba mucho viviendo allí y, por su profesión, pasaba poco tiempo en casa. Lo veían un día y desaparecía tres. Llegaba una noche y salía temprano al día siguiente. Y, si pasaba un fin de semana completo en su piso, se encerraba en él y ya podían caer truenos y centellas, que apenas le veían siquiera asomar la cabeza. Pero, aun así, siempre tenía una palabra amable y una sonrisa cuando te cruzabas con él en la escalera o el zaguán, y todas las vecinas lo miraban y saludaban encantadas.

Algunas veces, Claire y Samantha lo habían comentado: les intrigaba para qué había alquilado un piso allí si nunca lo utilizaba, pero lo que más curiosidad les producía era verle siempre tan solo y melancólico. Era encantador, risueño, educado, aunque esquivo en su vida privada, y eso se había convertido en un gran reto para Claire.

Claire.

La niña rica y mimada que había heredado de su abuela un pisazo en pleno centro de Madrid. Alta, guapa, delgadísima, con estilo... Modelo en sus ratos libres, aunque no lo necesitara –era de buena familia y sus padres atendían todos sus caprichos–, y con un armario que haría palidecer a cualquier compradora compulsiva, lleno de Armanis, Hermès, Prada, Chanel y todas las marcas imaginables dentro de la alta costura y el *prêt a porter.*

Ingredientes dispares, Rodrigo y Claire, que en ese instante estaban pendientes de Samantha como si fueran su familia.

La joven los miró agradecida, era bueno no sentirse sola.

Cuando Sam estuvo sentada confortablemente en su sofá, Rodrigo insistió con un matiz de voz algo más serio:

–Y bien, ¿qué te ha pasado?

Samantha lo miró con recelo, le daba corte contar cómo había sucedido. Era tan ridículo. Los hombros se le hundieron un poco más mientras sus vecinos la miraban expectantes. Cada vez se sentía más patosa y gafe. Se puso tan nerviosa que a punto estuvo de empezar a llorar, y Rodrigo, al ver su carita de niña asustada, se sentó a su lado con la intención, no de presionarla, sino de darle su apoyo incondicional.

–Entré a la clínica y resbalé –dijo por fin. Claire y Rodrigo clavaron sus ojos en ella y eso le hizo morderse el labio–. Aún no estaban encendidas todas las luces de la recepción, estaban limpiando y el suelo seguía mojado... –No sabía qué más excusas poner. Cada palabra que añadía le hacía parecer más tonta.

–¿Y por eso te rompiste el pie? ¿Solo por resbalar? ¿Y todo el café que llevas en tu chaqueta?

Aunque fue una batería de preguntas lanzadas un tanto a quemarropa, Rodrigo no las hizo por atosigarla, sino con un ligero tono de preocupación.

Samantha se miró. Con el pantalón cortado a tijeretazos y la chaqueta llena de lamparones tenía una pinta extraña.

–No exactamente. –Al final se decidió a contarlo todo–. Entré patinando hasta el mostrador, choqué contra él y me caí de espaldas. La bandeja con los cafés que estaba encima voló por los aires y terminó haciendo un picado en barrena que acabó sobre mi pie.

–Pues fue una suerte que no te quemases.

–Sí, lo fue.

Mientras Rodrigo la animaba como podía, Claire, al otro lado del saloncito, se esforzaba por mostrarse desenfadada y despreocupada, a la vez que distante y divina. Aunque, a pesar de su empeño por parecer natural, su afectación era incluso más teatral que cuando posaba ante las cámaras.

Sam, a pesar de que se encontraba muy agobiada, no pudo sino sonreír al percatarse de las posturitas de su amiga: cabeza ladeada, melena cayendo «casual» sobre su hombro, con el cuerpo echado hacia atrás y apoyada como si tal cosa sobre la barra de la cocina... Agachó la cabeza y escondió el rostro, no era plan de que el brasileño la viera y pensara que se había vuelto majara. Rodrigo, por el contrario, lo interpretó como desconsuelo y le apretó la mano para reconfortarla. Eso le dio aún más risa.

El teléfono del sobrecargo sonó y, excusándose mientras se levantaba, le dio todos los ánimos posibles y le aseguró que, entre sus idas y venidas, haría lo posible por ayudarla. Al verle salir del apartamento, Sam encontró cierto alivio, ya podía reírse a gusto. Desde luego, lo de su amiga Claire no era normal.

Cuando consiguió recuperar la compostura la miró y hubo cierto entendimiento; estaban sorprendidas. Rodrigo era una persona abierta y amigable, eso ya lo sabían, pero era la primera vez que se sentaba en aquel sofá y formaba parte del grupo. Claire estaba feliz, aunque no hubiese sido ella la causa de sus atenciones.

–¿No vas a llamar a tus padres? –preguntó la modelo de improviso. Ella no se sentía atada a su familia, pero sabía que, aunque Sam se pasase la vida protestando por la vida gris de su pueblo, les añoraba con desesperación.

Samantha se mordió el labio con saña.

–Creo que no les diré lo que me ha sucedido. Sería la excusa perfecta para tenerme a su disposición; no puedo correr –aclaró con una débil sonrisa–. Además de que para ellos sería una faena tener que prescindir de unas manos en el hotel rural si mi madre decide venir a Madrid. Con la primavera y Los Maios seguro que están a tope.

–A lo mejor a ella le gustaría pasar una temporada aquí.

–Eso sería peor aún. Además de que «esto» –recalcó mientras daba una mirada de ciento ochenta grados a su pequeño apartamento– es muy pequeño para las dos.

–¡Anda ya! Un par de días uno se apaña como puede.

–No conoces a mi madre. No serían un par de días.

Claire dudó, pero al final propuso:

–También podríais quedaros en mi casa.

Samantha sonrió, sabía lo que le había costado a su vecina pronunciar las palabras. Un par de paletas de pueblo no entraban en su cosmopolita vida llena de amigos, fiestas, entradas y salidas. Pero a pesar de las diferencias entre ellas, Claire era lo más parecido a una amiga que tenía en la capital y había sido un bonito detalle que le cediera parte de su intimidad.

–No, mujer, no es necesario, pero gracias.

En ese momento Rodrigo asomó la cabeza, dijo que tenía que salir, pero que volvería por la tarde. Con acierto propuso que, para que Sam no tuviera que levantarse a abrir, dejasen una llave bajo el felpudo. Les guiñó uno de sus ojazos –Claire le miraba encandilada– y cerró la puerta dejándolas solas.

–En fin, Samantha, yo también me marcho –murmuró la modelo–. Volveré a la hora de comer.

Adiós familia postiza.

Tan pronto como su vecina cerró la puerta, la joven fue consciente de que ni siquiera se había cambiado de ropa y no estaba muy presentable que digamos. La chaqueta era una mala imitación de un óleo de un pintor expresionista y tenía una pernera del pantalón cortada a tijeretazos hasta la rodilla. Ya podían haber aprovechado la costura para que ella pudiera coserlos después. Se quitó la americana y la dejó en el brazo del sofá, y al mirarse se dio cuenta de que la blusa blanca que llevaba debajo también había recibido impactos de café.

Una cabecita peluda de orejas puntiagudas se asomó en ese momento detrás de la mesa de centro. A Sam le cambió la cara de resignación a otra de adoración total.

–¡Pepe! Ven aquí, anda. ¡Ven, cariño!

De un saltito el pequeño gato atigrado subió a la mesa, pero cuando Samantha extendió sus brazos para cogerlo, el animal salió corriendo en dirección opuesta.

–Nadie me quiere. –Y tras decir esa frase con resignación, una conexión en su cerebro le hizo bailotear sentada en el sofá mientras canturreaba el resto de la estrofa–. Nadie se preocupa por mí.

Eso la animó un poco, pero cuando volvió a mirar la chaqueta colgada en el lateral del sofá gruñó con rebeldía, se levantó y cogió las muletas. Tenía que cambiarse como fuera.

Pero una vez de pie, tras ese efusivo arranque, fue consciente de que su cama, su armario y sus cosas estaban sobre la plataforma que dividía el alto techo en dos alturas. Impensable con escayola y muletas subir por aquella escalera. Ya se había roto un pie, lo menos que quería ahora era tener que visitar al dentista.

Con gran esfuerzo, mientras intentaba no apoyar el pie fracturado y coordinando a la vez el resto de extremidades con las muletas para no caerse, se acercó a la barra que separaba la cocina del resto de su casa. Al llegar se apoyó y miró atrás. Apenas había cuatro metros, pero le parecía haber corrido una maratón. Tenía que llegar hasta la puerta de entrada. Junto a ella, tras un panel deslizante, se ocultaba la lavadora, la secadora, el termo eléctrico y el cesto de la ropa sucia. Creía recordar no haber guardado la ropa que lavó el día anterior.

–Vamos, Sam –se animó–. Es un pequeño paso para el hombre, pero un gran paso para la humanidad.

Ante la estupidez por lo que había dicho volvió a sonreír.

A trompicones llegó hasta la zona de lavado. Estaba de suerte, la secadora tenía ropa limpia en su interior. Sacó un pantalón de chándal y una camiseta bastante arrugada, y como pudo, se cambió en mitad del salón.

Se miró en el espejo de la entrada. Ya se sentía mejor.

Seguía viéndose rara con aquel pelo tan corto…

Pepe pasó junto a ella como una exhalación, se enredó con las muletas que aún estaban apoyadas en pared y corrió aún más deprisa cuando sintió que caían sobre él.

Samantha suspiró.

Cómo iba a sobrevivir a esa situación se le antojó difícil. Iban a ser unas cuantas semanas muy duras.

Capítulo 2

Samantha se confió.
Debería haber seguido sus instintos primarios y haber llamado a un chino, a un japonés o a un restaurante italiano para que le trajeran algo de comer –era una desgracia como otra que su nevera estuviera vacía el mismo día que ella sufría un accidente, había pensado pasar por el súper al salir del trabajo, mas no pudo ser–, pero creyó que Claire le traería algo apetitoso para comer.
En eso no se equivocó, la modelo lo trajo, aunque no era para nada lo que ella esperaba.
–¿*Macarons*?
–¿No te gustan? –preguntó su vecina con cara que presagiaba que una contestación negativa se consideraría un sacrilegio.
–Sí, sí. Claro que sí –respondió Samantha en tono conciliador. «Solo que me hubiera venido bien algo más prosaico como, por ejemplo, un bocadillo de jamón».
Al abrir la caja sintió cómo los ojos de la modelo le daban un buen repaso al interior. Su amiga no dijo nada, ni siquiera la expresión de su cara cambió, pero Sam casi pudo ver cómo se relamía en lo más profundo.
–¿Quieres uno?
Los ojos de Claire mostraron espanto.

–¿Yo? ¿Estás de coña? No tengo hambre, vengo de tomar «unos aperitivos» con mis amigas.

«Aperitivos... Seguro que se han sentado en una terraza y han pagado a precio de champán alguna botella de agua procedente de un acuífero virgen, de algún paraje natural de Noruega».

Sam cogió un *macaron* de un estridente color amarillo y lo mordisqueó.

–Mis preferidos son los de color rosa –admitió Claire.

–¿De verdad que no quieres ninguno?

–No.

Samantha cerró la caja para evitar que los ojos de su vecina se llenaran de lágrimas –se sentía como si se estuviera comiendo a sus propios hijos–, se terminó el dulce que tenía en la mano y dijo:

–La verdad, no tengo mucha hambre. Creo que los guardaré para cenar.

–Bueno, ¿y qué tal la mañana?

–Aburrida.

–¿No ha regresado Rodrigo? –La pregunta sonó casual, pero no tenía nada de inocente.

–No.

–En fin –murmuró levantándose antes de echar una última mirada a la bonita y elegante caja de dulces–, a ver si se me ocurre algo que te pueda entretener. ¿No tienes perfil en ninguna red social? Cotillear lo que hacen los demás es divertido.

–Me hice uno, pero debe de tener telarañas. Ya sabes que casi no paro en casa, Claire, y mi móvil no tiene Internet. –La cara de horror de la modelo le hizo añadir–: Quizá haya llegado el momento de renovarlo.

–Te dejo. Me pasaré esta tarde cuando vuelva, he quedado con Carmen para ir de compras, pero no creo que nos entretengamos mucho. –Sin decir nada se acercó hasta la nevera, sacó una botella de agua mineral y la dejó al alcance de Sam junto con un vaso–. Por si acaso –dijo ante la mirada estupefacta de su amiga. Le dedicó una de sus bonitas y dulces sonrisas y se marchó.

«A veces hasta creo que me quiere», pensó Samantha mientras observaba la botella que había dejado a su alcance, «pero necesito comer algo de verdad».

Cuando el sonido de los tacones de la modelo dejó de escucharse, le faltó tiempo para estirarse hasta coger el teléfono y su portátil. La fractura no dolía, el golpe había sido tan certero y limpio que ni siquiera sentía el pie hinchado, aunque lo tenía, pero moverse con aquello descompensaba su cuerpo, era engorroso y pesado.

Buscó en Internet y localizó una pizzería cercana, y estaba marcando el número cuando un par de golpes, seguidos de un «¿Puedo pasar?» de una voz varonil conocida, le alegraron el día.

–¡Claro, Rodrigo! ¡Entra! Claire ha dejado una llave bajo la alfombrilla.

Aún no había terminado la frase cuando la cerradura giró y su guapo vecino asomó la nariz.

–La tenía en la mano, pero no sabía si estarías visible u ocupada.

–Anda, pasa.

La sorpresa, cuando se abrió del todo la puerta, fue mayúscula. En el descansillo había dos bolsas enormes llenas de comida. Y aunque, desde donde estaba, lo único que vio fue un matojo verde de unos tallos de puerro que sobresalían de una de ellas, se le hizo la boca agua.

–¿Has comido?

–Sí, no.

–¿En qué quedamos?

–Claire me ha traído *macarons*. Estaba marcando el número del italiano de la esquina.

Rodrigo sonrió y todavía fue más un ángel ante sus ojos.

–Pues yo no he comido, así que con tu permiso me voy a adueñar de la cocina. Solo sé preparar cuatro cosas, pero te aseguro que las hago de forma muy digna.

Aquello le sonó a música celestial y, casi con lágrimas en los ojos, acompañadas de un rugido de su estómago, asintió y dejó el móvil sobre la mesilla.

Ver a Rodrigo moverse en su diminuta cocina le resultó inquietante, el brasileño parecía un elefante en una cacharrería. Él vivía justo en el piso de abajo y, aunque Samantha no lo había visto, estaba segura de poder afirmar que su casa entera cabría en una sola de sus habitaciones.

El gran edificio en el que vivían tenía casi doscientos años y en sus orígenes se proyectó como un hotel de lujo. A mitad de su construcción lo compró un acaudalado hombre de negocios y lo transformó en una única vivienda, y con el paso del tiempo y por temas de herencias, se subdividió en grandes pisos que miraban a un patio interno, grande y silencioso, en cuyo interior había un pequeño jardín. Ese patio, al estar techado con una enorme estructura de hierro y cristal, tenía cierto aire a invernadero íntimo y exótico. Allí, los sonidos de la calle llegaban amortiguados y la luz solar se extendía tamizada a todas las casas.

Era un edificio precioso.

Rodrigo vivía en uno de esos pisos enormes de grandes habitaciones de techos altos, puertas dobles de acceso con cristal superior lacadas en blanco y suelos de antigua madera o baldosa hidráulica, o ambas, mezcladas con gusto y esmero. La casa de Sam también tenía sabor añejo, con un tejado abovedado en el que quedaban vistas las antiguas vigas de madera, pero se encontraba ubicada en lo que fue el antiguo palomar. Por eso era tan pequeñita.

Sam sonrió. El sobrecargo estaba en su casa preparando la comida. Vivir para ver.

Ese mediodía en su compañía supo más cosas de él que en los dos meses que llevaba viviendo en el piso de abajo. Mientras el brasileño cocinaba habló sin parar.

Habló de sus padres, del poco tiempo que vivió en Brasil, de lo que le costó adaptarse a su nueva vida en Barcelona, de sus estudios, de su trabajo y de que en esos instantes disfrutaba de unos días de vacaciones.

Treinta y cinco años resumidos en poco más de una hora.

El vino blanco gallego fresquito que acompañó al plato de pasta con almejas que cocinó el sobrecargo les hizo hablar de otros asuntos algo más personales.

Samantha se quejó del tema laboral, de los altibajos que había tenido en su vida profesional y lo que le había costado encontrar algo decente para continuar viviendo en Madrid.

Rodrigo, con el corazón en la mano, acabó confesando que estaba superando una ruptura y que por eso había cambiado de compañía aérea y se había venido a vivir a Madrid, no contó mucho más, se notaba que dolía, pero también que era una liberación poder contarlo. Con toda seguridad no había tenido demasiadas oportunidades para hacerlo y, por ello, Sam le dejó hablar. Tras el desahogo, el sobrecargo se sintió un poco incómodo, la euforia del vino había remitido y él sentía que había hablado de más, pero al mismo tiempo había conseguido soltar algo de lastre y con ello aligerar su maltrecho corazón.

A media tarde la dejó para volver a su piso y a Sam

se le partió el alma. La visita fue tan bien recibida y su vecino tan encantador, que se sintió como si hubiera estado hablando con un hermano, uno que nunca tuvo. Porque, sí, Rodrigo podía ser un bombonazo, pero no resultó ser ni engreído ni aprovechado (cuántos prejuicios ante un hombre atractivo), con ella fue de lo más cordial y en ningún momento se sintió incómoda o intimidada por estar a solas con él.

Para Samantha aquel inicio de amistad fue todo un descubrimiento.

Sam pasó el resto de la tarde pensando en qué ocupar su tiempo. Recibió un par de llamadas de sus compañeros de trabajo que se interesaban por su estado y que respondió con vergüenza por lo ocurrido, pero nada más. Buceó en las redes, buscando tonterías en Internet y haciendo la compra, pero hasta eso acabó por aburrirle.

Pasadas las ocho, Claire entró sin llamar.

Sus mejillas estaban sonrosadas y le costó unos segundos poder hablar con normalidad.

—No me mires de esa forma, son cuatro pisos que parecen seis, y yo estoy acostumbrada al ascensor que me deja en la puerta de casa.

—Alguna ventaja tendría que tener el vivir en la parte «noble» del edificio —dijo Samantha con retintín—, pero no creo que sea tanto para ti, te pasas la vida en el gimnasio.

Con un gesto de la mano que intentó robarle importancia a sus palabras y tras un par de inspiraciones profundas, la joven respondió:

—Es que el monitor de yoga es muy mono.

«Acabáramos...».

—¿Qué tal has pasado la tarde?

–Contando los puntos del gotelé.
–¿De verdad?
Sam la miró de arriba abajo sin saber si Claire hablaba o no en serio. No era posible, ¿no? Debía de estar de broma.
La modelo sonrió y Sam respiró profundamente.
«Te está tomando el pelo, tonta».
–Te he traído algo. –En el momento que Claire dijo esas palabras, Samantha se dio cuenta de que colgando del antebrazo llevaba una bolsa de papel con algo en su interior. Todo apuntaba a pensar: tamaño, forma, peso… que era un libro.
–¡Genial! ¡Un libro! Este piso es tan pequeño que tuve que dejar mi colección en el pueblo. Aquí solo puedo permitirme una docena y ya los tengo muy releídos.
Nerviosa por el detalle comenzó a desembalarlo, pero la desilusión cortó de raíz su comentario.
«¿Un diario? ¿En serio? Solo a Claire se le podría ocurrir regalarme un diario. Ni que tuviera ahora dieciséis años».
Intentó sonreír porque sabía que su vecina observaba su reacción, pero se sentía confundida. Aquello tenía una portada en tonos de rosa bastante infantil, llena de flores y osos cargados de corazones, y en el interior las páginas estaban rayadas como para no torcerte al escribir y tenían los bordes decorados con más flores. ¿En serio esa era la imagen que proyectaba? El diario en cuestión era para alguien que tuviera, como mucho, ocho años.
–No dices nada. ¿No te gusta?
–Sí… Claro que sí. Es muy bonito, es que estoy sorprendida, no lo esperaba.
–He pensado que te gustará contarle a alguien tu experiencia y ¿a quién mejor que a ti misma?

«¿Eso va con doble sentido? ¿Es para que te deje en paz y no me queje por mi mala suerte? ¿Para qué demonios quiero yo un diario?».

A veces Samantha no sabía distinguir si Claire era una ingenua o tenía muy mala leche. Sonrió, porque era lo que se esperaba de ella, dejó el libro a un lado y preguntó:

–¿Te apetece un poco de helado? –preguntó mientras mostraba la tarrina de chocolate con trozos que Rodrigo le había llevado y a la que estaba hincando la cuchara con decisión.

La cara de Claire era contradictoria, denegó la invitación, ni muerta iba a meterse entre pecho y espalda unos cientos de calorías extra, pero que nombrase a Rodrigo le intrigó tanto como para sentarse al lado de Samantha, a pesar de tener el helado, la tentación, delante de sus narices.

Con aire de misterio, Sam le contó el buen rato que habían pasado juntos; qué Rodrigo había preparado la comida; que habían bebido vino... pero no le habló del motivo por el cual el brasileño había dejado Barcelona y se había afincado en Madrid. Esa relación, esa ruptura que le tenía aún en jaque, y que, aunque él la hubiera nombrado de pasada, se intuía que era más dolorosa de lo que podrían imaginar, y eso se lo calló. Ella no era quién para contarle a Claire los asuntos personales del sobrecargo, ya lo haría él si quisiera.

–¿No te parece raro que, de repente, sin conocerle apenas, te haya llenado la nevera y cocinado para ti?

«Sí y no. Debe de sentirse muy solo. Yo he comprendido a la primera que en su situación encontrarse con una vecina con quien hablar y cuidar puede ser hasta una bendición. Algo con lo que distraerse y variar su rutina. No ha contado mucho, pero se le veía tan alicaído, tan triste».

–Pues… –dudó en qué debía o no decir–. Vive solo, es joven… Se le ve muy abierto y cariñoso.
–No le conocemos de nada, Sam.
«Si supieras de todo lo que hemos hablado…».
–Ya, pero no sé, parece de esa gente amigable que ve un perrito abandonado y se lo queda.
No tuvo que decir ni una sola palabra más, antes de que terminase la frase, su vecina, sin darse cuenta, le arrebató la cuchara bien llena de helado y se la metió en la boca. Al principio se sorprendió, había sido un gesto mecánico, y Sam hizo apuestas mentales sobre si la modelo iría a escupir al fregadero, pero no, si en un primer momento abrió los ojos con sorpresa, después los cerró para relamerse de placer por el bocado.
La joven volvió al mundo de los vivos cuando Pepe saltó en su regazo.
El minino sabía que a Claire le asustaba su presencia y, el muy ladino, aprovechaba cualquier despiste para subirse sobre ella. La modelo se levantó de golpe, pero él se aferró con las uñas a su blusa y trepó hasta su hombro. Las voces de Sam y los gritíitos histéricos de Claire hicieron que saltase a la mesa, de ahí al suelo, y corriera como si le persiguiese el mismísimo diablo hasta el piso superior. Con toda seguridad para esconderse bajo la cama.
–¡Tranquila! No llores, ya se ha ido.
–No estoy llorando –protestó mientras un lagrimón recorría su mejilla–. Pero no entiendo por qué ese bicho tuyo me tiene manía.
–No lo sé, Claire. En realidad es muy tímido, cuando viene alguien siempre se esconde. Debe de ser que le gustas.
–Sí, claro.
–¿No te ha arañado, verdad?
–No, no. Estoy bien.

—Esa mirada asesina no dice que estás bien.
Claire inspiró y expiró un par de veces y recogió su bolso de manera digna.
—Hasta mañana, Sam. Me alegra verte animada.
Samantha se quedó pensativa viendo cómo Claire cerraba la puerta. Otra intervención más de Pepe y se quedaba sin amiga.
¿Y ahora qué?
Se quedó mirando el diario abandonado sobre la mesa y empezó a pensar que quizá podría serle útil para calzar alguna mesa, porque para escribir en él, ni muerta.
«¿Cómo se empezaban "esas" cosas? ¿Con un "Querido diario"? ¿O un "Cuaderno de bitácora. Día decimosegundo del mes quinto del año de nuestro señor MMXVI"?». Aquellos pensamientos le hicieron sonreír. «Quizá sería más apropiado un "Queridos Reyes Magos"».
Lo sostuvo un momento entre los dedos para observarlo mejor.
Ella le daba importancia a la armonía de su hogar y aquello era un atentado contra el buen gusto; parecía mentira que lo hubiese comprado Claire. La fabulosa y chic Claire. Además, ese tipo de cosas eran para adolescentes en plena ebullición hormonal y ella estaba a punto de cumplir veintinueve.
«¿Cómo se le ha podido ocurrir comprarme algo así?», pensó mientras lo volvía a dejar sobre la mesa.
Desde luego, vaya ideas tenía su querida vecina.

Quejas y más quejas

2 de mayo. Querido diario:
Pensé que no ibas a servirme para nada, pero creo que serás un magnífico libro de reclamaciones. A quien no le guste gruñir, quejarse y protestar, que levante la mano. ¿Nadie? Perfecto.
Mi turno.
Llevo día y medio encerrada entre estas cuatro paredes y ya estoy harta. Harta de que cualquier cosa que intento hacer me suponga un esfuerzo enorme porque parezco un barco que arrastra el ancla. Simplemente dormir fue una odisea y ducharme otra, no te digo más.
Además, estoy cansada de estar sola y hablarle a las paredes. Sí, mis vecinos se pasan de cuando en cuando, de eso no tengo queja, pero Pepe me tiene abandonada. Seguro que está repantingado sobre mi cama aprovechando que no puedo usarla.
La verdad es que podría llamar a mi madre para que viniera a hacerme compañía, pero estoy convencida de que entonces suplicaría por una pizca de intimidad. Es o blanco o negro, nada de matices de gris.
Empieza a dolerme la tripa y es que no paro de comer guarrerías. Es verdad que no me vendría mal coger unos cuantos kilos, pero a este paso, además de ponerme como un cerdito de esos que preparan para la matanza, voy a destrozarme el estómago.
En fin, que estoy harta, harta y harta.
¿Cómo voy a soportar esto un mes? ¡Quiero que me lo quiten ya! Y volver a mi rutina, a mi trabajo anodino cogiendo las llamadas y dando la bienvenida a los clientes de la clínica (digo yo que será anodino,

la verdad es que no tuve tiempo de comprobarlo), a pasear por El Retiro y visitar museos, a ir de tiendas...
   Fin de las quejas. Ya me siento mejor.

Capítulo 3

Mil cosas que se le ocurrían que podía hacer, mil cosas que no podía llevar a cabo porque tenía una pierna escayolada. Inactividad total y la sensación de vivir dentro de un bucle. Aquello era como el Día de la Marmota.

Dio una vuelta con la mirada a su pequeño apartamento y sus ojos no encontraron nada que le diese alguna idea de qué hacer.

Iba a ser otro día mortalmente aburrido.

El bullicio y la agitación se desataron en el patio interior de la vivienda, y la curiosidad (y un deseo irrefrenable por cotillear) hizo que Samantha deslizara el trasero por el sofá para llegar hasta la ventana. Desde allí arrastró una silla que le sirviera de soporte, se incorporó, flexionó la rodilla de la pierna escayolada y la dejó caer sobre el asiento, usándolo como puntal. Una vez bien apoyada dejó caer todo el peso sobre el pie bueno.

En vez de pata de palo, como los piratas, ella tenía una silla de estilo Thonet. No se molestó siquiera en poner un cojín entre su pierna y el asiento, y terminaría por tener impresos en la rodilla un sinfín de motivos geométricos. Daba igual, los ruidos de abajo eran para Sam como la luz para las polillas. Sus plegarias habían sido escuchadas, por fin algo de actividad. Era lo primero interesante que sucedía en una semana y Sam apoyó los codos en el alfeizar para observar a conciencia y no perderse nada.

Además, no pasaba nada por cotillear, en otros pisos se asomaban también cabecitas.

Sonrió. Saludó a los del 2°B y se concentró en lo que ocurría debajo de sus narices.

Operarios de una empresa de paisajismo organizaban plantas y colocaban algo de mobiliario: unos cuantos sofás, sillones, miles de cojines...

«Qué raro».

Parecía que fueran a rodar un anuncio de televisión.

Al ver al dueño de la galería de arte ubicada en los bajos del edificio tuvo una revelación. Seguro que se trataba de una exposición. Genial, eso significaba entretenimiento para todo el día.

En ese momento, Claire abrió la puerta.

—¡Buenos días!

—Son las doce ya, casi son buenas tardes, ¿te acabas de levantar? —Cuando se volvió para saludar a su vecina, no pudo evitar reírse. Tenía la cabeza metida en el piso, pero se parapetaba tras la puerta—. Tranquila, debe de estar durmiendo arriba. Ni siquiera ha bajado a comer, por las noches no para de jugar así que las mañanas las pasa derrotado durmiendo.

La modelo entró, pero no dejó de mirar alrededor.

—¿Sabes qué está pasando? —preguntó Samantha mientras señalaba hacia abajo.

—Los de la galería de arte han pedido usar el patio porque van a hacer una presentación importante. Las obras se expondrán en el interior, claro, ahí abajo lo que están montando es una especie de coctelería chic. Han invitado a todos los vecinos, ¿bajarás?

—Si aprendo a hacer descenso en rapel...

–Ja, ja. Qué graciosa eres. –En ese momento, Claire se volvió y quedó petrificada. Solo pudo dar un paso atrás para apoyarse en la pared–. Ahí viene el monstruo. No dejes que se acerque a mí.

Pepe bajaba desperezándose por la escalera. Estirándose primero hacia delante y después hacia atrás, y bostezando como si hubiera dormido un mes.

–Tranquila. De verdad que es muy sociable. Tú tócalo un poco y ya está.

–Me odia.

–No, no. No te odia. Ni lo mires.

Uno de esos milagros que ocurren a veces permitió que Samantha pudiera coger en brazos a Pepe antes de que se acercase a Claire, a la que se dirigía como una flecha. Desde esa nueva atalaya, bien atrapado por Sam, la miraba fijo, sin perderse ni un solo detalle. Incluso se revolvió para estirarse y llegar a tocarla con una de sus patas. No tenía una actitud agresiva, todo lo contrario, la miraba con adoración.

Claire respiró profundo y lo tocó con miedo entre las orejas. El animalito cerró sus ojos y comenzó a emitir un ronroneo profundo, como el sonido de un motor.

–¿Ves? Pepe es muy bueno.

Nada más decir eso la pequeña bestia anaranjada abrió los ojos y, al verla cerca, saltó a su brazo. Claire se asustó, lo dejó caer, y el pobre gato salió corriendo escaleras arriba de nuevo.

Sam negó con la cabeza y volvió a mirar hacia abajo sin darle más importancia. Lo que ocurría en el patio era mucho más interesante que la relación imposible entre aquellos dos.

La organización del evento fue la distracción ideal y Samantha se pasó todo el día colgada en la ventana. Armand (Armando para los amigos), el jefe de la galería, daba órdenes como un general y a menudo se llevaba la mano al pecho como si sintiera la opresión que precede a un ataque al corazón. Pobre hombre, a cada paso se encontraba con algo que él no había pedido o que no estaba a su gusto.

Operarios para arriba y para abajo, cargados con cajas y más cajas, paneles de madera, herramientas... El resultado de todo ese jaleo fue una barra de bar, moderna, minimalista y elegante.

Un par de electricistas colgaron guirnaldas con farolitos de luz y conectaron las neveras, mientras que el reparto descargaba en un rincón refrescos y alcohol. A media tarde llegaron los camareros y organizaron el interior de aquella barra dándole, por fin, el aspecto real de un bar.

Cuando Armand vio llegar a los que traían el hielo suspiró satisfecho, era el último e importante detalle, ahora ya podía darse un respiro, estaba todo colocado y derrochaba glamour por los cuatro costados. Habían llegado a tiempo por los pelos, eran las ocho y aquello iba a empezar, pero lo habían conseguido, estaba a punto.

Cayó la luz de la tarde y en el patio encendieron las luces, Samantha dejó las suyas apagadas para empaparse del ambiente. La temperatura era suave, la noche tenía el cielo limpio y lleno de estrellas (aunque el cristal opacado de la claraboya que cubría el patio no permitía verlas), y a ritmo de un jazz tranquilo, poco a poco empezó a entrar y salir gente por el acceso a la galería. Los invitados charlaban en pequeños grupos, se tomaban una copa... Todo muy *cool* y distinguido.

Al final, Sam había decidido no bajar.

Claire había insistido lo indecible, incluso había hecho un par de viajes hasta su piso para traerle algunos conjuntos suyos y que Samantha eligiese. Que el no tener que ponerse no fuera la excusa que esgrimiera la joven para no moverse de casa. La cara que le puso cuando sacó unas sandalias de tacón alto de la bolsa en la que había traído la ropa, le hizo pensar que de verdad no quería ir.

Samantha tenía ganas de hacer cosas, de moverse, de salir... Aquella inactividad la estaba matando poco a poco, pero el ambiente pijo que traía este tipo de eventos no la convencía en absoluto y, además, para estar ahí abajo sentadita, mejor en casa donde podía cotillear a gusto. La pena es que su escondite estaba un poco alto y no se veía bien.

Vio salir a Claire y la envidió. Decidida, resuelta, segura de sí misma. Con un vestido flojo estampado confeccionado en un tejido de gran caída, que según los movimientos marcaba su silueta o la desdibujaba. Sam desconocía si era o no una buena modelo, no sabía mucho de aquel mundillo, pero desde luego su amiga tenía estilo y clase; cualquier pingo colgado en aquella percha tomaba cariz de alta costura. Tras ella salió al jardín Rodrigo, que se llevó detrás las miradas de la mitad de las mujeres que había en el patio. Por fin parecía que el juego que se traían de gato y ratón había pasado a la historia. El sobrecargo no la evitaba, como casi siempre. Los dos iban charlando y riendo como viejos amigos.

Después de las confidencias de aquel primer día no habían vuelto a hablar del tema, pero su vecino se había comportado de maravilla. Su carácter extrovertido, su sonrisa perenne y trato amable habían sido el mejor remedio para el aburrimiento. Era muy fácil el trato con él. Lo tenía todo, era dulce, cariñoso y divertido, y en su compañía todo estaba bien. Había sido una bendición que en estos días él se hubiera dado a conocer. Su buen humor, su postura positiva ante la vida... eran un punto de apoyo para la deprimida Samantha. Y no nos engañemos, para él, encargarse de la joven había sido la distracción perfecta, un estímulo para no quedarse atrapado en la pena. A veces se le veía triste y distante, pero se recomponía rápido en cuanto llamabas su atención. En el momento que Sam le veía alicaído, le daba trabajo extra y su carácter risueño regresaba, relegando el dolor a un rincón escondido de su corazón. Para ella verle sonreír era una alegría.

No se había dado cuenta, debió de salir antes que ellos al patio, pero un invitado llegó hasta donde Claire y Rodrigo se habían parado a charlar, con copas de cava en sus manos para los tres. Desde arriba no se le veía bien, pero era más alto que Claire y, como ella levantaba el rostro para dirigirse a él, por la cara con la que le miraba debía de ser imponente; la modelo estaba embobada. Vestía de oscuro, pantalón negro, camisa del mismo color... Lo único que pudo constatar desde su escondite en el cuarto piso fue que su pelo era muy moreno y no el corto convencional, sino un poquito más largo sin llegar a ser melena, que superaba por poco la estatura de Rodrigo y que la camisa le quedaba reventona, al estilo de Dani Craig en las películas de Bond.

Era conocido del brasileño, eso por descontado; hablaban con naturalidad y reían como viejos amigos. Pero lo divertido fue observar a Claire. Su rostro iba y venía de uno a otro, como si estuviera sentada en un palco del Roland Garros. No hablaba, solo bebía pequeños sorbos, mientras que hechizada miraba a uno y a otro.

¡Vaya! Dejarla sin habla no es fácil, el morenazo tenía que merecer la pena. En realidad, no tardaría en enterarse, seguro que antes de que se fuera a dormir recibiría una crónica completa.

Las vistas son inmejorables

11 de mayo.
Es un hecho comprobado: el amigo de Rodrigo está cañón.

Anoche, mi amiga (corrijo, a partir de ahora examiga) Claire, no subió a contarme qué tal había ido el evento. La inauguración de la exposición se prolongó hasta las dos de la madrugada y en lugar de venir y ponerme al día, se fue a dormir. Me dejó con la intriga de saber quién era el hombre que se les unió en la velada.

(Esta me la pagas, guapa).

Pero, pero, pero... de buena mañana me he asomado a la ventana y he visto al desconocido desayunando en casa de Rodrigo. El piso del brasileño está justo debajo del mío, si saltara, los golpes retumbarían en su dormitorio, pero como es muchísimo más grande y ocupa toda la esquina, desde mi ventana veo parte de la cocina y una esquina de su salón.

Me he asustado, no esperaba que hubiera nadie en el patio y, menos, tan cerca, así que en un acto reflejo me he escondido, pero después la curiosidad ha podido conmigo y he vuelto a asomar la nariz con cautela. Seguía allí, apoyado en el alfeizar con una taza de café entre las manos. No tiene pinta de que acabe de llegar, va a pecho descubierto y esa cinturilla de goma debe de ser de sus calzoncillos. Así que: o están liados o son buenos amigos, pero que esté allí a estas horas tempranas quiere decir que ha dormido en el piso del brasileño.

¿Cómo le puede sentar tan bien a un hombre la cara de sueño?

Es verdad que, al estar un poco inclinado hacia delante, su cara quedaba un tanto escondida bajo un flequillo ingobernable (cosas de ver a una persona recién levantada), pero si despeinado y somnoliento es el tipo de hombre que te vuelves a mirarlo si te lo encuentras por la calle, no quiero ni pensar lo que puede ocurrir al verle recién duchado y con un buen traje.

Derretimiento de rodillas como poco.

¡Madre mía!, cómo se las gasta el sobrecargo. Si sigue trayendo al piso amigos como ese, será imposible pagar el alquiler, el metro cuadrado de la zona se va a revalorizar hasta cotas inimaginables.

En fin, tras reflexionar un poco, me he envalentonado y he creído que era el momento de asomarme y saludar. Hay que ser buen vecino ante todo. Pero, entre que he tenido que respirar hondo para que el corazón dejase de trotar y, al menos, las ocho veces que he repetido en voz alta que podía conseguir que el encuentro pareciera casual, cuando por fin me he decidido ya no estaba allí. La taza estaba vacía sobre la mesa junto a la ventana.

Espero que Claire no tarde en venir a contarme los detalles. Necesito saber quién es, cómo se llama y si quiere ser el padre de mis hijos.

¡Cómo me afecta el aburrimiento!

Capítulo 4

Cuando escuchó el sonido de unos nudillos repiqueteando en la puerta, dejó el diario –ese que juró y perjuró que nunca usaría y que ya tenía dos páginas escritas– sobre la mesa, e intentó levantarse a toda prisa para ir corriendo en aquella dirección. La ansiedad había conseguido que durante un instante se olvidase del lastre que llevaba sujeto a la pierna. Se dejó caer de nuevo sobre el sofá, suspiró y levantó la voz invitando a Claire a pasar. Estaba deseosa por conocer los detalles.

Solo que no era la modelo, sino Rodrigo.

–¿Cómo está mi vecina preferida?

Se sonrojó. No pudo evitarlo. Quince minutos antes había estado espiando a su amigo mientras desayunaba en la cocina y, con el brasileño delante, esas imágenes golpearon en su cabeza. Se sintió como si acabaran de pillarla y notó que le ardían hasta las crestas de las orejas.

–¡Hola!

–Anoche lo pasamos bien. Quise subir a por ti, pero Claire dijo que te dolía la cabeza. ¿Ya te encuentras mejor?

«¿Me dolía la cabeza? ¿En serio? ¿Claire no fue capaz de encontrar otra excusa?».

—Sí, ya estoy bien.
—Estupendo. Vengo a prepararte el desayuno.

Samantha enarcó una ceja. El brasileño nunca aparecía antes de las doce, madrugar no era una de sus palabras favoritas. ¿Qué hacía allí?

La puerta quedó entornada y Sam estiró el cuello por si había alguien más en la escalera. Alguien moreno, despeinado y con cara de sueño. Nada. Ni un alma.

Se levantó despacio y recuperó las muletas apoyadas en el sofá. A falta de Claire, tendría que interrogar a Rodrigo, aunque de forma sutil, claro. No quería que su vecino fuera consciente del grado de marujeo efervescente que sentía en su interior. No lo conocía tanto como para descubrirle que la curiosidad la reconcomía por dentro.

—Anoche os vi desde la ventana —dejó caer para ver si el brasileño empezaba a hablar del tema, pero Rodrigo estaba concentrado colocando el café molido en la cafetera y no le prestó mucha atención—. Ibais muy guapos todos —insistió mientras que apoyada en las muletas se acercaba despacio a la barra que separaba la mini cocina del salón.

Su vecino rodeó la encimera para ayudarla, separó el taburete y le ofreció su mano como apoyo.

—Así que... ¿Espiando?
—No, no. Bueno, sí. No hay muchas cosas con las que entretenerse. —Como vio que el sobrecargo volvía a su tarea sin añadir nada más, decidió disparar a quemarropa—. ¿Quién era el hombre que estuvo con vosotros? ¿El pintor?

Rodrigo sonrió a su taza de café. No le había pasado desapercibido el tono de falsa curiosidad con el que Samantha hizo la pregunta.

—¿Te refieres a Héctor? Es un amigo, le conozco hace años.

La joven empezó a tamborilear con sus dedos sobre la madera cuando de nuevo el brasileño calló para centrarse en poner el azúcar y añadir la leche a los cafés ya preparados. Ella no dijo nada más, pero cuando él se volvió con las tazas humeantes la vio sonrojada y eso le hizo esbozar una cálida sonrisa.
Decidió no torturarla y siguió hablando.
—Yo trabajaba en la misma compañía aérea que su hermano Manuel —explicó—. A su padre le ha dado un infarto y Héctor va a pasar una temporada aquí, en Madrid, solucionando algunos temas. Vive en Barcelona, pero su trabajo le permite desplazarse siempre y cuando lleve el portátil bajo el brazo. Quizá tenga que hacer algún viaje rápido para contactar con algún cliente o proveedor, pero casi todo podrá tratarlo a través de Internet. Manuel tiene un ritmo de vida frenético, a saber dónde estará.
Samantha interrumpió su monótono discurso informativo.
—¿Su padre está bien?
—Sí, gracias a Dios, pero va a tener que tomarse la vida de otra manera. Siempre ha vivido por y para el trabajo, e incluso ahora que está en el hospital en lo único que piensa es en la empresa que regenta. —Sam silbó. Lo hacía siempre que no sabía qué decir—. Héctor va a quedarse en mi casa. Mis días de vacaciones se acaban y he de volver a mi rutina, pero le he pedido que se encargue de ti. Por eso, entre otras cosas, he venido. Quería contártelo. Lo del desayuno ha sido una excusa.
Samantha alzó una ceja. ¿Había escuchado bien? Nerviosa apuró de golpe el café como si fuera un chupito de tequila, pero no fue el alcohol lo que le quemó las entrañas, sino la temperatura del líquido que había en la taza. La joven, que tuvo que ponerse la mano en el

pecho y esforzarse en no abrir la boca como un pez para que le entrase aire fresco, podía sentir cómo el vapor le salía por las orejas.

Rodrigo tomó un sorbo para esconderse tras la porcelana, no quería que ella le viera sonreír, pero le costaba contenerse. La cara de incredulidad de la joven y el rubor que se había instalado en sus mejillas le parecían divertidos. Tan solo la conocía hacía dos meses y, en realidad, solo un poco mejor desde hacía pocos días, pero ella era, desde luego, de todo menos tímida, y verla así le hizo pensar que su amigo había conseguido impactarla. Y eso que solo le había visto desde su ventana, con un ángulo poco favorecedor. Empezaba a sentir curiosidad por ver su primer «enfrentamiento» cara a cara cuando fuera a presentárselo. Rodrigo intentó alejar aquellos pensamientos, por un momento se sintió perverso, pero no podía evitar sentir cierta diversión ante el sonrojo de Sam.

¡Maldito Héctor! Su amigo podía no ser un «guaperas», pero hasta él se daba cuenta del efecto que causaba en las mujeres. ¡Diantres!, si hasta había conseguido que Claire, que hasta ahora reclamaba toda su atención, quedara eclipsada.

El brasileño se levantó, recogió las tazas vacías y se puso de espaldas para fregarlas con parsimonia, dejando que Sam recuperase el habla. Ella, nerviosa, volvió a tamborilear con sus dedos sobre la pulida superficie de madera.

–No... no, no hace falta, Rodrigo –tartamudeó por fin–. No necesito una niñera.

Su vecino dejó el humor a un lado para contestar con seriedad.

–Yo me sentiré mejor si hay alguien pendiente de ti. No es por nada, pero Claire...

Dejó la frase en suspenso a propósito, aunque en realidad no hacía falta que la terminase, en eso Sam estaba de acuerdo.

–Pero, Rodrigo, no le conozco.

–Bueno, a mí tampoco y creo que eso no ha sido un problema.

Él se giró y apoyó las manos sobre la barra, dejando caer sobre ellas el peso de su cuerpo.

–Pero... –volvió a protestar la joven.

–Sabes que tengo razón. Llevo un par de meses viviendo aquí, pero cuando te recogí en el vestíbulo para subirte a casa era un extraño y, mira ahora, aquí estoy, usando tu fregadero. Conozco a Héctor y, aunque ahora esté un poco desquiciado por el tema de su padre, es una muy buena opción que se ocupe de ti. Es serio y responsable y no te comprará guarrerías para comer, así que tú decides. O te ciñes a mis reglas, o le cuentas a tu madre que no se ha retrasado tu incorporación a la empresa por papeleo y que, en realidad, estás en casa de baja. –El cambio en la conversación hizo que Samantha irguiera involuntariamente la espalda–. Sam, ¿por qué le has mentido?

–¿Me chantajeas? –preguntó la joven.

Su vecino respondió con un encogimiento de hombros y una sonrisa.

–¿Funciona?

–¡Maldita sea! Le mentí porque se preocupa de forma excesiva e innecesaria; porque vendría a quedarse aquí, me cebaría hasta que me viera rolliza como un pavo dispuesto para la cena de Nochebuena y no me dejaría ni respirar sin su aprobación; o peor, porque me llevaría de vuelta y haría que me encerrase con ella en la casa del pueblo exhibiéndome ante todos los vecinos.

Rodrigo negó con la cabeza.

–No seas exagerada, seguro que es porque te quiere y se preocupa por ti.

—Lo sé, pero me agobia y, además, no quiero molestarla. Bastante trabajo tienen en estas fechas.
—Pues... lo dicho. O Héctor o tu madre, pero yo no te dejo sola en manos de Claire.
—Me cuida. A su manera, pero lo hace.
—Samantha, te trajo *macarons* para comer. ¿En qué cabeza de chorlito cabe eso?
—Anda despistada. Nunca ha tenido a nadie a su cargo, siempre ha vivido con todo solucionado.
—No digo que sea mala persona, es solo que quiero que estés bien. Además, a Héctor tampoco le queda otra opción, has sido la condición para permitirle usar mi casa.
—¿Le has obligado?
—Le he coaccionado un poco, pero créeme, si él no quisiera hacerlo podría haber reservado habitación en un hotel.
—¿Me lo presentarás al menos antes? —Samantha empezaba a claudicar.
—Claro, ahora se ha ido al hospital a ver a su padre, pero cuando vuelva...

Sam bufó con resignación. No le gustaban los desconocidos, ni las sorpresas, ni juntas ni por separado, y menos si eran de gente «perfecta».

Ese pensamiento le hizo arquear de nuevo la ceja izquierda. ¿Por qué con Rodrigo no se había sentido intimidada?

Como el brasileño continuaba de espaldas le miró de forma descarada. Tenía un cuerpo de infarto: alto, atlético, musculado lo imprescindible para no parecer un portero de discoteca... Cara de ángel, cuerpo perfecto. ¿Por qué él no? ¿Por qué Rodrigo se sentía familiar y no tentador?

Cuando él se giró, Sam le examinó de frente. Los pectorales se le marcaban un poco bajo la camiseta, lo justo para no tener que dejar mucho a la imaginación, y los músculos de sus brazos se tensaron al apoyarse sobre la bancada de madera, ofreciendo un bonito y hechizante espectáculo. Su sonrisa, espléndida sonrisa de pillastre, era del todo auténtica, su mirada serena y azul, su rubio cabello suave, sedoso...

¿Por qué él no le afectaba lo más mínimo?

¿Por qué había visto de refilón a su amigo y había sentido el tirón de la curiosidad, mientras que delante de ella tenía una escultura del periodo helenístico y, sí, tenía que reconocer que ver a Rodrigo le alegraba el día, pero no sentía una descarga eléctrica recorriéndole la espalda?

Arrugó el entrecejo.

Demasiados porqués para tan solo haber tomado una taza de café.

—¡Jo, Sam! Menuda suerte la tuya.

Ella la miró con desesperación. Rodrigo se había marchado a hacer unas compras y preparar su vuelta al trabajo y Claire le había sustituido en la cocina. La modelo estaba decidida a comer hoy con su amiga preparando ella la comida, pero algo tan simple como abrir un bote de salsa boloñesa y hervir un poco de pasta se estaba convirtiendo en todo un acontecimiento. Todos los ingredientes estaban colocados, en un escrupuloso orden, sobre la bancada de madera, a pesar de que aún faltaban al menos dos horas para comenzar a comer.

Sam pudo convencerla de que había tiempo más que suficiente y en ese momento se encontraban charlando ante un refresco de cola y unas patatas fritas de bolsa. Claire no tomó ni una, aunque las miraba de reojo, Samantha zampaba a dos carrillos.

La modelo estaba entusiasmada con que Héctor sustituyera a Rodrigo como hada benefactora y, al contrario que el brasileño, que compartió muy poco de lo ocurrido la noche anterior, le administró toda la información disponible hasta el momento inyectada por intravenosa; se pasó los siguientes veinte minutos hablando del tal Héctor. Al menos eso hizo que dejase de mirar el cuenco de las patatas, pero a Samantha, sin conocerle, empezó a parecerle cargante.

Que si era arquitecto naval, que si practicaba esgrima, que aparte de muy atractivo era bastante culto porque había comentado de forma acertada la obra del pintor sorprendiendo incluso al director de la galería, que si se había preocupado de que siempre tuviera una copa en las manos, que si tenía unos ojos verdes impresionantes, que si los botones de su camisa eran metralla potencial de lo ajustada que le venía... Que, que, que y que.

Menudo engreído. Tal y como lo describía Claire, tenía que ser vanidoso, fatuo, presumido y muy pedante. Ya se estaba desinflando el globo de las ganas de conocerle.

Samantha empezó a hacer cábalas para romper la promesa hecha a Rodrigo, en el momento en el que el brasileño abandonase el edificio. En realidad, solo tenía que esconder la llave comunal que usaban sus vecinos, desconectar el timbre de la puerta y desoír sus llamadas. Sencillo.

Se había ido de la conversación, abstraída en sus cosas, y decidió volver a ella. Su amiga no merecía su desinterés.

«Caramba, si lo sé no vuelvo al mundo de los vivos».

Sam tuvo que soportar otros veinte minutos de Claire disertando sobre él.

Desde luego, el «nuevo» vecino había embaucado a su amiga bastante bien. Lo había hecho hasta el punto de que el interés que suscitaba en ella Rodrigo parecía haberse desvanecido por completo. Y no solo Rodrigo, Claire estaba tan abstraída mientras hablaba, que Pepe se había sentado en su regazo y ella le acariciaba la cabeza como si tal cosa. Samantha deseó que se rompiera el encanto solo por ver su cara cuando se diera cuenta de que tenía al gato en brazos, pero no, Claire seguía bajo un hechizo fatal; no salía nada de su boca que no estuviera relacionado con aquel hombre.

En fin, por lo menos tenía algo en lo que entretenerse, aunque empezaba a empalagarse con tanto Héctor, Héctor y Héctor.

Con la excusa de que tenía hambre cortó el discurso monotemático de su amiga y, acompañada de sus fieles muletas, se encaramó al taburete junto a la barra para dar órdenes como un chef en su cocina. Quería comer a gusto y, aunque solo tenían que hervir la pasta, tenía miedo de que, sin su ayuda, la modelo no supiera ni encender el hornillo.

Después de comer, Claire se marchó a casa a dormir la siesta, Pepe se subió al piso de arriba, solo Dios sabe a qué, y Sam se quedó sola en casa mirando su diario…

TRAZANDO UN PLAN

Quién me ha visto y quién me ve.
Sí, ya sé que hablé contigo hace tan solo unas horas y también sé que cuando nos conocimos no estuve muy fina y renegué de nuestra amistad, pero ahora mismo me ahogo entre estas cuatro paredes y necesito hablar con alguien.
He de trazar un plan.
Uno que deje a Héctor, el vanidoso (sí, ya le he bautizado. Sé que no le conozco, pero no he podido evitarlo), fuera de los límites de esta casa.
Entiendo que Rodrigo se quede preocupado si deja a Claire al mando, pero ignora que yo no soy cobarde y que soy capaz de prescindir de los «servicios» de compañía e intendencia que pueda proporcionarme su amigo. Estoy haciendo un listado de números de teléfono de gente a la que podría llamar en su lugar: el joven de chaqueta roja que reparte pizza, el hombre del supermercado de la esquina, una estudiante que me he encontrado muchas veces y que se dedica a pasear mascotas (aunque con Pepe no sea necesario) y el de una empresa de limpieza. Lástima que en las bibliotecas no hagan reparto a domicilio, pero ya me inventaré alguna excusa para que alguno de mis «otros vecinos» me echen un cable con eso. El matrimonio del 3ºA, por ejemplo, Genaro y Carmencita, siempre han sido muy amables conmigo, aunque me da apuro hacerles subir los cuatro pisos andando (pasan de los ochenta).
Bueno, ya me inventaré algo y si no... siempre puedo bajar yo. Solo tengo que poner el trasero en el primer peldaño e ir dejándome caer de uno en uno hasta llegar abajo.
El caso es que creo que de Héctor paso.

Capítulo 5

A media tarde la casa de Samantha se llenó de gente. La joven dormitaba en el sofá con el diario en su regazo cuando escuchó un golpe de nudillos y la voz de Rodrigo que preguntaba si podían pasar.

Sam se sentó derecha, metió el diario debajo de uno de los cojines y se pasó los dedos por la lengua en un intento de aplastar el flequillo rebelde contra su frente. La cara divertida de su vecino asomada por la puerta entreabierta la sorprendió en aquella ardua tarea, la de alisar el pelo con la palma de la mano. Sus mofletes, que ya tenía sonrosados porque acababa de pellizcárselos buscando algo de rubor, enrojecieron al sentirse observada, aunque no fue por la mirada chistosa del brasileño, no, fue porque detrás de su cara se encontró con unos ojos verdes que la examinaban sin piedad.

La puerta se abrió y los dos hombres pasaron.

Rodrigo, contento, hizo las presentaciones. Y aquel tosco y silencioso hombre de negro que le seguía hizo una inclinación de cabeza y se acercó a ella adelantando su mano en señal de saludo.

Sin saber por qué razón, Samantha evitó mirarle a la cara, sin embargo, se quedó boba observando la mano ofrecida.

Grande y fuerte, de dedos largos y elegantes, de uñas bien cortadas y pulidas.

A ella le dio un poco de vergüenza darle la suya. Y no fue solo porque tuviera la impresión de que aquellos dedos la iban a hacer desaparecer, sus manos se veían raquíticas en comparación, sino porque en el trabajo que consiguió en el taller de Mikel había trabajado con ellas y parecían más las de una campesina que las de una señorita.

Al estrechársela, el caballero de negro no dijo nada y tampoco hizo ningún gesto, para él debió de ser un saludo de compromiso. Ella, en cambio, sintió una sacudida que, desde los dedos, comenzó a subirle por el brazo, pasó por su hombro y se le instaló en la nuca.

Héctor entrecerró los ojos para enfocar mejor cuando advirtió que Samantha agitaba la espalda de forma involuntaria, como si la temperatura de la habitación hubiera bajado varios grados y se hubiese sacudido por un escalofrío. Desde las alturas se quedó durante unos segundos mirándola al sentir la extraña reacción; no pudo evitar preguntarse qué era lo que le habría pasado.

Sam apretó los labios para que de ellos no escapase nada, miró al suelo y recuperó su mano con velocidad, aún aturdida por lo que durante una milésima de segundo había sentido. Ni la descarga de un desfibrilador la hubiera dejado más impactada.

Sin que nadie le invitase, Héctor se sentó a su lado en el sofá para, como si hubiera recibido un pinchazo en el trasero, volver a levantarse de inmediato. Metió la mano bajo el cojín y sacó el diario con la cubierta llena de flores rosas que Claire le había regalado a Sam. Si ella no hubiera dejado el bolígrafo entre sus páginas probablemente no lo habría advertido, pero con él dentro el bulto era más que considerable y lo había notado a través del asiento.

Si minutos antes Samantha tenía un leve sonrojo, ahora sus mejillas amenazaban con explotar. Él lo levantó ante su cara y lo examinó por delante y por detrás, sin embargo (y gracias a Dios), unos nuevos golpecillos en la puerta hicieron que lo dejase sobre la mesilla sin darle más importancia.

Sam quiso recuperarlo para que desapareciera de la vista de todos. No quería imaginar qué podría pasar si alguien lo abría y leía tan solo un par de líneas; las flores horteras de la cubierta no serían nada comparadas con eso. Si alguien ojeaba algo de lo escrito se moriría de vergüenza, tendría que abandonar Madrid e irse lejos, y como volver al pueblo no era una opción (no estaba lo bastante alejado), por un momento se imaginó viviendo con los pingüinos en la Antártida y pensando en si tenía suficiente ropa de abrigo como para sobrellevarlo. Envaró la espalda, calculó la distancia y se desmoronó un tanto al ver que quedaba fuera del alcance de su brazo. Si se estiraba, solo atraería más atención sobre él. Así que entrelazó los dedos, se mordió el labio y se quedó quieta. Muy quieta.

–¡Hola! –dijo Claire tan pronto como Rodrigo le abrió la puerta–. ¡Caray, cuánta gente! Sam, después dices que nunca recibes visitas.

Tres personas, más la enorme caja que su vecina traía bajo el brazo, eran demasiado para aquella habitación, y más si dos de ellas eran hombres de ese tamaño. El salón se sintió claustrofóbico.

–¡Te he traído un regalo! –anunció su vecina mientras ponía el paquete ante sus narices. Lo de que era un regalo era más que evidente por el papel infantil y el enorme lazo.

Samantha tembló. La caja era plana, grande y no demasiado pesada. En el fondo estaba contenta de que su vecina se hubiese acordado de ella, pero esperaba, por la opinión que se pudieran formar sobre su persona, que lo que llevase en su interior no estuviera plagado de osos amorosos de color rosa.

Héctor se levantó para estampar dos besos en las mejillas de la recién llegada y cuando su voz dijo un «Hola, Claire», no solo su vecina sintió calorcillo por la espalda.

Aquella voz era profunda, grave, potente, elegante, sedosa... Y mil cosas más.

A Sam se le derritieron las rodillas y, si hasta ese momento había evitado encontrarse de forma directa con sus ojos, al oírle levantó la mirada (craso error) y lo que vio la dejó paralizada.

No era guapo, no al estilo de Rodrigo. No era ese tipo de belleza. Si el brasileño era la dulzura y la perfección, y su físico era el de un dios, Héctor, sin duda, era el mismísimo demonio. Piel bronceada, pelo negro, rostro anguloso y rasgos muy marcados que formaban un conjunto muy masculino. Sus ojos, de color verde oscuro, parecían observar y estudiarlo todo, y su boca... Sus labios eran un poco más gruesos de lo normal, al menos de lo que se considera habitual en un hombre, y se veían jugosos, tiernos y dulces como una fruta madura.

Samantha se dio cuenta de que todos la miraban (quizá debido al suspiro que escapó de su boca) y centró sus atenciones en la caja. Rompió el papel que la envolvía y se encontró con un puzle de cinco mil piezas del *skyline* de Nueva York. Le gustó la idea y sonrió, pero cuando leyó las dimensiones que tendría una vez terminado supo que no iba a poder montarlo en ninguna parte, no tenía ninguna mesa tan grande. Aun así, le hizo mucha ilusión.

A lo mejor si llamaba a algún chamarilero y le vendía el sofá...

Claire daba saltitos de alegría al ver que a Samantha le brillaban los ojos y sonreía feliz. Había acertado. Por una vez había acertado.

Rodrigo empezó a hablarle de su partida y de cómo Héctor tomaría su lugar.

Héctor.

Solo escuchar su nombre se le ponía la carne de gallina. Lo tenía cerca, sentado en el sofá con sus largas piernas aprisionadas entre este y la mesa baja en la que Samantha apoyaba su escayola, y evitando mover cualquier músculo de la cara, observó de reojo su perfil.

Vaqueros negros, camisa remangada del mismo color, un reloj enorme que parecía sacado del panel de mandos de un avión por la cantidad de pequeñas esferas con manecillas que llenaban su interior. Cuerpo fuerte y magro. Olor a jabón y a canela. No llevaba alianza.

Sin moverse, no podía examinarle mejor.

Respiró hondo y le pidió un vaso de agua a Claire, no estaba tan cerca como para ello, pero podía sentir su calor.

Se lo tomó de un solo trago.

No. Rodrigo no podía hacerle esto. No podía dejarla a cargo de un extraño. Y si... Y si.... ¿Y si era un psicópata, un violador, un «come niños»? Y la imagen de Héctor desabrochándose la camisa con la gracia de un *stripper* se presentó ante sus ojos con nitidez.

Los cerró. Los volvió a abrir.

¡Genial! ¡Ahora tenía alucinaciones!

Escondería la llave tan pronto como se fueran a cenar.

Pero... no se fueron. Rodrigo insistió en hacer algo así como una cena de despedida y llamó a un italiano para que trajesen unas pizzas que compartir, y a Sam solo le quedó simular que estaba entusiasmada con la idea, cuando lo único que quería era salir de allí.

¿Por qué sentía que se ahogaba?

Si lo analizaba un poco no estaba sucediendo nada fuera de lo normal, aparte de que Pepe se ovillase en el regazo de Héctor y acogiera con gusto todas las caricias y mimos que aquellos dedos le prodigaron.

«¡Maldito gato!».

¿Tenía que ser el ser más adorable del mundo con todos sus amigos y a ella ignorarla durante días enteros?

De acuerdo, lo del gato no era importante, lo que sintió como si le atravesara el corazón fue que Claire bromease sobre su torpeza al caerse nada más entrar a la oficina el primer día de trabajo.

—Desde luego, Sam, ¿en qué estabas pensando?

La joven la miró con los ojos muy abiertos.

«Por favor, Claire, no sigas por ahí».

—Seguro que te lanzaste sobre el mostrador porque el traumatólogo era muy mono. —Sam se puso un poco más roja—. ¡Pobrecilla!, con lo «cuqui» que es ella. —Y la rodeó con sus brazos a la altura de los hombros y le besó la cabeza.

Sam respiró hondo. En realidad, no podía reprocharle nada, aquello era algo que hacían a menudo. Claire la llamaba torpe y ella pija estirada, y acababan riéndose abrazadas. Pero, en ese momento, Sam solo podía pensar en lo ridícula e insignificante que se veía. Todos tan perfectos, triunfadores, atractivos, y ella... Por un momento sintió la necesidad de defenderse y de decir que estaba en penumbra, que el suelo estaba mojado, que ella no era patosa... pero no pronunció ni una sola palabra, tan solo hundió la barbilla en su pecho sintiéndose abochornada. Que estuviera Rodrigo presente le daba un poco igual, pero el hombre que estaba sentado más tieso que un palo a su lado... Él no tenía pinta de entender el humor de Claire, seguro que pensaba que era una estúpida redomada.

A esa anécdota, claro, siguieron otras, una vez puestos... Claire no pudo resistirse y contó lo del chicle que le había obligado a cortarse el pelo.

—Salió del cine llorando y dándose tirones de la melena. —«Genial, Claire»—. Y tuvimos que ir a un peluquero para que le hiciera un arreglo.

Era verdad. Lloró por su melena como una magdalena, pero... ahora mismo no venía a cuento. Sin ser consciente se llevó una mano a la nuca rapada y la frotó con su palma.

—Aquello fue una canallada —intervino Rodrigo—. Entiendo que se pusiera nerviosa, pero no tiene que preocuparse de nada. Está guapísima, ese estilo *pixie* le queda de maravilla.

«Gracias, Rodrigo».

—Menuda racha lleva la pobre —continuó Claire—. Todo empezó hace más o menos un mes cuando se sentó en un banco del Retiro y con un clavo viejo se rasgó los pantalones. Tuvo que llegar a casa caminando, como los cangrejos, con el bolso cubriéndose el trasero para tapar a duras penas toda la carne que se veía.

Sam sonrió de forma forzada, estaba a punto de echarse a llorar. Giró la cabeza a derechas y a izquierdas y, aunque nadie la miraba, sintió que unas flechas rojas la señalaban de manera intermitente como si fuera la protagonista de un mal cómic.

Ella no era patosa. De verdad que no lo era.

A esos comentarios les siguió la anécdota de aquella caída en un charco de la Gran Vía, en la que llegó al trabajo como si fuera un gorrino revolcado en el barro. Y, como colofón, contó también cómo y por qué se llamaba Samantha.

—En su pueblo la tradición dice que los nombres pasan de madres a hijas, pero antes de que Sam naciera, una americana, elegante y distinguida, que se había casado con el hijo del alcalde…

—El nieto del médico —interrumpió Sam de forma mecánica. Aunque quiso meter la cabeza en un agujero cuando todos la miraron.

—Eso, el nieto del médico, llegó con su esposa americana, y todas las mujeres del pueblo le pusieron a las niñas que nacieron en aquella década, Samantha. Ya veis, en un pueblo que no tiene más de trescientos habitantes hay tres Samanthas.

—Conmigo cuatro —lloriqueó la joven. Ya que iba a contarlo, que al menos lo hiciera bien.

Y mientras que Claire se lanzaba a darle besos y abrazos como si tuviera cuatro años, Samantha rezaba para que un rayo divino la volviera invisible y dejara, de una vez por todas, de ser el centro de la conversación.

¿Nadie iba a desviar la sobremesa hacia otros temas? En cualquier otro momento ella se hubiera reído con ganas de sí misma, pero… Giró un poco la cabeza para observar al hombre que estaba a su lado. No se reía ni se burlaba de sus desgracias; estaba siendo educado, pero menuda imagen se estaría formando sobre ella. Sin quererlo, Samantha, desde aquel rincón del sofá, se sintió juzgada y sentenciada, y su mente solo alcanzaba a pensar que ojalá le hubiera conocido en otras circunstancias.

Respiró hondo. Quizá no fuera para tanto. A lo mejor es que le influía llevar dos semanas encerrada entre cuatro paredes a las que ya consideraba viejas amigas. Sí, eso era, debía de estar demasiado susceptible.

La presencia de aquel desconocido sentado a tan solo un palmo de distancia no ayudaba, pero Sam intentó por todos los medios serenarse. Y aunque en cierto modo lo consiguió, la tensión no la abandonó hasta que les vio partir y se quedó sola. Tan pronto le dieron las buenas noches y cerraron la puerta, Sam se apoderó de su diario y lo estrechó entre sus brazos.

A salvo.

Capítulo 6

Samantha se despertó temprano, cuando la luz del día todavía no era completa. Se frotó los ojos y al desperezarse se dio cuenta de que se había dormido abrazando su diario.

Gracias a Dios que nadie lo había abierto para cotillear su interior. En realidad, salvo Héctor que lo había tenido entre los dedos, el resto no le había prestado ninguna atención. Al final, había quedado sepultado por las cajas que traían las pizzas y, aunque había estado toda la noche al alcance de los allí presentes, nadie reparó en él.

Cuando se fueron, cansada a causa del estado de tensión sufrido en la cena, ni siquiera se molestó en cambiarse de ropa. Se quitó los pantalones de chándal y se acomodó en el sofá solo con la enorme camiseta.

Echaba de menos su cama, pero para disfrutar de ella tenía que subir por aquella escalerita estrecha y empinada, y Sam era de las que se despertaba varias veces por la noche y se levantaba medio dormida porque sentía hambre o necesitaba ir al servicio, y arriesgarse a bajar o subir por ella… Esa aventura con los ojos medio cerrados por sueño le podía costar cara, así que prefería utilizar el sofá. No era tan cómodo como su colchón, pero entre eso y romperse la crisma era sencillo decidir.

Que la entrada de Héctor a su casa fuese tan directa e imprevista, sin el previo y cortés toque de nudillos en la puerta, sumió un poco más a Sam en la miseria. Segundos antes ella se había incorporado y estaba de espaldas a la entrada, con la cabeza metida entre los cojines, buscando el bolígrafo que debía habérsele caído al dormirse con el diario en los brazos. Y aunque al oír la puerta se giró con velocidad, estaba segura de que el vecino debía de haber tenido una buena panorámica de su trasero.

Con cualquier otro se habría vuelto airada y le habría dicho cuatro cosas bien claras sobre los modales que uno debe tener al entrar a una casa ajena, pero cuando le miró a la cara fue incapaz. Se sonrojó, estiró de la camiseta hasta que le llegó a las rodillas y se mordió el labio.

«¡Oh, no!».

Las mejillas se le enrojecieron un poco más cuando Sam recordó qué ropa interior llevaba puesta.

«¡Maldita sea!». No podía ser cierto. Héctor había visto sus cómodas y prácticas braguitas de algodón blanco con pequeñas flores azules.

Él no parecía nada arrepentido, pero tampoco se aprovechó para soltar algún comentario sarcástico. En realidad, su semblante no mostraba nada. Solo seriedad y discreción.

–¡Buenos días! He traído cruasanes –anunció aquella voz grave. Por un segundo, Sam pensó que se había conectado la radio; menuda voz de locutor que tenía aquel hombre. Ella, que nada más levantarse solo podía graznar.

El recién llegado levantó a la altura de los hombros una pequeña bolsa de papel de estraza que olía de maravilla y que hizo que Samantha salivase antes de poder hablar.

—Podías haber llamado a la puerta –protestó ella débilmente, tras aclarar su garganta.

—Es temprano, pensé que dormías y no quise molestar. –En la otra mano, Héctor llevaba una bolsa de plástico llena de comida. Al ver que ella la miraba explicó–: Ayer por la tarde hicimos algo de compra, pero al final se quedó en casa de Rodrigo. –Miró con descaro el revoltijo de sábanas sobre el sofá–. ¿No duermes en tu cama?

—Me da miedo subir y bajar por esa escalera con la escayola como lastre.

Con la respuesta de Samantha, Héctor dio por concluida la conversación y se giró. Como si estuviera en su casa, se dirigió a la cocina y abrió y cerró armarios hasta encontrar todo lo necesario para preparar un café, y guardar, donde creyó conveniente, todo el contenido de la bolsa. Con seguridad preparó el desayuno, como si tuviera muy claros todos y cada uno de los pasos que debía ejecutar. No parecía afectarle demasiado estar en una casa desconocida.

Cuando Sam tuvo ante ella un plato con dos cruasanes recién hechos y su *mug* preferido con un café con leche con canela espolvoreada, miró a Héctor como si esperara que además sacase un conejo de la chistera.

Él frunció el ceño ante su cara de sorpresa.

—¿Me he equivocado en algo?

—¿Cómo sabes cómo me gusta el café?

—Rodrigo me hizo una lista. –Samantha abrió la boca y la volvió a cerrar. No daba crédito–. ¿Hay algo que esté mal?

—No, claro que no.

Héctor se tomó su café de un trago, cogió el cruasán que quedaba en la bolsa para comérselo por el camino, dijo un «Hasta luego, volveré a la una», y desapareció.

A Sam todavía le costó un rato asimilar lo que había pasado. No sabía si era una suerte tenerle allí o un enorme malentendido, Héctor la había dejado sin palabras.

Con tranquilidad, mientras poco a poco la habitación se llenaba de luz, disfrutó del desayuno, aunque su cabecita no dejaba de darle vueltas a su comportamiento de la noche anterior y a lo que ahora mismo acababa de pasar.

En fin, al menos hoy había conseguido hablar un poco y parecer una persona normal.

Las cosas del destino

12 de mayo.

Es curioso que yo me haya tenido que romper un pie para encontrarme cada dos por tres con hombres que parecen salidos de las pasarelas de un desfile. ¿Dónde estaban hasta ahora?

Por una parte, Rodrigo, al que ya conocía, pero que hasta que ocurrió mi desgracia no había cruzado con él más que algún que otro tímido «buenos días» aderezado con una sonrisa y, ahora, este mocetón que tengo por niñero.

Si anoche me impresionó y apenas me atreví a mirarle, hoy, que me lo he encontrado a solas y de frente, aunque haya sido por un espacio corto de tiempo, he estado a punto de llevarme las manos a la cabeza. Venía de correr, eso casi seguro, o no sé qué demonios hacía vestido así a esas horas de la mañana, pero verle con esa camiseta sin mangas, ceñida a más no poder, y ese pantalón que en realidad se veía como piel gruesa sobre sus pantorrillas, me han hecho sentir un chispazo de ansiedad que me ha recorrido por entero. Si pensaba que tenía un buen cuerpo, ahora lo he confirmado: mi niñero está cañón y él sí me afecta.

¡Relax, Samantha! Toma aire, suéltalo... Respira despacio. Recuerda que es un pedante insoportable, uno de esos hombres que todo lo debe de hacer bien.

Ni así.

No sirve de nada.

No sé cómo voy a conseguir tranquilizarme, pero tendré que averiguar la forma porque, en los próximos días, me temo que voy a tener que apagar este fuego muchas veces.

Capítulo 7

Cuando Héctor entró en el piso de Rodrigo, el sol ya anunciaba que iba a ser un día muy luminoso, de esos de mayo que anticipan con creces el verano. Miró el reloj de la pared y se decidió a sacar su portátil; aún podía trabajar un rato antes de ir a la reunión que tenía con el personal de la empresa de su padre.

En realidad, él no pintaba nada allí, el campo en el que se movía su progenitor no podía estar más lejos de su profesión. Su comparecencia solo era un recordatorio de que el «Gran Jefe» estaba en cierto modo presente. La misión era fácil, solo debía dejarse ver, nada más. Y, además, también se convertía en una excusa conveniente para no ir de buena mañana al hospital. Encontrarse con el malhumor de su padre era todo un desafío, aunque estaba acostumbrado y lo podía sobrellevar, pero si a eso le añadía ver a su madrastra o a su hermanastra antes del almuerzo, significaba cabrearse para lo que quedaba de día.

Y precisamente «eso», hoy no le apetecía.

La visión de un bonito trasero enfundado en unas braguitas de florecillas volvió ante sus ojos y le hizo sonreír.

Su joven vecina. Jovencísima.

Vivía sola y, según lo que habían contado durante la cena, se fracturó el pie su primer día de trabajo. Menuda mala suerte. Calculó que debía de tener entre dieciocho y veinte años, pero lo cierto era que, entre el corte de pelo, el cabello liso rubio y aquella carita de ojos grandes color café, no aparentaba más de quince. Qué adorable su gesto cuando se volvió aturullada y roja como una cereza madura. A punto estuvo de soltar una carcajada al verla, pero no, logró contenerse y esconderse tras la bolsa de los cruasanes.

Esa noche Héctor había dormido mal, el nuevo proyecto en el que estaba trabajando, las presiones de su familia, una casa que no era la suya, un colchón todavía extraño... Y desvelado como estaba decidió dar una vuelta por el barrio, el amanecer era la hora casi perfecta para correr por las calles desiertas, el sol empujaba para salir y las luces estaban cambiando. Pero cuando apenas llevaba unos minutos de carrera, le llegó el olor a pan recién hecho. Su olfato hizo de guía y le llevó hasta el final de un callejón donde encontró la entrada trasera de una panadería que tenía las luces encendidas, aunque la persiana estaba baja. No debía de faltar mucho para que abrieran, pero él no podía quedarse en la calle esperando y, si continuaba con su carrera, quizá el recorrido de la vuelta no le trajera por el mismo sitio. La puerta estaba entreabierta y se vio tentado a probar. Asomó la cabeza, esbozó una de sus mejores sonrisas y consiguió lo que buscaba: cruasanes y pan recién hechos.

El ejercicio tuvo que darlo por terminado, pero tenía la excusa perfecta para entrar a casa de su vecina antes de ponerse a trabajar.

Algo en su interior le decía que aquello no era correcto, pero la necesidad de comprobar qué era lo que le había obligado a permanecer callado y tenso durante la cena, le impulsó a subir a buen ritmo los cuatro pisos para llevar esos cruasanes. No es que esperase encontrarla despierta, también había sido una sorpresa para él verla rebuscando algo entre los cojines de su sofá, solo pretendía entrar, dejarlos en la barra, echar una miradita para comprobar que la joven estaba bien, y marcharse antes de que se arrepintiera de nada. Sonrió. Menuda estupidez, lo que en realidad buscaba era observarla sin tener que toparse con una mirada huidiza llena de desconfianza.

Se dio una ducha rápida y se sentó a la mesa del comedor con la intención de trabajar un rato. Encendió el ordenador y se puso al día con los correos y los mensajes. Tras unos minutos miró su reloj y cerró la pantalla de su portátil; no podía concentrarse. Lo que acababa de vivir (esa entrada sin venir a cuento en casa de su vecina) regresaba una y otra vez a su cabeza.

Si se esforzaba conseguiría meterse de lleno en el proyecto, pero entonces correría el riesgo de no aparecer por la empresa de su padre hasta el mediodía.

No se presentaban demasiadas oportunidades como esa, –oportunidades en las que no hay que escatimar ni en equipamiento, ni en tecnología por ser un velero para alta competición–, y se encontraba entusiasmado con el trabajo. Y más si se sumaba el hecho de que, aunque estaba especializado en el diseño de embarcaciones deportivas, solía ocupar su tiempo con aburridas peritaciones. El encargo que ahora tenía entre manos era muy prometedor.

En fin, hoy tenía un día largo y más le valía prepararse. Si la reunión salía bien, quizá podría trabajar en el diseño del nuevo barco desde el despacho de su padre.

Y, para qué negarlo, estaba deseando que llegase la una del mediodía.

Capítulo 8

A media mañana apareció su vecina. Tenía las mejillas sonrosadas, la mirada soñadora, y sus andares transmitían ingravidez, caminaba etérea, como si volase. En su cara se podían leer muchas cosas, pero sobre todo una destacaba por encima de todas las demás: felicidad.

A Sam, esa «nueva» y risueña Claire, le hizo sonreír.

–¿A qué se debe tu cara de satisfacción? ¿Has dormido bien?

–Más que bien. Si supieras lo que he soñado.

–Sorpréndeme.

La modelo cerró los ojos y respiró despacio.

–He soñado con Héctor. –«¡Oh, no! ¡Otra disertación sobre las virtudes del vecino no, por favor!»–. ¿Crees que es guapo? –preguntó mirando a Sam fijamente.

–Menos que Rodrigo.

–Puede, pero… mientras que el brasileño es todo dulzura y cariño, este hombre destila masculinidad. Es como un animal salvaje enjaulado, una máquina fuerte y precisa. Me gusta esa aura de peligro que le envuelve. ¿Has visto sus brazos? Tiene que estar fuerte.

–Menos que Rodrigo.

–¡Y dale con Rodrigo! De acuerdo, el brasileño está buenísimo, cachas y todo eso, pero no me ha mirado en ningún momento como si yo fuera la mujer de sus sueños.

Sam frunció el ceño. «¿Quería decir eso que Héctor sí lo había hecho?». El alma se le fue escurriendo hasta caer al suelo y quedar como un charco alrededor de sus pies. Sus ilusiones se habían truncado antes de empezar, las fantasías de Claire empezaban a empañarle el día, aunque... su vecina era enamoradiza por sistema y, probablemente, este estado efervescente de felicidad le duraría como mucho un par de semanas. Pero si Claire se proponía ligar con el recién llegado ya se podía olvidar ella de cualquier acercamiento; su amiga era elegante, estilosa, con clase, y además simpática y de buen corazón. Y ella solo era un torpe pato al que acorralaban las situaciones adversas. O, al menos, después de la conversación de anoche, así debía de verla él.

En fin. Ellos jugaban en otra liga (la de la gente perfecta) y eso ella ya lo sabía. Además de que en el fondo todo era un juego. ¿Cómo iba ella siquiera a pensar en serio tener algo que ver con su vecino?

—¡No has desprecintado el puzle! Creí que te gustaba —se lamentó la modelo.

Samantha se levantó y fue a la pata coja hasta donde estaba Claire.

—Y me gusta. ¡Me gusta mucho! Es solo que... —Se encogió de hombros sin saber muy bien cómo decir aquello—. Es un poco grande para mi casa. He estado pensando dónde podría montarlo y no le he encontrado sitio.

El rostro de Claire cambió. Toda el aura de felicidad que la había rodeado desde que traspasó la puerta de entrada se deshizo en mil pedazos. Se levantó, cogió la caja entre sus manos y se puso a leer detenidamente. Cuando llegó a las medidas frunció el ceño, quizá Sam tenía razón, aquello era enorme. Y como ella era tozuda hasta el extremo y, además, era un regalo que a su amiga le había gustado, se sintió decidida a ir a cambiarlo.

–¿Entonces? –preguntó con cautela Samantha en un intento de volver a la anterior conversación–. ¿Te gusta Héctor?

–¿Y a quién no? ¿Pero tú lo has visto bien?

–Ya sé que es atractivo, solo quería saber si te gustaba... de verdad.

–Pues claro que me gusta de verdad. Es guapo, educado, inteligente... (A pesar de que su amiga siguió parloteando, Samantha la escuchó como si fuera murmullo de fondo. En su cabeza solo tenía limpia una frase que se repetía una y otra vez: Claire estaba interesada en Héctor, «de verdad»).

¿Estaría su amiga enamorada por fin?

Cuando a la una en punto se abrió de nuevo la puerta del apartamento, Samantha estaba asomada a la ventana, aburrida de esperar que algo ocurriera y le alegrase el día. Con el cuerpo inclinado hacia delante y los codos apoyados en el alfeizar, perdía el tiempo mirando el ir y venir de sus vecinos.

A esa hora del mediodía el patio interior estaba muerto, nadie entraba ni salía, y solo los sonidos amortiguados de las cocinas eran los únicos síntomas de actividad. Y absorta como estaba buscando algo que la distrajera, si no hubiera sido porque una ligera corriente de aire la avisó, ni se habría enterado de que alguien estaba tras ella.

Nueva visita de Héctor, nueva impresión y, por supuesto, otra vez sin aliento ni palabras. De nuevo tuvo que buscar su voz para intentar recriminarle que entrase cuándo y cómo le diera la gana. Pero su cuerpo potente llenando el hueco de la puerta, su mirada intensa de un verde irreal, y aquel traje gris oscuro que le sentaba como un guante, volvieron a anular su cerebro impidiéndole decir nada coherente.

Tan pronto como lo tuvo delante fue consciente de que su repentino interés por el patio comunal no había sido otra cosa que esperar a que él lo cruzase en dirección a su piso. No le había visto hacerlo, así que debía de haber entrado directamente a la escalera de servicio para subir a su apartamento.

Antes de que ella pudiera decir algo, Héctor se excusó diciendo que lamentaba llegar tarde, que pasaba por su casa a cambiarse y que volvía en nada. La puerta se cerró antes de que Sam pudiera siquiera abrir la boca.

«¿Tarde?». Sam miró la hora en la pantalla de su móvil. ¡Pero si era la una en punto!

La impresión al verle la dejó derrumbada sobre el poyete de la ventana mientras hacía profundas respiraciones que consiguieran bajar, de algún modo, el ritmo de su alocado corazón.

«¡Este hombre me matará de un susto!».

Diez minutos más tarde la puerta se abrió de nuevo y, aunque Sam estaba sobre aviso y creyó que no se impresionaría al verle, tuvo que apretar los labios para no silbar como un vulgar camionero. Héctor se había duchado, llevaba un polo negro de manga corta y unos vaqueros del mismo color. Otra vez oscuridad. Claire tenía razón, ese hombre era todo lo opuesto a la luz que rezumaba Rodrigo. Era masculino, misterioso y salvaje. Aunque ahora sus ojos, a la luz intensa del mediodía, se veían claros e intensamente verdes.

–¿Tienes hambre?

Así, directo, sin buenas tardes ni nada.

–He tomado un poco de fruta para almorzar.

–Qué suerte, yo no he comido nada y estoy famélico.

Giró sobre sus talones y en dos zancadas se metió en la cocina.

Cuando Sam le vio abrir la puerta del frigorífico y meter la cabeza, aprovechó para recuperar sus muletas y acercarse para observarle mejor. Si en un primer momento creyó que sería lento debido a su envergadura, en seguida se dio cuenta de que estaba equivocada. Se le veía ágil, felino y elegante. Además, era un autómata que parecía conocer el lugar exacto donde se guardaban todos los enseres, sus movimientos eran precisos, como si estuviera acostumbrado a desenvolverse en aquel lugar. Era un pez en su pecera.

Samantha se sentó junto a la barra que separaba la cocina del salón, apoyó sobre ella los codos y la cabeza sobre las palmas de sus manos, y se quedó quieta como si estuviera memorizando todos y cada uno de sus pasos. Después de tanta inactividad, contemplar cómo se movía aquel hombre en su reducida cocina resultó ser un pasatiempo fascinante.

Héctor la había escuchado moverse, así que no se sorprendió al girarse y verla al otro lado de la barra. Lo que sí llamó su atención fue la avidez de su mirada, la intensidad con la que se bebía sus movimientos. La joven no le miraba a la cara, lo que sus ojos perseguían era la actividad de sus manos. Le estudiaba con verdadera atención y no se perdió ni un solo detalle mientras cortaba cebolla, pelaba patatas o batía huevos. Aquella actitud le hizo pensar en lo aburrido que debía de ser estar todo el día en casa sola, atada a una escayola.

Pobre Sam, si esto le resultaba interesante era porque debía de sentirse como en una cárcel.

Comieron allí, cada uno sentado a un lado de la barra, encaramados a un taburete. Envueltos en un silencio nada cómodo.

Para evitar mirarle a la cara –tenerle cerca de nuevo volvía a ponerle un nudo en la garganta–, Samantha se centró en su plato. Ella, que pensaba que las sensaciones de agobio de la noche pasada fueron porque Claire se empeñó en hacerla la única protagonista de la conversación... Pues, al parecer, no. No eran tan intensas, quizá porque no había nadie que quisiera hacerla parecer el ser más gafe del universo, pero estaban ahí. La presencia de aquel hombre la intimidaba y, disimulando, e intentando con ello tranquilizarse, se recreó en cortarlo todo en pequeños bocados de igual tamaño y forma. Cuando los tuvo todos bien ordenados en su plato sonrió al pensar que entre eso y la alta cirugía tan solo había un pequeño paso.

Tenerle delante a tan escasa distancia la acobardaba. No podía evitar sentirse nerviosa.

Héctor la observaba, Samantha manejaba el cuchillo y el tenedor como quien tiene en las manos un bisturí o está entretejiendo hilos en un encaje de bolillos. La veía concentrada y metódica. No imaginó en ningún momento que fueran los nervios por tenerle delante, simplemente lo anotó en la lista de manías personales que suele rodear a cada individuo. Su lado perverso le hizo pensar en triturar la próxima comida con la batidora para ver qué era lo que Sam hacía con ella.

–Ese es mi vaso.

–¡Oh, perdón! No me di cuenta –se excusó Samantha, sintiéndose tonta por el error. Estaba tan centrada en mirarle de reojo mientras comía, que no sabía muy bien qué estaba haciendo y ni siquiera fue consciente de coger el vaso equivocado.

Intentó levantarse para ir a por uno limpio y cambiárselo, pero él, sujetándola levemente por el brazo, se lo impidió.

–No pasa nada, ya has bebido antes de él. –Eso le hizo ponerse aún más roja.

–Lo siento.

–Te he dicho que no pasa nada.

Sam agachó la cabeza, pinchó con el tenedor un trozo de tortilla y continuó comiendo, pero deseó que se abriera un agujero en el suelo y las láminas de madera la engullesen sin masticar.

No solo se sentía sofocada por su torpeza. Que él, aunque solo había sido un momento y con toda la suavidad del mundo, la tocase, consiguió que su temperatura corporal subiera unos cuantos grados. Y todo ese calor extra parecía haberse instalado en sus mejillas.

Con disimulo se miró el brazo y le extrañó no ver manchas rojas de quemaduras. La sensación de que aquellos dedos habían marcado de alguna forma su piel era muy real.

Ardía.

Ya podía atragantarse, no iba a volver a beber agua en lo que quedaba de comida.

Héctor sonrió por la tontería, pero no le gustó nada verla acobardada. Quizá toda aquella disección de la comida no fuera, después de todo, una manía. Verla con la cabeza metida en el plato y los hombros hundidos significaba que él la intimidaba y no creía haber hecho nada para merecerlo.

–Es curioso –dijo Héctor como carnaza para involucrar a Samantha en algún tipo de conversación.

–¿El qué?

Cebo mordido.

–Tu casa. No me refiero al apartamento en sí, sino a

que se acceda desde la escalera de servicio y no por la principal.

—Es que antaño era el palomar. La casa fue remodelada para tener una única vivienda por planta, pero los pisos eran tan grandes que al final se dividieron en cuatro. Por eso todos los que están de este lado tienen entrada trasera.

A Héctor le gustó oírla hablar (aquella había sido la frase más larga que había podido escuchar de sus labios) y que por un momento abandonase la timidez, pero aunque calló para que ella siguiera contándole la historia del edificio, Samantha volvió a encerrarse en sí misma y el silencio se apoderó de nuevo de la habitación.

Al terminar, Héctor se dispuso a recoger y fregar los platos.

—Yo puedo hacer eso —protestó Samantha. Ante la mirada escéptica del vecino añadió—: Puedo poner una silla para dejar caer el peso en la rodilla y no sobre el pie.

—No cuesta nada, solo son cuatro cacharros.

—Pero no hace falta que lo hagas tú.

—Sam, no me importa, de verdad.

Sam, él sabía su nombre. Claro, ¿acaso era idiota?, les habían presentado la noche anterior.

Se bajó despacio del taburete y se dirigió hasta el sofá. Allí se dejó caer sin saber muy bien qué otra cosa hacer y, aunque él estaba de espaldas y no podía verla, no supo por qué, pero se sintió observada.

Mientras secaba los platos y los colocaba uno a uno en el armario sobre el fregadero, Héctor le dio vueltas a la situación y pensó en que quizá lo mejor era darle espacio. De algún modo le habían impuesto a la joven su presencia y, aunque a él no le molestaba en absoluto echarle un cable y hacer de «niñero», comprendió que quizá ella debía de estar un tanto incómoda.

Al terminar y mientras se colocaba de nuevo el reloj que había dejado sobre la barra, la observó. Tenía la mirada fija en el frente, como si la pared fuese la mar de interesante.

La situación le hizo sonreír. Él, sin saber por qué, se había sentido cómodo en aquel pequeño apartamento desde el primer momento en el que entró. Era cálido, hogareño y tenía mucha personalidad y, además, Samantha le suscitaba curiosidad, una jovencita que, valientemente, se estaba enfrentando sola a todo un Madrid. Pero no podía imponerle su presencia, así que carraspeó para llamar su atención y decidió dejarla tranquila.

–Bueno, si no necesitas nada más me marcho a casa de Rodrigo a trabajar un rato. Te apuntaré aquí el número de mi móvil por si necesitas algo. No te cortes y envíame un mensaje o llámame, estoy a un paso.

–Vale –respondió Sam sin dejar de mirar la pared.

Samantha no sabía si se sentía mal porque él se iba y eso implicaba quedarse sola toda la tarde, o porque se iba y perdía la oportunidad de pasar un rato a su lado. Si sopesaba los dos casos quizá se inclinaba por este último, aunque… su presencia era un tanto abrumadora.

–¿Estás bien, Samantha?

¿Tan evidente era su agitación interior?

Esta vez se giró, intentó parecer serena y le dijo mirándole a los ojos:

–Estoy bien, de verdad.

–Mientes fatal. Y ya no sé si tengo yo la culpa de que estés incómoda o te agobia pensar que vas a pasar la tarde encerrada.

Los ojos de Sam se abrieron como platos y ante esa

reacción él sonrió. «*Touché!*». Había adivinado lo que la joven estaba pensando.

«¡Puede ver lo que pienso! ¿Y ahora, qué?».

–Yo... –Tragó saliva e intentó pensar en algo ingenioso para salir del paso, pero cuando vio que Héctor se sentaba sobre la mesa baja donde ella había apoyado el pie y le tenía a dos palmos de su cara, boqueó como un pez.

–Samantha... –¿Por qué tenía esa voz tan suave? ¿Por qué?–. Entiendo, o quiero entender, que no soy yo, aunque sé que tener a un desconocido en casa descoloca a cualquiera. Dime si te apetece hacer algo esta tarde, en realidad llevo el proyecto adelantado y puedo quedarme a charlar o llevarte a algún sitio. Hagamos algo juntos, quizá, si me das la oportunidad de conocerme un poco, no te resulte tan violenta mi compañía.

–No me siento incómoda por ti –balbuceó Samantha, deseando que no se notase su indecisión–, es que llevo muchos días aquí dentro y... me aburro.

La boca de Héctor esbozó una muy tímida sonrisa y, ese pequeño gesto, captó toda la atención de Sam y le proporcionó un sinfín de extrañas sensaciones: hormigueo en las manos, electricidad en la nuca y, sobre todo, el deseo de acercarse y tocarlo.

Escuchó un murmullo salir de entre aquellos labios, pero su cerebro estaba bloqueado y se empeñó en no entender nada. Cuando vio que volvían a moverse supo que Héctor estaba repitiendo su comentario y se obligó a salir del trance que le había supuesto mirarlos.

No imaginaba qué podría haber dicho, pero él estaba esperando respuesta, así que se limitó a asentir y se estremeció al pensar, y ver cómo él se levantaba, que no sabía qué iba a pasar a continuación.

Héctor abandonó su piso y ella se quedó muy quieta sentada en el sofá. Respiró profundamente para relajarse y le llegó el olor a colonia de hombre, lujosa, vibrante... de esas que permanece en la memoria. Sonrió. Había estado tan nerviosa que no se había percatado de ese detalle.

Héctor olía muy bien.

Reaccionó y volvió a mirarse el antebrazo, todavía podía sentir las yemas de sus dedos sobre la piel.

Desde luego era de los que dejaban huella.

Estuvo pensando en todo eso, en cómo le afectaba ese hombre, hasta que la puerta volvió a abrirse. Héctor, ahora con gafas –¡con gafas!–, un pantalón fino y largo de deporte y una camiseta de algodón gris oscuro, se sentó a su lado y le enseñó dos películas de vídeo. A Sam esta vez no le importó que él no hubiera llamado, su cerebro seguía colapsado por todo lo que acababa de pasar.

–No me has dado ninguna pista, así que he elegido yo por ti.

–No tengo vídeo, ni televisión.

La reacción del hombre fue inesperada, se echó hacia atrás, apoyándose por entero en el respaldo, y se carcajeó con ganas. El sonido de su risa llenó la habitación, reverberando y multiplicándose como si las paredes se negasen a absorberlo. Fue algo mágico y Sam se alegró de haber dicho algo simpático por una vez, y sobre todo de no ser siempre ella quien metía la pata.

–No sé por qué, pero tenía la impresión de que algo no estaba bien. ¡No tienes televisión! –dijo Héctor cuando pudo controlar su voz–. ¡Anda, vamos! Rodrigo tiene un plasma enorme.

Ella lo vio levantarse y ofrecerle la mano.

Otra vez aquella mano grande y fuerte, elegante y cuidada.

Pepe llegó corriendo, como si presintiera que iban a irse dejándolo solo y tuviera que llamar la atención para que no fuera así.

—¿Tu gato es un poco perro, no? —dijo Héctor al ver que el animalito se agarraba a la pernera de su pantalón como si le fuera la vida en ello.

—Parece que lo es con todos menos conmigo.

—Está bien, campeón. Tú también vienes. —Y sin mover la mano que aún tenía tendida hacia Samantha, se inclinó para con la otra coger a Pepe en brazos.

—Te va a llenar de pelos.

—Ahora que llevo ropa vieja no me importa, me encantan los gatos. ¿No piensas levantarte? ¿También quieres que te lleve en brazos?

Indecisa, Samantha comenzó a incorporarse. Aceptó la mano que le tendían y aquellos dedos fuertes capturaron los suyos de inmediato. Se puso de pie y se soltó para coger las muletas.

—No te hacen falta las dos —murmuró Héctor cuando le vio la intención—. Solo necesitas una, del resto me encargo yo. —A Sam le sorprendió su maniobra, en apenas un segundo se colocó a su lado y le rodeó con la mano libre la cintura—. No te ofendas, pero te he visto manejarlas y te aseguro que yo soy mucho más estable.

Sam no pudo decir nada, no le salían las palabras. El calor de aquellos dedos traspasó la camiseta y se tradujo en un latigazo en su columna que le hizo cerrar los ojos un instante. Intentó no aproximarse a él, pero aquella mano la mantenía presa contra su costado.

—Deja caer el peso sobre mí. Tranquila, no vas a caerte —murmuró Héctor al sentirla temblar como una hoja—. Ten confianza, solo es un piso. Entraremos por la puerta de atrás.

Lo que él no sabía era que a Sam le importaba tres pimientos caerse rodando por las escaleras. Si ocurriese, podría romperse todos los huesos del cuerpo excepto los que estaban enyesados y, si se rompían, al menos no tendrían que recomponerla, la escayola se ocuparía de mantenerlos en el sitio. Su verdadero problema era que en ese momento solo podía pensar que Rodrigo había tenido con ella el mismo gesto unas cuantas veces y que nunca había sentido, como ahora, el corazón hecho una pelota en la garganta.

Comenzaron a caminar. Despacio. Bajaron los escalones uno a uno. Con la mirada de Héctor fija en la coronilla de Samantha, que se empeñaba en examinar el suelo como si fuera a faltarle bajo los pies.

Al llegar a la puerta del piso de Rodrigo, Héctor la apoyó en la pared y la soltó para meter la mano en el bolsillo y acceder a las llaves. Una vez abierto liberó a Pepe, que salió corriendo a investigar, y recuperó su lugar junto a Samantha, invitándola a entrar con un leve empujón. Ella parecía haber echado raíces en la puerta.

El piso de Rodrigo, al menos la cocina, que era por donde habían entrado, tenía un concepto minimalista al máximo. Era espaciosa e industrial, mitad anclada en el pasado y mitad moderna. La bancada era una superficie continua de un material que asemejaba el hormigón y las puertas de los muebles de acero inoxidable, al igual que los electrodomésticos. Quizá en un primer momento pudiera parecer fría o impersonal, pero la luz del sol que entraba por los ventanales, tamizada por la gran claraboya del patio central, y el suelo antiguo de baldosas hidráulicas lleno de motivos florales y patrones geométricos, le daban una vida increíble.

El salón tenía, siguiendo la tónica decorativa de austeridad, pocas piezas, pero muy bien escogidas, aunque la que más llamó la atención de Samantha fue el sofá. Enorme, sólido, acogedor, de esos que te hacen la boca agua con todo lo que prometen, porque son capaces de llamarte diciendo las palabras mágicas: «Acurrúcate y duerme conmigo».

Héctor la llevó hasta allí y la acomodó entre cojines antes de salir disparado hacia la cocina. En pocos minutos, Sam escuchó el bombardeo de las palomitas en el microondas y el tintineo del cristal al chocar los vasos. Cuando le escuchó regresar, se ilusionó como una niña pequeña al ver el tamaño del cuenco repleto de palomitas. La única palabra que se le ocurrió para describirlo fue: descomunal. Pero es que, además, era como una gran montaña llena de nieve en invierno, imposible coger un puñado sin causar un alud.

Héctor se sentó a su lado y le ofreció un refresco.

–Me gustan las palomitas, pero tantas...

–Es otro de los puntos de la lista de Rodrigo. –Y aprovechó la mirada rápida que ella le dedicó para guiñarle un ojo con picardía.

Samantha creyó morir de vergüenza.

–No quiero pensar qué más cosas tendrá esa lista.

–Es un secreto, no puedo desvelar mis fuentes, pero... te sorprenderías. Rodrigo es muy observador.

–¿Le conoces desde hace mucho?

–Mi hermano y él coincidieron en el instituto y a raíz de ahí siempre ha estado dando vueltas por casa. Cambiando de tema, ¿vas a contarme cómo te hiciste eso? –Y un dedo acusador señaló la escayola.

La voz de Sam salió con dificultad. Otra vez no, no quería pasar por ese desastre de nuevo. Casi había olvidado lo torpe que se sintió cuando su vecina relató lo ocurrido.

–Ayer Claire lo contó con pelos y señales.

–Vamos, Samantha, ella no estaba presente, solo nos dio una versión humorística de los hechos. ¿Te hiciste daño? ¿Cómo pasó? ¿Estabas sola?

–No, no. En realidad ocurrió como lo contó Claire. Resbalé y una bandeja con cafés me cayó encima, era de metal y el canto me dio en el pie. –Samantha miraba al suelo, roja como un tomate, sintiéndose de nuevo torpe y patosa–. Pero no todo fue mala suerte, al menos tenía un médico al lado que me cogió en brazos y me llevó a la sala de rayos.

–¿No era tu primer día de trabajo?

–Sí, es que soy recepcionista en una clínica de medicina deportiva. Está cerca, en el Paseo del Prado, justo enfrente del Jardín Botánico.

El silencio en el que se sumió Héctor hizo que Samantha se atreviese a mirarle. Durante unos segundos su rostro fue indescifrable, aunque ella casi podría jurar que le vio sonreír, pero en seguida reaccionó para levantarse e ir hasta el mueble con cajones donde se apoyaba el gran televisor de plasma.

–He dejado las dos películas que escogí en tu casa, pero aquí hay un montón –explicó abriendo un cajón–. Lamento decirte que Rodrigo es fan de las de acción desmedida, así que tendremos que hacer una maratón de persecuciones de coches, guerras, superhéroes, misiones imposibles... Tú eliges.

–Cuenta hasta diez empezando por la izquierda y la que salga.

–Buena decisión.

Comenzó a contar en voz alta y, poniéndose delante para que Sam no viera la carátula, sacó el disco y lo metió en el reproductor.

–¿Qué vamos a ver?

–¡Sorpresa!

Héctor se sentó a su lado y cogió un buen puñado de palomitas. Sam arqueó una ceja. ¿Cómo había conseguido hacerlo sin desparramar el resto sobre la mesa? Ella lo intentó y aunque llevó cuidado tuvo que recoger algunas del suelo. Al final Claire iba a tener razón cuando decía aquello de que era la persona más patosa del edificio.

La película, una adaptación de una novela de Robert Ludlum, aunque ya con años, no fue del todo una mala elección. Y, como los dos la habían visto, les permitió hablar sobre algunas escenas. No se conocían apenas, eran dos extraños compartiendo sofá y palomitas, pero Samantha, que desde que había visto a Héctor moviéndose por su casa como si fuera un amigo de toda la vida estaba de los nervios, se fue relajando y consiguió pasar una buena tarde. A Pepe no le costó tanto acostumbrarse, aún no habían terminado los tráileres que anteceden a la película y ya estaba enroscado en el regazo de Héctor ronroneando como una moto vieja.

Quizá no tenía tan mala suerte como pensaba. Encontrar gente que está dispuesta a pasar su tiempo contigo, aunque solo sea para distraerte, es todo lo contrario, es un verdadero regalo. Y Héctor, aunque de rostro severo, no era tan serio como aparentaba o quería aparentar. En realidad estaba resultando ser muy agradable y simpático, y desde luego nada pedante ni engreído. Tendría que pedirle a Claire que comprase Tipp-Ex, el apodo de Héctor el vanidoso que había escrito en su diario no le hacía justicia.

Cuando terminó la película charlaron un rato. Samantha se atrevió a preguntarle por su trabajo, sus estudios y su vida en Barcelona, y también evitó hablarle de sí misma. A él las cosas le habían ido bien y ella se sintió avergonzada por haber desaprovechado sus oportunidades. Así que se limitó a preguntar y dejarle hablar.

Y Héctor le contó sin demasiadas reservas.

Aunque nació en Madrid, se crio con sus abuelos paternos en la Ciudad Condal al morir su madre. Él y Manuel eran muy pequeños cuando ocurrió aquello y su padre no sabía muy bien cómo educar a dos niños al mismo tiempo que labrarse un futuro profesional que auguraba ser de lo más prometedor. Más tarde, cuando su padre ya estaba establecido, se casó de nuevo, y este nuevo matrimonio trajo bajo el brazo una madrastra algo estirada y una hermanastra mimada y egoísta, y ellos, que ya eran adolescentes, se quedaron con los abuelos en Barcelona. Sam se sorprendió ante tanta franqueza, pero agradeció el gesto y no pudo sino intentar imaginar a un Héctor joven y lleno de ideales.

Estudió Arquitectura Naval en la Facultad de Náutica de Barcelona y, al principio, nada más terminar la carrera, se dedicó a los trabajos menos atractivos de su profesión: durante un tiempo viajó por buena parte del mundo realizando inspecciones en plataformas petroleras. Aburrido, pero muy lucrativo. Ahora ya había superado esa fase y estaba desarrollando un diseño para la Copa América.

Impresionante.

Y lo mejor es que en ningún momento se jactó de ello. Estaba diseñando un barco para la élite del deporte y lo contaba con toda naturalidad.

(Realmente iba a tener que comprar Tipp-Ex).

A eso de las ocho la acompañó a su casa y, aunque se estremeció de nuevo al sentir que podía tocarle y colgarse de él, los nervios por estar con alguien extraño se habían disipado en parte. Ahora era otra cosa la que estrujaba su estómago, aunque ella no lo reconocería ni muerta.

Cuando Sam abrió la puerta de su casa, se encontraron con Claire sentada en el sofá. No les dio tiempo ni a saludar.

–¿Dónde te habías metido? Estaba preocupada. Al menos podías haber cogido el móvil.

–Lo... Lo siento, no lo pensé, Claire.

–Llevo al menos cinco minutos aquí sentada –protestó su amiga, que sentada muy tiesa intentaba aparentar que estaba ofendida.

Samantha no pudo evitarlo y soltó una carcajada. Héctor no dijo nada, pero tuvo que hacer esfuerzos por no hacer lo mismo.

–¿Cinco minutos? –preguntó cuando pudo dejar de reír.

–Bueno, quizá hayan sido tres, pero de verdad, no sabía qué pensar. ¿Dónde estabas?

–Hemos estado en casa de Rodrigo –intervino Héctor–, me temo que la culpa ha sido mía. Rapté a Sam para ver una película de vídeo.

El enfado de Claire se evaporó en segundos cuando él habló y su gesto al mirarle fue de total adoración.

Héctor huyó como un verdadero cobarde.

–Chicas... Os dejo solas. Tengo cosas que hacer.

Mientras la modelo no miraba le hizo un gesto a Samantha indicándole que volvería luego, y aquel rostro serio se transformó un instante para dedicarle una escueta sonrisa.

A Sam se le rieron los huesos. Eso había sido solo para ella.

–Pepe se ha quedado dormido en tu sofá.

–No hay problema, luego te lo traigo.

Él no lo imaginaba, pero al cerrar la puerta había dejado a dos mujeres suspirando tras su retirada.

–¿Te ha dicho algo de mí?

–¿Cómo?

–De mí. Si te ha preguntado, si habéis comentado...

–No, hemos visto una película, comido palomitas y charlado sobre su trabajo. Es muy majo. Me ha visto un poco agobiada y ha decidido sacarme de aquí.

La modelo carraspeó y con la mirada señaló una caja envuelta en regalo sobre el sofá.

—No tienes que comprarme nada, Claire.

—En realidad es la versión dos de un regalo anterior.

El puzle, el puzle de cinco mil piezas que se había llevado para cambiar se había convertido en uno igual, pero solo roto en mil fragmentos.

—Ese cabe en esta mesa. Así podrás hacerlo mientras descansas en el sofá.

Se abrazaron. Samantha lloró como una cría, sin querer se emocionaba con aquellos detalles de su amiga.

¿Y AHORA QUÉ?

Acaba de pasarme algo absurdo y no sé cómo actuar si esta situación se vuelve a repetir en el futuro. Mi vecina acaba de irse y yo siento en mis huesos que tiene celos porque he pasado la tarde con Héctor.

Me ha dado el regalo y hemos charlado un rato, como siempre, pero la conversación ha recaído sobre lo que he hecho durante el día, y eso que, como es «tan interesante», generalmente ni me pregunta. El caso es que el fantasma de Héctor ha revoloteado todo el tiempo sobre nosotras. Aparte de hacerme preguntas con suspicacia, me he dado cuenta de que me miraba con interés, como si yo fuera diferente. Y yo sigo siendo yo, y no podría usurparle el trono ni de lejos.

Quiero decir que no sé si realmente está interesada en Héctor; Claire se siente atraída y cae «enamorada» por todos y cada uno de los hombres atractivos que conoce, pero su actitud de hoy me ha hecho pensar que quizá esta vez sea la buena. Porque… si no lo es, ¿a qué ha venido todo esto?

Sé que a mucha gente mi amiga puede parecerle un tanto ingenua y algo boba. Vamos, que no es la primera vez que escucho que le falta «un hervor». Pero no es así, Claire no tiene un pelo de tonta y este comportamiento de hoy me mosquea un montón.

A veces creo que no la conozco en absoluto.

Capítulo 9

Cuando Héctor abrió la puerta del apartamento de Samantha, ella ya tenía casi todas las piezas del borde del puzle apartadas en un rincón y estaba colocando las de la parte de abajo, a priori la más fácil porque todas las piezas correspondían a las fachadas de los edificios (el color y las formas siempre ayudan).

El vecino no dijo ni media, soltó a Pepe, al que traía en brazos, y se sentó a su lado. Miró unos segundos las piezas que Sam había seleccionado y cogió una con rapidez (antes de que ella pudiera reaccionar e interceptarle la jugada) para colocarla en su lugar.

Samantha le miró con descaro e intentó poner cara de enfadada. Él sonrió –si a levantar una de las comisuras de sus labios se le puede llamar sonrisa–, y la ignoró deliberadamente buscando el hueco para otra de las piezas. Ella le dio un codazo y, en ese instante, Héctor sí tuvo que apretar los labios para no soltar una carcajada.

–¿Qué quieres que haga? Me gustan los rompecabezas.

–Pero este es mío –protestó ella ofendida, o al menos intentándolo, mientras le quitaba una pieza de entre los dedos.

Héctor la recuperó, sus brazos eran más largos y,

aunque Sam intentó protegerla con el cuerpo, no pudo hacer nada cuando él la rodeó y se la quitó limpiamente de entre los dedos. La colocó en el lugar exacto y, sin detenerse, como impulsado por un resorte, se levantó para dirigirse a la cocina, no antes sin desperezarse como un gato grande.

–¿Qué quieres cenar?

–De momento nada, aún tengo empacho de palomitas.

No hizo mucho caso de su negativa y se puso a revisar el frigorífico, y Samantha aprovechó que le tenía de espaldas para observarle a placer y recuperar un ritmo cardíaco normal. Tenerle durante unos segundos tan cerca le había hecho estremecerse de la cabeza a los pies. Menudo cambio, ayer Héctor, el vanidoso (aunque él no hubiera hecho nada para merecer el título), y hoy Héctor, el simpático. No podía evitarlo, aparte del tirón que su cuerpo se empeñaba en tener cada vez que le veía, empezaba a caerle bien. Ese halo de formalidad que le envolvía quizá no era tanto, acababa de demostrarlo con su actitud.

Todos tenemos capas.

El frío de la nevera le sentó bien. Por un momento se había dejado llevar y se había comportado como un adolescente, y él no estaba ahí para eso. Se suponía que le habían dejado a cargo por ser serio y responsable, pero la juventud, el candor y la inocencia que rodeaba a Samantha le daba alas. Si hasta había sentido el deseo de besarla.

Joder, no podía pensar en eso. Esa joven no era el ligue de una noche, era amiga de Rodrigo y él debía comportarse y no verla como una distracción. Era adorable, sí, con ese pelo corto y rebelde que recién levantada le daba el aspecto de un gnomo malcarado; con esos tremendos y enormes ojos que parecían traspasar su piel y meterse muy dentro; con su carita de niña desvalida que en un instante podía llenarse de una muy sugerente picardía.

Cabeceó. Qué «mayor» se sentía en ese momento. Chasqueó la lengua y se centró en la comida.

Cenar, debía preparar algo para cenar.

La ensalada estaba deliciosa y era justo lo que le apetecía mientras las palomitas aún bailaban en su estómago. Fresca, ligera... Y completa. Si hasta tenía daditos de pechuga de pollo.

—¿Lleva naranjas?

—Umm, sí, traje para hacerte zumo y se me ocurrió hacer una vinagreta suave con ellas. ¿No te gusta?

—Jamás lo hubiera pensado... Naranja y pollo. Menuda mezcla.

—¿Pero te gusta?

Ella le miró a la cara y sonrió.

—¿Dónde aprendiste a cocinar? Me resulta extraño que un hombre sepa hacer estas cosas.

—Llevo mucho tiempo viviendo solo, y sí, los precocinados y la comida basura están bien un tiempo, pero comer sano es fundamental.

—Se nota que comes sano. —Al darse cuenta de que él podía manipular sus palabras y darles un sentido que no tenían, se sonrojó—. Quiero decir que estás delgado y que es evidente que te cuidas. Conozco a gente de tu edad que ya tiene pancita cervecera y pinta de octogenario.

Héctor la miró, por un momento dudó en si Samantha le estaba piropeando o diciéndole a la cara que era un viejo comparado con ella.

Sam no supo muy bien por qué, pero se dio cuenta de que el buen ambiente que se había creado entre los dos estaba a punto de dar un paso atrás y, aparte del «tierra trágame» que hacía señales intermitentes en su cerebro como un luminoso de neón, pensó que debía añadir algo más para evitar el desastre.

—Está deliciosa –fue lo único que se le ocurrió–. Tienes que apuntarme en un papel cómo demonios la has hecho.

Pero al ver que Héctor seguía pensativo, el filtro de su cerebro dejó de existir y su boca adquirió vida propia.

—No te preocupes, sigues siendo un «buenorro» aunque ya pases de los treinta y cinco.

Los ojos de Héctor se agrandaron al oír aquello, fue lo único que en su cara cambió, pero ese mínimo gesto hizo que Samantha enrojeciera, se atragantase y comenzase a toser.

«¡Caray con la niña!». Aquello remataba la faena con puyas y banderillas incluidas. «Bueno, al menos soy un "viejo" aún atractivo». Sonrió para sus adentros. «Un buenorro».

Decidió disimular y aprovechando que ella tenía las manos ocupadas con la ensalada cogió otra de las piezas del puzle y comenzó a buscarle sitio. Sam empezó a reír a carcajadas cuando quiso dejar el cuenco en alguna parte y no supo dónde; el rompecabezas se había apropiado de la mesa.

—Cuando te vayas voy a deshacer la parte que hayas montado tú.

—¿Aunque sea del cielo? ¿Del limpio y difícil cielo de un día claro y sin nubes? –murmuró Héctor, mordaz, mientras colocaba la pieza en su lugar.

—Tienes una facilidad pasmosa, has nacido para esto.

—Me gustan los rompecabezas, ya te lo dije, y mi trabajo es un poco esto. Fijarse en los detalles, encajar cada cosa en su sitio…

—Bien —cedió Samantha—, pues el cielo te dejo hacerlo, pero los edificios son míos.
—Trato hecho.
Le estaba empezando a caer bien, vaya que sí.

Cuando Héctor decidió que era hora de irse a dormir, levantó a Samantha, haciendo que perdiera incluso su contacto con el suelo, y la acomodó en una silla.
—¿Qué haces?
—Me he dado cuenta de que este sofá es también cama. Y si no quieres subir a tu dormitorio por miedo a caerte si bajas en mitad de la noche medio dormida, lo entiendo, pero eso no significa que tengas que dormir hecha un ovillo.

Sam estuvo a punto de protestar, llevarle la contraria a la gente era uno de sus deportes favoritos, pero el gesto la emocionó y la hizo callar. Héctor estaba trasteando el mecanismo del sofá y convirtiéndolo en una superficie más confortable, preguntó dónde tenía unas sábanas y, tras hacerse con ellas, las estiró como en el mejor hotel de cinco estrellas.

Al terminar le hizo un gesto con la mano invitándola a probarlo, pero antes de que ella pudiera levantarse, Pepe, de un salto, se subió y empezó a amasar con las patas delanteras para hacer su «nido».
—¡Ah, no! Eso sí que no. ¡Fuera, bicho!

El gato la miró con cara de... «Sigue soñando, guapa, como mucho te dejo un rincón para que duermas tú también», Héctor dio media vuelta, para que no le viese reírse de la situación, y con un «buenas noches» se largó del piso.

Sam se quedó mirando la puerta. Hoy había sido un día raro y felizmente sorprendente.

Tener «niñera» no está tan mal

Son más de las doce de la noche, así que 13 de mayo.

No sé si adorar a Rodrigo (pedazo de niñera que me ha dejado) o crucificarlo (esto no se le hace a una amiga). Dejarte a cargo de un hombre así no es sensato, porque es alguien que te puede hacer soñar y de quien fácilmente te podrías encaprichar.

Sin duda, Héctor posee ese magnetismo que tienen las personas, no ya que parecen interesantes, sino que lo son. Es misterioso y cuando revela algo de su personalidad lo hace para ponerte contra las cuerdas; es serio, pero se ríe por dentro.

Y ponerte la miel en los labios de algo que sabes que jamás podrás probar... Ahora entiendo el hechizo que hace que Claire se pase horas hablando de él. Se palpa en el aire. Da un poco y quieres más.

Acaba de irse, estoy mirando la puerta cerrada y echando de menos su compañía. Ha sido un día raro y feliz, un día de descubrimientos, un día para recordar. Solo ha necesitado unas horas para cautivarme.

Voy a dejar de escribir, empieza a caérseme la baba y no es hombre para pensar mucho en él, puede acabar por gustarme y, si te soy sincera, sé que no está a mi alcance.

Capítulo 10

La luz ya entraba a raudales cuando Sam despertó; hacía tiempo que no dormía tan bien. A pesar de seguir llevando el lastre de la escayola atado a la pierna, podía estirarse a placer y eso se había convertido en un sueño placentero y reparador.

Esbozó una gran sonrisa. «Gracias, Héctor».

Mal, muy mal. Aquello pintaba mal si el primer pensamiento de la mañana era para él. Se incorporó y se desperezó. Pepe, ovillado en una esquina del sofá, imitó su gesto y empezó a estirarse, bostezar y a rodar sobre su espalda para caer del otro lado y seguir amodorrado.

Héctor había estado allí.

Por un momento, el pensar que un extraño pudiera entrar en su casa cuando le viniera en gana hizo que Sam se estremeciera con cierta alarma, pero después, ver que había traído el taburete del baño (la mesa seguía ocupada por las piezas del puzle) y sobre él había dejado un plato con un par de magdalenas, un vaso de zumo de naranja, una taza vacía, el azucarero y un termo con café, le hizo pasar de la aprensión inicial a la más agradable de las sorpresas. También había un papel, en él estaba escrita la palabra *Dormías*.

«Desde luego es parco en palabras».

Mientras desayunaba, un vistazo al puzle le hizo comprobar que el inmenso azul del cielo tenía unas cuantas piezas más, y eso le hizo sonreír contra su taza. De acuerdo, Héctor hacía lo que le venía en gana sin pararse a pensar si invadía el espacio de los demás y, en ese sentido, a Sam le hacía sentirse incómoda porque trasgredía las normas de la buena educación al traspasar el umbral de su casa con demasiadas confianzas, pero sus gestos le hacían ganar puntos por momentos; no podía negar que había asumido la responsabilidad de cuidarla sin rechistar. Además, también le tranquilizaba que conociera desde hacía tiempo a Rodrigo.

Recordó la conversación del día anterior. Héctor comentó que el sobrecargo había entrado en su vida en su etapa del instituto y eso significaba un buen puñado de años. El brasileño confesó haber cumplido ya los treinta y cinco, él y Manuel debían de tener la misma edad. Héctor un par más quizá… Treinta y siete, treinta y ocho…

No los aparentaba, o eso creía, no estaba muy segura. Las pocas veces que le había mirado de frente había tardado poco en desviar la vista. Esos ojazos verdes… Respiró profundo, debía dejar de pensar en eso. Ese hombre estaba a años luz de su alcance.

El timbre hizo que diera un salto sobre el sofá.

¿El timbre?

Tardó unos segundos en ser consciente de que debía levantarse y contestar. El ruido de la calle y lo viejo del interfono le hizo abrir la puerta sin haber entendido del todo. Su nombre estaba claro, pero… ¿floristería?

Abrió la puerta y se sujetó bien al pasamanos para curiosear quién subía. Solo acertó a ver un gran ramo de flores y una cabeza.

«¿Son para mí?».

Cuando el repartidor llegó a su rellano tenía la cara roja y respiraba con dificultad. Apenas podía articular palabra, así que Sam firmó el recibí antes de saber con seguridad que el ramo fuese suyo.

La tarjeta era de la Clínica Lamaignere.

Alivio y decepción.

Alivio porque al menos se acordaban de ella, decepción porque que te regalen flores se siente como algo romántico y este no era el caso.

Sam suspiró. Ella no tenía una cohorte de hombres aduladores que tuvieran ese tipo de detalles haciendo cola en su portal. Nadie la esperaba. Su vida amorosa no había sido como una montaña rusa: emociones, subidas y bajadas, acelerones y frenazos, no, más bien se había encontrado un camino recto sin apenas baches en el camino. En el pueblo, su madre intentaba desde siempre, desde que ella podía recordar, liarla con Carlos, el hijo del veterinario de la comarca. Y Carlos era majo, grandote, tosco, parco en palabras… y más soso que un huevo sin sal. Ella accedía, a veces, a dar un paseo por las inmediaciones del pueblo, pero poco más. Ignoraba si a él le gustaba aquello o accedía porque sus padres también insistían en unirles. Hablaba tan poco que era una incógnita.

Samantha se marchó a Madrid a estudiar y Carlos pasó a la historia. Aunque todavía su madre, en esas conversaciones interminables que a veces mantenían por teléfono, le preguntaba si se acordaba de él e insistía en que de vez en cuando le enviase un correo electrónico. Sam no podía inventarse historias sobre otros amores, Angustias la habría sometido al tercer grado, pero contestaba con evasivas hablando de lo mucho que le gustaba su trabajo y de lo fascinada que estaba con la vida en la capital. Eso solo conseguía entristecer a su madre, claro, que al oírla pensaba que la perdería para siempre convertida en una urbanita, pero era mejor así que darle pie a soñar con ella y Carlos rodeándola de nietos.

Lo de ese joven del pueblo no había tenido ni pies ni cabeza, ni por supuesto se convirtió en algo formal, pero a Sam le gustaba pensar que había sido una historia de amor en toda regla que por azares del destino no había llegado a nada más. Y le gustaba pensar en ello porque el resto había sido un fiasco tras otro. Cuando se había esforzado por tener algo serio con un buen comienzo, las citas no habían pasado de la cena, y si había tenido alguna noche loca se había quedado en eso, en algo para pasar página.

Allí, en el rellano de la escalera, con un enorme ramo entre las manos, Sam pensaba en lo difícil que eran las relaciones de no amistad. O ella era muy exigente o aún no había encontrado a nadie que mereciera la pena.

Apoyando el talón del pie escayolado para no caer (tenía las manos ocupadas), pero despacio porque el médico había dicho que no dejara caer en él peso y era justo lo contrario de lo que estaba haciendo, entró en casa y buscó un jarrón. Después de ponerlas en agua, leyó con detenimiento lo que ponía en la tarjeta. El texto era de lo más formal y le deseaba una pronta recuperación, pero lo que le chocó fue la firma:

H. Lamaignere.

El subconsciente la traicionaba de nuevo. No podía tratarse de Héctor, pero qué bonito hubiera sido que el detalle partiera de él.

A todo esto... ¿Cómo se llamaría el doctor? ¿Horacio? ¿Hugo? ¿Hans?

Ya estaba empezando a pensar en tonterías. La salida de ayer a casa de Rodrigo le había hecho mucho bien, quizá era el momento de coger sus muletas y bajar hasta el patio, o, si se aventuraba a ir más lejos, ir a la plaza de Santa Ana. Necesitaba a toda costa distraerse, llevaba demasiado tiempo en su piso. Un refresco sentada en una de aquellas terrazas le hizo soñar en una aventura fascinante. Se lo propondría a Claire. Su cerebro necesitaba un respiro, estas cuatro paredes empezaban a pesar demasiado. Sin embargo, era distinto, el día había empezado bien y se sentía con fuerzas de afrontar cualquier cosa.

Y eso era lo que iba a hacer.

Respiró hondo y buscó en la agenda del móvil un número de teléfono.

–¿Mamá? ¡Hola, mamá!
...
–Sí, ya sé que te tengo abandonada, pero todo va bien. Yo no quería molestaros, sé que para ti y para papá estas fechas son complicadas, el valle estará precioso y os estarán llegando reservas, debéis de tener mucho trabajo.
...
–Sí, del trabajo iba a hablarte. Resulta... ¡Que no! ¡Que no! ¡Todo va bien! El caso es que me he torcido un pie y tendré que estar unos días en casa. Reposo y eso.
...
–No te preocupes, mamá. Claire cuida de mí y hay otro vecino que me está echando un cable.
...
–Sí, he dicho vecino, no vecina.

«¡Ay, mi madre! ¿Cómo se me ha podido escapar eso?».
...
–Se llama Héctor y es muy majo y responsable.
...
–Mamá, no te agobies, sé que ahora no puedes venir, pero de verdad que no me haces falta. Solo serán unos días y mis amigos están unos pisos más abajo. Les tengo si les necesito. ¿Cómo vas a ser una mala madre por eso?

...

—Qué no... qué no es necesario que vengáis a por mí. Tengo de todo.

...

—No mamá, no puedes hablar con él. Ahora está trabajando.

...

—No voy a decirle que te llame.

...

—¡Mamá!

...

—Un beso, mamá. Llaman a la puerta, tengo que colgar. Te quiero, te quiero mucho.

El agobio había vuelto, pero de forma paradójica también se sentía mejor. Lo de ocultarle cosas a su madre lo llevaba muy mal. Al menos esa conversación le había dado una tregua, aunque sabía que tendría que acabar por contarle la verdad.

Su mente volvió al ramo de flores.

«¿Heliodoro? No, demasiado rebuscado».

Se sentó un rato con el portátil sobre las rodillas y se metió en las redes sociales para cotillear un poco, pero harta de ver fotos de gente que se preparaba para ir de puente (el domingo era San Isidro y la festividad se trasladaba al lunes), y de parejitas empeñadas en mostrarle al mundo lo bien que les iba, se centró en su querido puzle y no se dio cuenta de que el tiempo había pasado volando hasta que llegó Claire. Era casi mediodía.

—¡Hola! ¡No sabía que ese sofá era cama!

—Anoche Héctor me ayudó a abrirlo para que durmiese bien. ¿Me ayudas a cerrarlo?

Entre la modelo y ella lo convirtieron de nuevo en sofá y le dieron un respiro al salón. Con aquella pieza abierta apenas se podía uno mover en él.

Claire miró orgullosa el puzle y, si al ver el sofá abierto se había olvidado a qué había ido a casa de su amiga, la noticia le volvió a la cabeza de golpe y porrazo.

—¿Sabes que me voy a París unos días?

—Pero si estuviste allí a primeros de marzo.

—Eso fue para la París Fashion Week, ahora es por trabajo; la semana que viene estaré posando frente al Sena —aclaró mientras se ponía de perfil, ponía su boca en posición de lanzar un beso y se quedaba muy quieta como si estuviera esperando el disparo de una cámara—. Adelantaré mi viaje al sábado para pasar un par de días con mis amigas de allí, y así, de paso, Héctor me echará de menos. ¿Y tú, qué planes tienes para el «finde»?

Sam la miró, abrió la boca para decir algo borde y se paró en seco justo antes de que el comentario saliese de sus labios. ¡Qué difícil era a veces conectar con Claire!

La puerta se abrió antes de que ninguna de las dos pudiera decir nada más.

Hoy Héctor no llevaba traje, pero sí una camisa y unos pantalones de algodón con un corte informal. Como siempre, iba vestido de oscuro y, aunque le sentaba de maravilla, Sam se preguntó qué tenía en contra de los colores claros o, simplemente, de otros colores.

Durante un instante, un pequeñísimo instante, se quedó parado en la puerta, quizá porque no esperaba ver a Claire allí, quizá porque había olvidado qué iba a decir, pero reaccionó en seguida y, con una sonrisa un tanto postiza, les dijo que las invitaba a tomar un aperitivo. Dio dos palmadas para ponerlas en marcha (las dos se habían quedado de piedra) y se cruzó de brazos a esperar.

Claire dio un salto del sofá y murmuró algo de ir a su casa a cambiarse –a pesar de que iba de punta en blanco como siempre–, antes de salir corriendo por la puerta, y Sam solo pestañeó, ni tan siquiera se movió del sofá.

–¿Qué necesitas? ¿Tienes ropa para cambiarte aquí o arriba?

–Arriba –respondió como un robot.

Él empezó a subir la escalera mientras seguía hablando.

–Dime qué te bajo.

La alarma se hizo visible en los ojos de Sam.

–Menuda cara tienes. Esa es mi habitación.

–No voy a registrar tus cajones, solo dime qué quieres, nada más.

Samantha dio instrucciones precisas rogando a Dios que Héctor no investigase más de la cuenta. No es que tuviera nada de lo que avergonzarse, pero… era su habitación, su santuario, su lugar privado, y llevaba dos semanas sin subir a ordenarlo. A saber qué orgías se habría organizado Pepe en su cama o ¡Dios! ella era un poco maniática con el orden, pero ¿y si había dejado desperdigada su ropa interior?

Cuando él bajó con las prendas, ella le miró a la cara esperando algún comentario sarcástico, pero no llegó. Héctor se limitó a comentar que era muy ordenada, que lo había encontrado todo en seguida y, solo entonces, Sam respiró.

Mientras ella se cambiaba en el baño, él aprovechó para poner algunas piezas más en el limpio cielo de Manhattan. Quería parecer despreocupado, pero el caso es que llevaba toda la mañana pensando en sacar a Sam de casa, llevarla a algún sitio, charlar… Que Claire se hubiera apuntado a la excursión era un poco fastidio, ahora tendría unos ojos suplicantes que no podría quitarse de encima, pero, aun así, merecía la pena. Y quizá, por otro lado, Samantha estuviera más cómoda teniendo a la modelo como acompañante, no sabía por qué, pero para él era importante que las incomodidades, la vergüenza y el recelo de Sam quedasen aparte.

El peor momento para Sam fue el de bajar la escalera. Héctor le dio las muletas y la tomó en brazos, como hizo Rodrigo el día del accidente. Y, al igual que aquel día, no sirvieron de nada las protestas, llegó hasta el nivel de la calle envuelta en el calor de su cuerpo, sintiendo la fuerza y la delicadeza con la que le trataban aquellas manos.

Estaba en forma, muy en forma, o había fingido para comportarse como un jabato. En el rellano del segundo piso había parado un momento para protestar diciendo que no podía más, pero el guiño de uno de aquellos ojazos le dio a entender que era broma.

Ella, durante el traslado, se había sentido a la vez en la gloria, protegida y cuidada, y también expuesta y vulnerable. Su cuerpo se empeñaba en demostrarle que no era inmune a su cercanía, que cualquier roce, toque o, como ahora, un contacto en toda regla, le afectaban más de lo que le gustaría confesar.

La modelo les hizo esperar, pero no les importó lo más mínimo. Sentados en el primer escalón, uno junto al otro, con una discreta complicidad, aprovecharon para charlar un rato y descubrirse un poco más.

Como Samantha caminaba despacio, sus pasos les llevaron hasta la cercana y concurrida plaza de Santa Ana.

Sam volvió a pensar en la suerte que había tenido al encontrar su apartamento, porque además de ser pequeño y acogedor, estaba en un lugar privilegiado. La calle en la que vivía se podía considerar bastante tranquila, pero caminabas un par de minutos, girabas una esquina y te encontrabas en pleno centro neurálgico de Madrid. Bullicio, terrazas, personas con prisas, otras que se relajan y se sientan a tomarse una cerveza y conversar, Calderón de la Barca, García Lorca, el Teatro Español, el Hotel Reina Victoria y un sinfín de bonitos edificios. Un lugar para sentarse un rato y disfrutar.

Claire tomó el peso de la conversación, de sus labios la palabra «París» salía cada dos minutos. A pesar de que Héctor sí había visitado la capital francesa apenas habló, se limitó a observar con descaro a las chicas, agazapado tras los cristales de espejo de sus gafas de sol.

Eran la noche y el día.

La modelo era alta, atractiva, con una larga melena lacia peinada suelta y con la raya al centro. Ropa de marca, estilo intachable. Calculaba que unos veintiséis, aunque mentalmente no pasase de catorce. Era la típica persona que no ha tenido que luchar por nada en la vida, la que todo se lo ha encontrado hecho, o que ha contado con la ayuda de sus progenitores para no embarrarse por el camino.

En el otro lado de la balanza estaba Sam.

Menuda, retraída... Aunque estaba seguro de que parte de su introversión era debida a su presencia. Y ¿por qué? Eso era algo que él se moría por averiguar. Al contrario que Claire, aunque no aparentaba más de veinte años, era muchísimo más madura. Lástima que fuese tan joven, en otras circunstancias no hubiera dudado en acercarse a ella de otro modo, pero entre que era su «niñero» y que había mucha diferencia de edad entre los dos, tendría que conformarse solo con mirar.

Una voz aguda y gritona les llamó la atención.
–¿Héctor? ¿Eres tú?
La sensación fue como si se levantase una burbuja en torno a ellos y el silencio se hiciera sepulcral. Por un momento todo a su alrededor enmudeció. Él se levantó, se cuadró de hombros y se acercó a la mujer. No supieron qué decía, estaba de espaldas y hablaba bajo, por el contrario, ella era tan teatral y expresiva que todas sus frases fueron audibles desde la mesa.
–Hace mucho que no nos vemos. No sabía que estabas aquí, en Madrid.
–Pues ya ves, Lola, aquí estoy.
La mujer estaba cerca de los cuarenta, pero además de ser alta, esbelta y guapa, compartía con Claire clase y estilo. Cargada con bolsas de comercios de lujo, iba impecablemente vestida con un traje de chaqueta blanco de corte moderno y sobrio. Y su melena, morena y ondulada, se agitaba con suavidad a merced del viento.
–¿Cuánto hace que no nos vemos? –Sus ojos le recorrieron de arriba abajo, como una caricia–. Estás estupendo.
–Lo sabes de sobra, Lola. No nos vemos desde el divorcio.
–¡Qué barbaridad! Cómo pasa el tiempo. Y bien, ¿te has mudado? ¿Vives ahora en Madrid? –preguntó con un ligero batir de pestañas.
–Lamento decepcionarte, pero no, estoy de paso. –Y su voz cambió a un tono de lo más sarcástico cuando añadió–: Me alegro de verte, Lola, pero ahora, si me disculpas, estoy tomando una cerveza con unas amigas.
Dio media vuelta, dejándola allí plantada, y volvió a sentarse frente a Sam y Claire. Y por si quedaban dudas de que su conversación había terminado preguntó en voz alta:
–Entonces, Claire, ¿cuánto tiempo estarás en París?

A sus espaldas, la mujer volvió a colocarse las gafas de sol y, cuando habló, su tono fue de advertencia, lo que dejó a las chicas sumidas en un profundo silencio.

–No creas que vas a poder esquivarme con facilidad. Volveremos a vernos, Héctor. –Y pronunció su nombre tan despacio que casi lo deletreó–. Te lo aseguro.

Héctor respiró profundamente, como si necesitase de una pequeña ayuda para dominar su cuerpo. En realidad no parecía estar descontrolado, su rostro se mantenía impasible y sus ojos, lo único que podría haberle delatado, se ocultaban tras aquellos cristales de espejo, pero era evidente que el buen humor que tenía minutos antes se había evaporado.

Claire se vio en la obligación de responder a la pregunta de Héctor y Sam no dijo nada, se limitó a observar a la mujer que sobre aquellos tacones se alejaba de ellos con un leve bamboleo de sus caderas.

¿QUÉ HA PASADO?

13 de mayo.
No sé cómo empezar. Acabo de vivir una situación de lo más extraña. Lo que había empezado como una excursión agradable se ha convertido, de manera sorprendente, en un funeral. Tras la intromisión de una mujer, a la que por cierto ni siquiera nos han presentado, Héctor se ha transformado en un mueble más de la plaza. Estaba presente, sí, pero ido; apenas nos prestaba atención. Aun así, su carácter lógico se ha impuesto y estoy segura de que ha pedido tapas con la intención de atiborrarme a comer. Yo creo que era porque sabía que, en el momento en que volviéramos a casa, iba a abandonarme y no quería tener remordimientos por dejarme con el estómago vacío. Él no ha probado bocado, pero se ha encargado de que no faltasen los aperitivos en nuestra mesa.

No hubiera pasado nada, claro, Héctor no es mi criada. Yo tengo manos y puedo prepararme aunque sea un bocadillo, pero parece que él se siente con la obligación de mantenerme alimentada y con vida.

¿Quién era esa mujer? Solo hemos escuchado que se llamaba Lola.

¿Alguna amante despechada? Solo pensarlo me hace apretar los dientes de celos.

¡Oh! ¿He dicho celos? Pues sí, lo he dicho.

En fin, quiero recuperar al Héctor de ayer... o, al menos, al que nos invitó a comer y subió a mi dormitorio a cogerme la ropa. ¡Decidido! Le doy de margen unas horas, pero si no viene a verme esta tarde, bajaré como sea los escalones hasta su casa.

No me gusta verle así, sé que no quería mostrar-

lo, pero algo ha pasado que le ha hecho recordar y sufrir.

Le conozco tan solo desde hace tres días, pero...

Capítulo 11

Sam miró el reloj del móvil por enésima vez. Eran las ocho y ni Claire, ni Héctor habían aparecido.

Decidido. Bajaría y tocaría a su puerta.

Se levantó, cogió las muletas con decisión y caminó despacio hasta la entrada de su piso.

Si hubiera prestado atención, habría oído los pasos sobre los peldaños de madera y se hubiera apartado de la trayectoria de la hoja de la puerta, pero iba tan resuelta que no se paró a escuchar.

La puerta se abrió y le golpeó la mano que tenía ya sobre el picaporte y una de sus muletas. Su cuerpo se tambaleó y, si unos fuertes brazos no la hubieran sujetado a tiempo, habría dado con sus huesos en el suelo.

—¡Jesús, Sam! ¡Lo siento mucho! —Héctor se sofocó al ver que había estado a punto de hacerla caer—. ¿Qué hacías detrás de la puerta?

—Iba a bajar a tu casa.

—¿Necesitabas algo?

—No sabía si estabas bien —murmuró la joven.

Y pasó algo que la descolocó. Héctor tenía sus manos en la cintura, aún la sujetaba con firmeza, pero en el momento en que Sam se interesó por él, en el momento que ella pronunció esas palabras, sintió cómo el hombre se estremecía, la capturaba entre sus brazos y la apretaba contra su pecho. Fue firme, pero también tierno. No se sintió sensual, pero sí muy cálido. Y con los ojos cerrados y el corazón acelerado, Samantha, en un intento de empaparse de todas las sensaciones que recorrieron su cuerpo, se dejó atrapar por su olor a canela y jabón, y por la delicadeza de un tacto que se sentía a la vez anhelante, sólido y protector.

Un beso en la parte superior de su cabeza cortó la magia de raíz.

Héctor la separó para observarla detenidamente, como un médico examina a un paciente.

—No pensé que estuvieras detrás de la puerta. Siento mucho haber entrado así.

—No ha sido nada. El ruido del golpe ha sido porque la hoja ha chocado con las muletas.

—Aun así, lo siento. ¿Estás bien?

—Sí, ¿y tú?

Héctor hizo una mueca.

—También.

En volandas, la llevó hasta el taburete de la barra. La sentó sobre él y la arrimó para que pudiera apoyarse con comodidad. Antes de colarse en la cocina, volvió a examinarle la cara, por si había marcas del golpe y, a pesar de no encontrar nada, mostró un rostro apenado. Pidiendo de nuevo disculpas se centró en preparar la cena.

Mientras estudiaba el contenido de la nevera pensó en su reacción. Abrazarla había sido... No encontraba la palabra exacta, le venían a la cabeza agradable, acogedor, cálido, tierno... pero había sido algo más. Ver a Lola le había dejado mal cuerpo, se había pasado toda la tarde recordando su matrimonio con pesar, porque los malos momentos superaban los buenos con creces.

Y ahora, con solo tres palabras, Samantha se había llevado todo eso, y él, sin querer, se había dejado llevar. Aún le hormigueaban los dedos como si se le hubieran dormido las manos. Tenerla en sus brazos, tan menuda, tan dúctil... Tan suave.

Por un momento todo había sido fácil.

Respiró hondo y decidió que debía relegar todas esas sensaciones a un segundo plano, Sam y él no tenían posibilidades de un futuro juntos, para él veinte años eran demasiados, pero cuando se giró hacia ella para dejar sobre la barra unos tomates para la cena, se dio cuenta de que en los ojos de Sam había algo, algo complicado de explicar. Ella no había sido inmune al abrazo, estaba sonrojada, rehuía su mirada y se balanceaba en el taburete levemente, adelante y atrás.

Héctor cerró los ojos un segundo, se recompuso y decidió actuar con normalidad. Samantha, por inercia, le siguió la corriente, y al cabo de un rato acabaron hablando como siempre, de una manera cordial.

Sam le contó que por la mañana había tenido la valentía de hablar con su madre y que la había puesto al día, al menos en parte, de su situación.

—No le he contado toda la verdad, si se entera de que me he roto el pie, mañana la tengo llamando a la puerta, pero me siento mejor. Odio mentirle.

—¿Cuánto tiempo hace que no vas por el pueblo?

—¿Cuánto? Meses.

—¿Les echas de menos?

—A ratos... No me mires así, claro que les echo de menos, pero mi vida ahora está en Madrid. Además, no tengo coche, ni siquiera conduzco, tendría que coger tren y autobús para llegar, aparte de que, no sé si te has dado cuenta, pero tengo el pie roto. ¿Qué quieres que haga?

—¿Y de verdad dices que quiere hablar conmigo?

–¡Oh, sí! Mi madre es así. Cree que si habla contigo comeré mejor, me lavaré los dientes, o me ducharé todos los días. En fin... en ese tipo de cosas pierde la poca vergüenza que tiene.
–Llámala.
–¿Qué? Ni hablar.
–¡Vamos! Si se va a quedar más tranquila, llámala. Hablaré con ella.
–Pero, Héctor... No te lo he contado con esa intención.
–Sam, no me importa. No es algo que me cueste hacer y ella se sentirá mejor.

Samantha apretó los labios, por una parte, sabía que su madre insistiría e insistiría en hablar con él, ahora que Angustias sabía que su hija estaba convaleciente en casa no iba a poder eludir sus llamadas, y sabía que «ese» (su niñero) iba a ser tema reiterado de conversación, pero por otra no podía pedirle algo así, él tenía sus propios problemas, los había visto horas antes, como para ahora cargarle con los suyos.

Su móvil apareció delante de sus narices.
–Llámala, hablaré con ella. No me supone ningún esfuerzo, Sam, lo digo de verdad.

Le temblaron las manos, aquello no era para nada una buena idea.

–¿Mamá? ¡Hola, mamá!
...
–Sí, claro que estoy bien. No pasa nada. Es solo que... –Él asintió para empujarla a terminar la frase–. Héctor ha vuelto ya del trabajo y como dijiste que querías hablar con él...

Una sonrisa franca, una de las primeras que le había visto esbozar, la tranquilizó un poco mientras le tendía el aparato, pero fue el guiño de uno de aquellos ojos verdes lo que hizo que Sam respirase un poco mejor.

–¿Cómo se llama tu padre? –preguntó Héctor bajito mientras alejaba de su cara el teléfono.

Ella se extrañó y arrugó la frente.

–¿Mi padre? Juan.

–El apellido, Samantha, el apellido.

–Martínez, Juan Martínez.

–¡Buenas tardes, señora Martínez! –Héctor sacaba de su repertorio de tonos uno suave y sedoso, uno que Sam agradeció al imaginar la cara de su madre al otro lado de la línea–. Vivo en el piso de abajo y me paso de vez en cuando para comprobar que su hija está bien. Le aseguro que no debe preocuparse por nada.

…

–Entonces es justo que me llames Héctor. No voy a tutearte si no lo haces tú también.

…

–He pensado… Verás, Angustias, el lunes es fiesta y yo no trabajo hasta el martes, ¿qué le parece si nos acercamos al pueblo? Ahora ya es un poco tarde, pero mañana sábado podríamos salir temprano.

Sam se levantó apoyando los dos pies, el bueno y el escayolado, sobre el travesaño del taburete, y poniéndose a la altura de Héctor, empezó a hacer señales como si estuviera intentando aterrizar un avión. Él hizo un gesto con la mano para detenerla, pero cuando ella insistió murmurando en un tono bajo, de manera enérgica puso el índice delante de sus labios indicándole que callase.

«¡Este hombre está loco! ¿Cómo se le ha ocurrido eso?».

—Perfecto, a la hora de comer estaremos allí. Un placer hablar contigo, Angustias. Nos vemos mañana.

Y colgó.

—¿Por qué? —casi gritó Sam.

—¿Por qué no? Tu madre está aterrada pensando que le ocultas algo, lo mejor es ir con la verdad por delante, Samantha.

—Pero...

—No hay peros. Haré un par de llamadas para alquilar un coche, el mío se quedó en Barcelona. Por cierto, ¿dónde viven tus padres? Les he dicho que estaríamos allí al mediodía, pero no sé si tenemos que recorrer media España.

Sam se echó las manos a la cabeza. Por una parte, quería abrazarle por tener ese detalle con ella, por otra... la idea de tenerle allí con sus padres le aterraba; no sabía qué iba a pasar cuando les presentase.

—Hay casi cinco horas de viaje.

—Entonces, perfecto. Llegaremos a tiempo.

Mientras él llamaba para alquilar un vehículo, ella le observó. Atrás había quedado el hombre que parecía ensimismado con sus demonios interiores, ese desconocido que ella había visto en la terraza del bar. Héctor volvía a ser el hombre seguro de sí mismo, esa persona firme y recta que trasmitía tranquilidad.

Suspiró.

El detalle de hablar con su madre para calmarla y de llevarla a casa a pasar el fin de semana le hizo sentirse aún abrazada, aunque él estuviera a cuatro metros y de espaldas. Pero por otro lado... sabía que su madre tenía un sexto sentido, uno especial llamado casamentera, que la torturaría hasta que confesase que sentía por Héctor algo especial.

¿Lo sentía?

Siguió observando aquellas anchas espaldas y su

cuerpo se estremeció hasta agitarse de forma involuntaria.

Era un hecho: Lo sentía.

Cuando después de la cena él insistió en ayudarla a preparar la maleta, Sam tuvo que apretar los dientes para dejarse llevar hasta el dormitorio. Otra vez aquellos brazos la mecían contra su pecho mientras subían con seguridad la escalera. Allí estaba su cama. Mejor no mirarla, quizá sus ojos pudieran enviar mensajes equivocados que él pudiera interpretar como desesperación.

Intentó serenarse y respirar, pero Héctor estaba cerca y le llegó de nuevo su olor. Si antes le pareció canela, ahora pudo distinguir además la madera y el cuero.

«¿Qué colonia usará?».

Le sorprendió que Héctor contestase:

–Égoïste, de Chanel.

¡Genial!, lo había preguntado en voz alta.

Se sonrojó y durante unos instantes no supo dónde meterse. El caso es que daba igual, era imposible esconderse, así que optó por sentarse en la cama, envarar la espalda y pedirle que abriese el armario con indiferencia.

No pudo jurarlo, pero casi estaba segura de que le vio sonreír de forma pícara y se sintió tentada a abanicarse con las manos, aunque, en un alarde de autocontrol, las mantuvo quietas sobre el colchón.

«¡Dios! Y voy a tener que estar cinco horas en un coche con él».

Maldita la hora en la que había cedido para que hablara con su madre.

Juntos metieron ropa para dos días en un pequeño

petate y lo dejaron todo listo para que a la mañana siguiente no tuvieran que entretenerse.

Mientras Héctor preparaba el sofá para que Samantha pudiera dormir cómodamente en el piso de abajo, ella intentó disuadirle argumentando que era una paliza, que estaba lejos, que no podía (ni sabía) conducir para relevarle... pero él no cedió. Le había prometido a su madre que la llevaría e irían. Así de simple.

Para Sam, demasiado complicado.

Héctor bajó las escaleras con una sonrisa en los labios. Pensaba en el fin de semana que tenía por delante. Aquella locura era lo mejor que se le había podido ocurrir para desconectar y abandonar Madrid. Y, por otro lado, no podía negar que le apetecía. La compañía de Samantha le hacía feliz con muy poco. Llegar a casa y cocinar, sentarse a poner unas pocas piezas en el puzle, ver una película, oírla parlotear... Eran cosas sencillas que, sin embargo, con ella tomaban otro cariz.

Estaba deseando que llegase el día siguiente, aunque supusiera madrugar y darse una paliza a conducir.

DESÉAME SUERTE

14 de mayo.

Son las siete de la mañana, es sábado, Héctor pasará a por mí en unos veinte minutos, pero yo llevo preparada desde hace algo más de una hora; casi no he podido dormir.

No es que esté nerviosa por volver a casa, no es eso. Si me siento como si tuviera el corazón en la garganta no es por ir al pueblo, ni por ver a mis padres, ni siquiera por si de casualidad me encuentro con Carlos. El caso es que ayer, cuando Héctor se fue a su casa a dormir, empecé a ser consciente de que iba a pasar el fin de semana con él.

Que sí, que estarán por allí mis padres, que él me trata en todo momento como si yo fuera una hermana, que no tengo ninguna posibilidad, todo eso lo sé, pero no puedo evitar sentirme como si me fuera a un paraíso tropical con el tío más bueno del barrio colgado del brazo.

Tengo que tranquilizarme, pero es fin de semana, mis padres andarán liados y estaremos solos, SOLOS, muchos ratos. Y el viaje en coche... Cinco horas de ida y otras tantas de vuelta.

¡Madre de mi vida!

Umm... Hache de... ¿Hipólito? No, Hipólito es un nombre muy raro.

En fin, ahora te dejo, siento que tengo que respirar un rato.

Capítulo 12

—Tú dirás hacia dónde vamos.

Héctor esperaba que Sam le diera alguna dirección que meter en el navegador. Ella, nerviosa, se peleaba con el cinturón. Al final, él soltó el aparato y la ayudó a ajustarlo.

A las siete y veinte un taxi había pasado a recogerles para llevarles hasta las oficinas del Rent a Car. Habían recogido el coche, un monovolumen amplio, nuevo y confortable, habían metido el equipaje en el maletero, el trasportín de Pepe en el asiento de atrás, le habían llenado el depósito y después desayunado en un bar.

Sam sonrió débilmente. Hoy él llevaba una camiseta blanca y unos vaqueros azules, y aquel cambio la había descolocado. Era una especie de Héctor nuevo y no podía parar de mirarle. Le miraba, disimulaba, y le volvía a mirar.

—A la sierra de Ancares, cerca de Ponferrada –dijo Samantha por fin. Tenía ganas de ver a sus padres y visitar el pueblo, pero viajar con un desconocido… Eso le profesaba muchas dudas, porque Héctor le caía bien, bueno… eso no era del todo cierto, sentía mucha curiosidad, le atraía, pero no dejaba de ser un extraño. ¿Y si el trayecto resultaba incómodo porque no tenían nada de qué hablar?

El recelo al viaje por parte de Samantha fue del todo infundado y el tiempo pasó tan veloz como el coche devoraba kilómetros. Héctor resultó ser un buen compañero y, aunque en ningún momento trataron temas personales, la conversación no decayó. Con su semblante serio y responsable le contó mil y una anécdotas y fechorías de cuando él y su hermano eran pequeños, y Sam acabó riendo por casi todo. Después de tres horas de camino, un poco antes de pasar por Astorga, pararon para almorzar y descansar unos minutos, y a partir de ahí, Samantha cayó presa del sueño y, acurrucada en el asiento de cara al conductor, durmió como un bebé hasta la misma puerta del hotel.

Menos mal que en el descanso Héctor había conseguido que Sam le diera la dirección exacta y había metido los datos en el navegador, si no tendría que haberla despertado. Y eso a él le hubiera sabido fatal; era evidente, por las ojeras y la cara de cansada, que apenas había pegado ojo durante la noche.

Curioso, él también se había desvelado, aunque por otros motivos, pero al contrario que a Sam, se le veía lleno de vitalidad y energía.

Héctor quedó cautivado del camino, incluso bajó el volumen de la radio hasta apagarlo del todo para empaparse del paisaje. La sierra tenía el aspecto de aquella naturaleza aún intacta, agreste, salvaje. El silencio era sobrecogedor. Lástima que Samantha no pudiera andar, imaginaba que debía de haber rutas para hacer senderismo, con rincones y vistas impresionantes.

Estaban en plena sierra, en la parte más occidental de la cordillera Cantábrica –el navegador indicaba que a casi novecientos metros de altitud–, y el termómetro había bajado unos cuantos grados respecto a Madrid, pero el cielo era muy azul, más que otros cielos azules que él hubiera visto.

Al llegar se sorprendió. No esperaba para nada algo tan sencillo y espectacular a la vez.

El hotel rural de Angustias y Juan, los padres de Sam, era una casona preciosa con más de trescientos años de antigüedad, que levantaba dos pisos ante sus ojos. De fachada austera hecha de bloques de piedra que quedaban a la vista porque no estaban cubiertos por ningún tipo de revoco, y salpicada de ventanas protegidas con postigos de madera. A esa hora estaban todos abiertos y exhibían tiestos de barro abarrotados con flores de todos los colores. La primavera.

Al aparcar en la misma puerta, Héctor se dio cuenta de que los tejados de pizarra y la carpintería se veían muy nuevos, debían de haberla restaurado hacía poco.

Una mujer de unos cincuenta años salió a recibirles secándose las manos en el delantal que llevaba puesto. Alta, enérgica, decidida. Su cabello era muy moreno y lo llevaba largo y sujeto en un moño flojo que amenazaba con desintegrarse. Al acercarse, el parecido físico la delató; no había duda, era la madre de Sam. Como la joven todavía dormía, Héctor se apresuró a bajar del coche para presentarse.

Con un apretón de manos que al final se convirtió en dos besos y un abrazo, la madre de Sam le hizo un corto y preciso interrogatorio que él respondió con gusto. Con tan solo cuatro preguntas y su radar de madre, Angustias supo que el vecino de su hija era un hombre honesto y de fiar. Tendría que observarle, sí, pero de primeras le causó buena impresión.

A Héctor no le había pasado por alto la mirada de arriba abajo que Angustias le dedicó, pero mantuvo el contacto con la suya y no se amedrentó ni un ápice, estaba decidido a ganarse su confianza, en el fondo se sentía culpable por meter en aquel embrollo a Samantha y haberla obligado a viajar. Qué menos que presentarse como serio y responsable. Al menos a Sam le debía eso.

Si de cara a Héctor la mujer había mostrado su rostro más severo, ver a su hija dormida y relajada le hizo sonreír despacio al mismo tiempo que se apresuraba hasta el vehículo. Era su niña querida y hacía mucho que no la achuchaba entre sus brazos.

La mujer despertó a Samantha del grito que dio al ver su pierna escayolada, por eso y por el corte de pelo, que aún no había visto. La joven abrió mucho los ojos –menudo susto acababa de darle su madre– y, de primeras, se sintió desorientada, pero, tan pronto como se recuperó, se alegró de estar ya en casa. Tranquilizó a Angustias como pudo, contándole el accidente en pocas palabras y, tras la merecida reprimenda materna, acabaron las dos llorosas y abrazadas.

Un chico joven, grandote, de rostro bien parecido, aunque se movía con cierta timidez, salió a por las maletas.

–¿Carlos? ¿Eres tú?
–¡Hola, Samantha! ¿Qué tal te va?

El saludo fue tan poco efusivo por su parte que Sam frunció el ceño.

–¿Te ayudo a bajar? –preguntó él acercándose al coche.
–Yo lo haré –gruñó Héctor metiéndose por en medio–. Mejor que tú te encargues del equipaje.

Sam lo miró como si fuera un extraterrestre. ¿A qué había venido eso? ¿El serio, comedido y contenido Héctor estaba refunfuñando? Fue repentino... y encantador. ¿Podían ser celos? ¡Qué bonito sería si lo fueran!

Angustias, que estaba atenta a los dos, se sorprendió al ver la –un tanto belicosa– reacción del hombre, pero, al contemplar la cara de su hija, ojos abiertos como platos, y una expresión mezcla entre admiración y un: «¡Oh, sí!», sus pensamientos tomaron otra dirección. Entre aquellos dos había algo más que una relación de chófer-vecino-cuidador y lisiada. A Héctor no, pero a Samantha la conocía demasiado bien y esa mirada, ese gesto... Quizá ellos aún no lo sabían, pero ahí había algo más. Y ella se encargaría de averiguarlo.

La autosuficiencia en el rostro de su madre hizo que Sam, que la conocía bien, supiera qué estaba pensando. Suspiró. Héctor seguía con los brazos extendidos, pero ella se tomó su tiempo para moverse. Mientras lo hacía cerró los ojos y rezó.

«Virgen de la Encina, patrona de todos los bercianos, no permitas que mi madre piense que Héctor y yo...».

La oración inventada por Samantha se interrumpió al ver la cara de Héctor. Algo se había perdido mientras miraba al cielo implorando a la patrona, ahora su vecino sonreía canalla y Carlos se entretenía contando el empedrado del suelo.

Entrecerró los ojos y le miró, pero Héctor se limitó a cogerla en brazos para sacarla del coche y dejarla suavemente sobre la grava. Abrió la puerta de atrás, sacó una de las muletas y se la ofreció junto con su brazo, para que se apoyase en él.

Samantha se sintió torpe delante de todos. Héctor estaba pendiente de sus movimientos, protegiéndola con sus brazos; Carlos, a su derecha, la observaba de reojo mientras sacaba las dos maletas, y su madre... Su madre estaba al otro lado de la puerta abierta, pero en ese momento sentía que le taladraba la nuca con la mirada.

Se movió despacio, como si la tierra hubiera perdido la gravedad y sus pasos fuesen muy livianos, pero cuando se aferró al antebrazo de Héctor todo se hizo real de nuevo y solo pudo pensar en que, a pesar de la situación (ella había sufrido un accidente y dependía de sus vecinos, así que la presencia de Héctor allí estaba justificada), se sentía extraña presentándose con un «amigo» en casa de sus padres.

–Cariño –dijo Angustias–, no hay habitaciones libres en el hotel, además de que no admitimos mascotas –murmuró mientras abría la puerta trasera para hacerse con el trasportín de Pepe–. Este fin de semana estamos a tope, así que os he arreglado un par de habitaciones de una de las casas rurales que tenemos de alquiler, una que está de obras y que tenemos vacía. Los dormitorios están bien, lo que estamos reformando es la cocina, pero como comeréis en el hotel… ¿No os importa, verdad?

Héctor miró a Samantha y preguntó:

–¿Roncas?

Angustias rio con la ocurrencia y contestó por ella.

–No, no ronca.

–Entonces por mí no hay problema.

Sam se puso roja y miró con odio a su flamante vecino. Iba a replicar, la ocasión lo merecía, pero su madre se puso a dar órdenes como si fuera Carlomagno delante de las tropas.

–Héctor, Carlos te llevará a la casita para dejar las maletas. La comida se empezará a servir en media hora, y hoy tenemos el comedor lleno, sé puntual. Yo me llevo a la niña para achucharla mientras hago ensaladas.

«La niña». Sam cerró los ojos durante un par de segundos mientras Angustias relevaba a Héctor como apoyo. ¿Cuándo iba su madre a verla como a una adulta? Cuando los abrió esperaba que todos estuvieran mirándola como si fuera un bebé, pero no sucedió nada de eso. Los dos hombres ya se alejaban por la carretera cargados con el equipaje y el trasportín. Su destino estaba a pocos metros de la casa principal y era una especie de granero reconvertido en vivienda. Que no estaba en uso era evidente. La hormigonera y los sacos de cemento que tenía bajo el porche evidenciaban que se encontraba en mitad de una remodelación.

En realidad, no fue porque en el interior de la casa la temperatura fuera más baja que en la calle, la culpa de que Sam sintiera frío al entrar fue por el brusco cambio en la intensidad de la luz entre el exterior y el recibidor del hotel, pero la extraña tiritera que recorrió su espalda cesó de forma súbita al sentir el abrazo de oso de su padre.
¡Qué bien se estaba en casa! ¿Cómo se había atrevido a renegar de la tierra de sus ancestros? Madrid le gustaba, pero su pueblo... Su pueblo tenía algo muy especial, algo que venía de dentro.

Sam entró a la cocina y miró a su alrededor buscando una ocupación, algo en lo que ella pudiera echar una mano sin entorpecer la labor de la cocinera. Pero la mirada de su madre le hizo sentarse sin rechistar. Sabía de sobra que Angustias se bastaba sola para organizar todo aquello, pero, aun así, aunque estaba lejos de la zona de acción, le ofreció su ayuda.
Samantha podría decir que su progenitora era muchas cosas, pero en realidad la admiraba profundamente; era toda una señora a la que no se le caían los anillos por trabajar duro. Ya le gustaría a ella parecerse a su madre, aunque solo fuera un poco.

–¿Y bien?
–¿Y bien, qué, mamá?
–¿No vas a contarme que hay entre tú y... Héctor? –preguntó la mujer mientras se ponía manos a la obra.
–¡Genial! ¿No puedes ser una madre normal? Hola, Samantha, ¿qué tal te va por Madrid? –suspiró–. En seguida a la yugular. No hay nada, te aseguro que no. Es mi vecino y, sí, es educado, amable y está como un tren; tengo ojos, mamá, pero no busques nada más, que no lo hay.

Angustias llenó de aire sus pulmones y puso cara de resignación mientras colocaba delante de Samantha un bote grande de aceitunas y un puñado de cuencos pequeños.

–Rellénalos, nos servirán como aperitivo por las mesas.

–Mamá, lo digo en serio –añadió la joven al ver la cara de pocos amigos de su madre–. Y, sí, me gusta, claro que me gusta, y ¿a qué mujer no? Pero está lejos de mi alcance, no me mira como papá lo hace contigo, así que ¡olvídalo!

Su padre entró en la cocina y las dos se pusieron a trabajar en silencio, como si lo más interesante en el mundo fuera colocar aceitunas en pequeños boles y repartir lechuga en platos grandes.

Él las miró y sonrió.

–He visto a tu chico, se ha ofrecido a ayudar, pero tiene pinta de estar agotado, así que está en el comedor esperándote mientras toma una cerveza.

Sam se levantó, cogió la muleta y despacio se dirigió a la puerta de la cocina, y cuando la voz de su madre sonó cantarina a sus espaldas, no tuvo más remedio que reír.

–¡A tu padre no le rechistas cuando dice que es tu «chico»!

Se giró para mirarles e intentó ponerse seria, pero sus miradas de complicidad lo pusieron difícil.

—Por favor, que no se os escape nada delante de él.

Su madre puso los ojos en blanco y se sumergió en la tarea. Su padre le lanzó un beso, cogió las primeras ensaladas y pasó a su lado como una exhalación.

—¡Hola! —Héctor se levantó de inmediato para separarle la silla y que Samantha pudiera sentarse con comodidad a la mesa. Cuando lo hizo, colocó un segundo asiento a su lado para que ella pudiera poner la pierna escayolada en alto—. ¡Vaya, gracias!

—No hay de qué.

El padre de Sam puso un cuenco de aceitunas entre los dos y dejó un nuevo botellín de cerveza delante de Héctor.

—Tu padre quiere emborracharme —murmuró entre dientes mientras se inclinaba sobre la mesa para acercarse más a Samantha y que nadie más escuchase lo que salía de su boca.

Ella no pudo replicarle, su padre regresaba al comedor y se dirigía decidido hacia su mesa con una ensalada entre las manos. En sus ojos vio cierta diversión, Héctor le había caído bien, se notaba, respecto a su madre, aunque era más dura, sabía que en cuanto le tratase un poco más caería rendida a sus pies, de eso podía estar segura.

Aquello era lo más raro que le había pasado en la vida. Estar en el comedor del hotel rural de sus padres acompañada de un hombre que, para más inri, había traído con ella. Que sí, que a su madre le iba a costar asimilarlo, o eso creyó en un principio, porque todo aparentaba que le habían aceptado sin rechistar, como si fuera algo normal, como en una estampa familiar. Si hasta iban a dormir fuera de la casona. De repente se sonrojó. Iba a dormir en la misma casa que Héctor. Pared con pared. Un cosquilleo le subió por la espalda. ¿No era aquella una situación bastante íntima?

Sin poder evitarlo hizo memoria de las veces que había estado a solas con él. Ni un solo comentario fuera de tono, ninguna mirada ni interés especial, nada que no hubiera sido tratarla como a una hermana.

¡Genial! Estaba fuera de peligro.

Poco a poco la sala se fue llenando de parroquianos y turistas. Además de hotel, aquel era uno de los pocos restaurantes de la zona, servían unos buenos menús y, si entre semana solo acudían los lugareños, los fines de semana estaba a reventar.

Sam sonrió, la buena mano de su madre en la cocina era, sobre todo, lo que le había dado fama al lugar. Primero fue el restaurante, después el arreglo del edificio principal, casa de sus abuelos, más tarde un par de casitas semiderruidas que tenía la finca, remodeladas y transformadas en alojamientos rurales para alquilar, y ahora el viejo granero, donde ellos pasarían la noche. El imperio berciano de los Martínez, como su padre le llamaba en broma.

«En fin, las vistas son inmejorables», pensó mientras observaba a Héctor darle un sorbo a su cerveza, «habrá que aprovecharlas».

Capítulo 13

La tarde se estropeó, unos nubarrones cubrieron el cielo y comenzó a caer una fina lluvia. No es que Sam hubiera pensado salir, en su estado y por aquel terreno ella poco podría haber paseado, pero le hubiera gustado que Héctor hubiese visto la mejor cara del Bierzo y no un día gris y tristón. Sin embargo, él parecía encantado, no debía de ser de esas personas que se ensombrecían los días de lluvia.

Debido al tiempo, y a que la liga de fútbol jugaba su último partido de la temporada y lo televisaban, muchos de los turistas decidieron quedarse en el bar del hotel y, aunque la temperatura había bajado y la tarde no acompañaba, la parte de la terraza que estaba techada se encontraba llena de viajeros y lugareños que charlaban y reían. En parte, Sam lo agradeció, una tarde a solas con sus padres podía haber sido de lo más incómoda, pero como había tanta gente alrededor, las conversaciones en la mesa no fueron nada personales, aunque eso no libró a Héctor de un buen interrogatorio. Su trabajo fue sometido a examen, más que nada porque encontrar a un arquitecto naval en un pueblo de alta montaña era algo así como si hubieran visto un oso pardo surfeando en Mundaka.

Pero Héctor fue muy amable. No usó jerga técnica, no alardeó, ni se jactó de ser más que nadie y respondió con sencillez a los curiosos. Cuando la conversación derivó hacia su último proyecto y nombró la Copa América, sí que hubo muchas caras de asombro, pero él, al igual que lo contó aquel día en casa de Samantha, le quitó importancia y lo explicó con naturalidad.

Tras la cena, ella y Héctor se despidieron, los padres de Sam parecían verdaderamente agotados y denegaron cualquier ayuda para llegar hasta el granero en rehabilitación. Pero como aún llovía, Angustias les cedió un paraguas e insistió en que Samantha se pusiera una bolsa de plástico en la escayola. No sirvió de nada que Héctor les dijera que no permitiría que ella apoyase el pie, ni las protestas de Sam, su pierna acabó envuelta en un negro saco industrial de gran tamaño, sujeto con precinto a mitad del muslo.

Casi agradeció llevarlo, además de que continuaba lloviendo, la temperatura había bajado bastante y ella llevaba los mismos pantalones cortos que se puso por la mañana, y cuando salió al exterior se estremeció.

Héctor le dio el paraguas abierto y se puso de espaldas ante ella, se agachó y le hizo señas para que se colgase a su cuello.

—¿Tanto lío con mi escayola y ahora me vas a llevar como si fueras mamá koala?

—Hace frío y cuanto menos tiempo estemos al raso mejor, sube, solo tendrás que sujetar el paraguas y la muleta, yo te sostendré.

La postura inclinada hizo que la camiseta se le pegase al cuerpo y que Sam se fijase en su espalda. Ancha, definida, poderosa... Desde luego, si se cogía bien no se iba a caer.

Empezó a encaramarse como pudo, el rígido vendaje dificultaba hasta el movimiento más tonto, pero le costaba colocarse bien y, al final, él tuvo que ayudarla con un ligero empujón en su trasero. Una vez Héctor sintió que estaba estable, colocó con firmeza las manos bajo sus muslos y con una infantil cuenta atrás, salió al raso y caminó a paso rápido bajo la lluvia.

Sam no se quejó, andando con su pierna a rastras habrían tardado un buen rato y así llegaron en un periquete, pero no pudo dejar de sentirse un tanto abochornada.

Bajo el porche del granero, Héctor hincó una rodilla en tierra y la ayudó a bajar. En cuanto la miró se dio cuenta de que las mejillas de Samantha estaban encendidas con un bonito rojo grana, capturó uno de sus mofletes y le dio un pellizco tierno, y sin decir ni media, abrió la puerta y la invitó a entrar.

Pepe empezó a maullar al verles, como si estuviera enfadado por haberle abandonado solo y en un sitio extraño toda la tarde, pero cuando Samantha se agachó para cogerle, él pasó de largo, yendo directo a zigzaguear entre las piernas de Héctor.

Sam negó, el gato era suyo, ella le daba de comer y le limpiaba el arenero, pero él se empeñaba en mostrar su independencia haciéndole carantoñas a todos menos a su dueña.

¿Sería porque fue ella quién lo llevó al veterinario para castrarlo?

La construcción era pequeña, quizá hasta un tanto claustrofóbica. No en vano, antaño había sido un granero, y para guardar grano no se necesitaban grandes ventanas ni metros cuadrados de más. Para solucionar esa sensación de estrechez, se había sustituido una de las paredes de piedra por un cristal y ahora el paisaje formaba parte del interior. En un principio era solo de una altura, pero para usarlo como casa de alquiler (sin tocar la techumbre), lo dividieron en dos. Por ese motivo, en el piso inferior el techo era algo bajo, y Héctor parecía aún más un gigante. Se necesitaban metros donde instalar los dormitorios y esa fue la mejor solución si querían respetar la edificación original. Abajo se mantuvo un único espacio para salón, comedor y cocina, pero para añadir un aseo tuvieron que adosar al muro una pequeña construcción con acceso desde el interior. El espacio generado arriba se dividió en dos habitaciones y un baño completo.

Tuvieron que sortear cajas de azulejos, embalajes con muebles de cocina, un fregadero enorme de porcelana que descansaba sobre corchos protectores y un frigorífico rojo de suaves líneas redondeadas que habían sacado de su caja y que estaba en mitad del camino hacia la escalera. Pero, a pesar de todo el desbarajuste, aquel lugar se sentía acogedor.

Cuando su madre le enseñó los planos de la rehabilitación, Samantha le estuvo aconsejando sobre la decoración interior, pero al ver las cosas que había escogido Angustias, supo que aquella conversación había sido innecesaria. Una vez estuviera todo montado sería un espacio coqueto y moderno con cierto toque industrial bajo un tejado inclinado de vigas de madera. Un contraste genial.

Lo primero que hizo Sam al entrar en su cuarto fue quitarse aquel saco negro que su madre le había precintado a la pierna. Después se abrigó, se sentía congelada hasta los huesos, y eso que la exposición a la fría noche había sido corta gracias a la ayuda de Héctor. Y cuando estuvo lista y calentita (pantalón largo y amplio de chándal y sudadera de manga larga) se acercó a la ventana, le extrañó que llegase hasta el suelo, así que imaginó que daría a algún tipo de pequeño balcón añadido a la construcción. La abrió, empujó los postigos y la noche entró en su habitación. El voladizo apenas sobresalía medio metro de la fachada, pero la proximidad de los árboles y el olor a campo le hizo imaginarse que formaba parte del espectáculo. La lluvia caía suave, perpendicular, y el tejadillo sobre su cabeza la protegía de empaparse. ¿Qué más podía pedir? Sonrió. Puestos a pedir... Se sorprendió pensando que le encantaría compartir aquello con su vecino. Y como si Dios hubiera atendido sus plegarias, escuchó el repiquetear de unos nudillos sobre una superficie de madera.

Héctor llamando a la puerta, eso sí era novedad.

Abandonó el balcón y se acercó despacio, mientras le daba permiso para entrar.

–¡Hola! Te he subido las muletas, la que traías y la que dejamos en el coche este mediodía. Si vas a moverte por la casa es mejor que las uses... –Su mirada fue derecha al balcón abierto en mitad de la noche, lo que interrumpió de golpe su discurso. Como solo una pequeña lámpara de la mesita estaba encendida y su luz era débil, el efecto de la negrura de aquel cielo sin estrellas era sobrecogedor.

–¡Tienes balcón! –Y sin pedir permiso para entrar pasó por delante de Samantha hasta llegar a la barandilla de madera. Sam habría jurado que le escuchó suspirar–. Este sitio es precioso.

–Sí, lo es. Yo sé que protesto mucho sobre estar en el pueblo y que puedo parecer una urbanita enamorada de Madrid, pero cuando vengo tengo la necesidad de pararme y sentir cómo el paisaje me invade por completo.

La joven dejó una de las muletas apoyada en la pared y usó la otra para acercarse a él.

–¿Volverás algún día o te quedarás en Madrid?

–Yo quisiera volver, pero aquí las oportunidades de

empleo son escasas y no quiero ser una carga para mis padres. Si ya en Madrid me costó encontrar trabajo… Pero al margen de lo bucólico que pueda resultar este lugar, también tiene sus cosas malas. –Héctor la miró fijamente esperando que añadiera algo más–. Es asfixiante. Aquí no tienes el mismo anonimato que en una ciudad grande y los que te rodean se ven con todo el derecho a inmiscuirse en tu vida: te dicen qué debes comer, si vas apropiadamente vestida, te buscan novio…

–¿Tienes un novio esperando bajo alguna piedra?

Si Sam se hubiera parado un momento, se habría dado cuenta de que el tono de Héctor no fue casual, ni por seguir el tema de la conversación. Aquella pregunta se había hecho con interés.

–Ya te puedes imaginar. Hoy has conocido a mi madre, su segundo apodo es Celestina. Se pasó mi adolescencia insistiendo en que le diera a un chico una oportunidad.

–¿Y quién fue el afortunado? –preguntó él ya menos tenso y con una sonrisa en los labios.

–El soso de Carlos –admitió por fin Samantha después de meditar unos segundos si compartía con él esa parte de su vida.

Una carcajada le hizo pensar de repente que quizá se había equivocado al revelarlo.

–¿Con Carlos? ¿En serio?

Samantha empezó a enfadarse.

–¿Qué tiene de malo? ¿O soy yo la que no está a la altura? Estuvimos saliendo por obligación de nuestros padres, pero no funcionó. Éramos unos críos.

Héctor apretó los labios, no quería reír, pero tampoco que ella se lo tomase de esa manera. Controló su voz y habló en un tono neutro, con la seriedad que en él era habitual.

—No quería decir nada de eso. Carlos no tiene nada de malo, parece un buen hombre y tú no eres menos que nadie.

—Te he visto. Te estabas riendo de la situación. Pues deberías saber que no fue del gusto de ninguno de los dos.

—¡Eh, tranquila! No me he reído por eso, ha sido tu forma de contarlo, tu expresión, nada más. Pero en realidad el trasfondo es serio.

—¿Quieres dejar de ser tan críptico?

El rostro de Héctor cambió. Ya no mostraba diversión alguna.

—Sam... estas cosas son muy personales. Yo no debería...

—Lo entiendo, soy poca cosa. Eso está claro.

—No, Sam, mierda. No es por ti. Es solo que con él no hubieras tenido ninguna posibilidad —titubeó antes de añadir—. Carlos es homosexual y eso no tiene nada de malo, créeme, pero no le gustas, y no porque seas Samantha, una joven preciosa, por cierto, sino porque quizá yo soy más su tipo.

—¿Le conoces desde esta mañana y ya sabes más que nadie? Él nunca ha insinuado nada.

—Pues quizá no lo haya hecho por lo mismo que tú prefieres Madrid, porque no quiere que nadie juzgue su vida.

—Y tú, sabiondo, ¿cómo lo sabes? —Tragó saliva antes de añadir—: ¿También eres gay?

Héctor la observó con detenimiento estudiando su reacción, intentando averiguar el alcance de la pregunta. ¿Había interés? Su rostro continuó serio, pero su respuesta fue conciliadora. Sam parecía enfadada, nerviosa, ansiosa... Todo a la vez.

—No, no lo soy, pero en mi entorno hay gente que sí lo es, y aunque no vayan proclamándolo con una pancarta, que entiendo que tampoco es algo que le importe a nadie, en ciertas cosas se les nota.

–Pero si solo has estado con él unos minutos.

–Lo suficiente para notar cómo me miraba.

–¡Creído!

Ese insulto de niña rebelde le hizo sonreír con ganas. Y Sam, que amparada en la oscuridad le miraba a la cara, se maravilló al descubrir cómo al reír se le formaban alrededor de los ojos unas arruguitas que daban a su rostro un aire muy seductor.

–No es eso, Samantha. Pero créeme, me ha mirado de arriba abajo y se ha sonrojado cuando ha sido consciente de que yo me había dado cuenta.

–A lo mejor es porque es tímido, ¿no lo has pensado?

Ella seguía en sus trece. Aún estaba sorprendida de haber pasado tanto tiempo con Carlos y no haberse enterado de nada. De haberlo sabido habría sido mucho más comprensiva, más amiga.

–Sam, hazme caso, sé que tengo razón, pero ahora haz el favor de no juzgarle mal. No es una enfermedad.

–¿Crees que soy homófoba?

–Yo no he dicho eso. No te pongas a la defensiva conmigo.

Se hizo el silencio. Samantha se sentía enfadada, pero no porque Carlos fuese esto o aquello, sino por la ilusión que se había formado en torno a aquel amago de relación. Ella siempre la había catalogado así: su primer fiasco, y ahora resultaba que fue todo un engaño de su mente, que nunca, nunca, hubieran podido llegar a nada.

Después pensó en él, en cómo debía de sentirse de ahogado en aquel diminuto pueblo, en cómo sus padres y amigos se sentirían al saberlo, y le apenó que la gente del lugar fuese tan intransigente como para que Carlos se viera obligado a ocultarlo. Pero debía intentarlo,

¿no? Sería un mal trago al principio, pero era buena persona y todos le querrían igual.

Sin querer bufó; maldita era prehistórica en la que vivían a veces algunas personas.

La siguiente pregunta se escapó de sus labios sin pensar:

—¿Quién era la mujer que vimos ayer en Santa Ana?

Héctor estaba ahora fuera del pequeño haz de luz que proyectaba la lamparilla de la mesita de noche y no pudo ver su rostro. No sabía si aquello había caído bien o mal, aunque en el momento que lo soltó se arrepintió, aquella era una pregunta demasiado personal. Pero el caso es que, en la mente de Samantha, aquel germen crecía y crecía, y cada vez era más la curiosidad. Se conocían, estaba claro, y si ella se mostró aterradoramente encantadora, Héctor estuvo tenso como el cristal, y el ambiente distendido que hasta ese momento hubo entre ellos se evaporó por arte de magia. Después —recordó—, desapareció hasta la noche, con seguridad porque le había afectado demasiado aquel encuentro. Y Sam no pudo evitar darle vueltas y más vueltas, llenando su cabeza de extrañas conjeturas. ¿Una jefa miserable? ¿Una amante despechada? Pero eso no le daba derecho a preguntar; entre ellos todavía estaba naciendo la amistad y su confianza aún se sentía frágil.

—Lola es mi exmujer.

Exmujer. Aquello fue un jarro de agua fría, aunque claro, tampoco era lógico pensar que Héctor había vivido en una cajita; iba camino de los cuarenta. Quizá hasta tenía hijos adolescentes y varios divorcios a sus espaldas. No se le había ocurrido pensar en ello.

—Pareces sorprendida. ¿No me imaginas casado o padre?

Samantha se aclaró la garganta.

—Lo siento, no debí preguntar, son temas personales.

—No pasa nada, Sam, hace un momento hablábamos de Carlos. Es lo que hacen los amigos, hablar.

Sam sonrió, débilmente, pero fue una bonita sonrisa. Eran amigos. Acababa de decirlo.

—¿Tienes hijos?

La mirada de Héctor se tornó triste y, de forma inconsciente, se apoyó en la barandilla del balcón y se estiró, sacando la cabeza para que la lluvia mojase su rostro.

Samantha tuvo ganas de hacer un agujero y meter la suya bajo tierra cual avestruz. Ahora sí que sí. De barro hasta el cuello.

—Nos casamos jóvenes —comenzó a contar Héctor—, enamorados, felices... Quisimos formar en seguida una familia y fue... complicado. A Lola le costó mucho quedarse embarazada, aunque al final lo consiguió. —Héctor estaba a su lado erguido, imponente, con esa pose tranquila que tanta seguridad daba siempre, pero su voz sonaba inexplicablemente frágil. Samantha tuvo ganas de tocar su mano, de reconfortarle de algún modo. Sentir su dolor casi le hizo estar a punto de pedirle que no continuase—. Abortar fue lo peor que le pudo pasar. Nuestras vidas dieron un giro de ciento ochenta grados. Ella se apartó de todo y se sumergió en su pena, no me quiso a su lado. Con el tiempo comenzó a culparme, los celos se desataron, y todo el mundo que habíamos creado para los dos se desintegró.

—Lo siento mucho, Héctor... —comenzó a decir Sam.

—Mi trabajo tampoco ayudó —continuó Héctor—, por aquel entonces yo viajaba muchísimo. Habría renunciado a eso si me lo hubiera pedido, pero... la dura realidad era que necesitaba poner kilómetros entre los dos. Cuando estaba lejos de casa sentía remordimientos por no pasar aquellos malos momentos junto a ella, pero la situación empezó a ser insostenible y esa huida me resultaba necesaria.

»No sé cómo accedió a firmar los papeles del divorcio, debió de ser un día de lucidez, porque la mayor parte del tiempo me amenazaba con tener que aguantarla de por vida, pero sucedió. Yo me volví a Barcelona y ella se quedó en Madrid. De eso hace ya seis años.

Se giró hacia ella y mostró un rostro dolido, pero tranquilo. Al ver la cara de preocupación de Sam, le revolvió el flequillo en un intento de aliviar la tensión que se había creado por su confesión.

No le había contado aquello a mucha gente, pero había pasado el suficiente tiempo como para que hablar ya no le afectase y, por otro lado, y esto le resultaba sorprendente, no le importaba que Samantha se asomase a su interior, que viera su lado humano, su parte más débil, y no solo la fachada que mostraba a los demás.

La lluvia arreció de repente y el instinto hizo que los dos dieran un paso atrás. El balcón estaba cubierto, pero el agua comenzó a salpicarles.

—Será mejor que entremos. ¿Te apetece algo calentito? La cocina está impracticable, pero en mi habitación hay una cafetera de esas de monodosis y un montón de cápsulas de todos los colores y sabores. ¿Quieres un chocolate?

Cuando la vio asentir sonrió y no tardó ni un segundo en desaparecer. Y, mientras preparaba las bebidas, se felicitó por la buena excusa que había encontrado para estar un rato más a solas con ella. Momentos antes su conversación había sido demasiado intensa para lo poco que habían intimado, pero, contra todo pronóstico, se sintió bien.

¿Qué pretendía?

Conocerla, simplemente conocerla. No estaba en disposición de buscar nada más.

Samantha se quedó desconcertada al verle marchar; había mantenido una conversación de lo más extraña, un tímido resumen de algo que, en realidad, debía de ser mucho más. Suspiró. Si bien el mundo de Héctor se había desintegrado, se veía que él había conseguido recomponerlo. O, al menos, eso aparentaba; su carácter se mostraba seguro, tranquilo, una solidez a lo que aferrarse, aunque algo así debe de dejarte marcado para siempre. Tener un gran amor, querer un hijo, tenerlo, perderlo... que la vida con tu pareja se vaya a pique.

Samantha se asomó de nuevo al balcón, sacó las manos para que se mojasen con la lluvia y se quedó mirando ensimismada cómo las gotas resbalaban por sus dedos.

¿Y ahora? ¿Habría alguien más? Quizá había conseguido unir todos los pedazos y, pese a todo, le esperaba alguien en Barcelona, o quizá continuaba buscando.

Se prometió a sí misma que no iba a preguntar, aquello era demasiado personal.

Al regresar al cuarto de Samantha con dos tazas llenas de chocolate humeante, la encontró sentada sobre la alfombra, junto a la puerta, aún abierta, del balcón. Todos los cojines que minutos antes estaban sobre la cama, ahora estaban esparcidos por doquier intentando hacer más cómodo aquel improvisado rincón.

–¿Tienes frío? –preguntó Héctor señalando el cubrecama con la mirada.

–No, nada. Estoy bien.

Él se había cambiado y llevaba unos pantalones largos de cuadros escoceses (los de un pijama), y una camiseta negra de manga larga. De nuevo se había quitado las lentillas y llevaba sus gafas de pasta. La incipiente barba comenzaba a delimitar una franja en su cara. Era masculino, varonil.

Sam se obligó a no bajar la mirada y se encontró con unos ojos que la observaban curiosos. Volvía a tener aquel gesto serio, pero, a la vez, se le veía cómodo, como si hubiera soltado lastre.

–¿Hace mucho que te cortaste el pelo? –preguntó Héctor al tiempo que le ofrecía la taza–. Ten cuidado, está ardiendo.

Cuando ella recogió la bebida, Héctor aprovechó y le recolocó el flequillo. Aquel largo flequillo rebelde que pocas veces estaba donde debía y que minutos antes él se había encargado de descolocar.

Sam apretó los labios. Aunque Héctor le había rozado la frente y eso debería haberla trastornado por completo, a su cabeza retornaron imágenes de Claire contando con guasa su aventura con el chicle. Contestó con cautela.

–Más o menos un mes. ¿Por qué?

–A menudo te llevas la mano a los hombros como si buscases algo, tus dedos hacen un giro en el aire, retorciendo un mechón imaginario. Acto seguido, te frotas la nuca –dijo Héctor mientras se sentaba despacio frente a ella y cruzaba las piernas.

Sin ser consciente de ello, Sam apretó las manos contra la taza y contuvo la respiración. Nunca se había percatado de esos gestos, y tampoco de que Héctor fuera tan observador.

–Me gusta. Te queda muy bien.

Soltó el aire e intentó relajarse y, al mirarle de nuevo, se percató de que en sus labios había una sonrisa. Suave, dulce y muy tierna.

Durante unos segundos no dijeron nada, solo el azote de la lluvia llenó de sonidos ese intermedio. Samantha estaba descolocada, no esperaba algo así de Héctor. Al decir esas últimas palabras, el tono había sido muy íntimo y se encontró con que aquello le afectaba, el rubor regresaba a sus mejillas y volvía a pensar en él como un «posible», a pesar de que sabía, o pretendía querer saber, que no tenía ninguna oportunidad. Su mente luchó por encontrar otro tema, uno más cómodo, como, por ejemplo, el tiempo en las islas Fiyi o el apareamiento en los marsupiales.

Al imaginarse aquello sus ojos se abrieron como platos. «¿Apareamiento?».

No, ese no, desde luego que ese tema no.

Tuvo que agitar su cabeza para sacar esas imágenes de su mente.

Al final optó por llevar la taza hasta sus labios y no decir nada, que fuese él solito quien saliera de allí como pudiera.

Héctor se dio cuenta, tan pronto como habló, que su voz había sonado ronca de más, que se estaba creando una atmósfera propicia para otra cosa. El tacto sedoso de su pelo, sus labios entreabiertos, llenos, y de aspecto suave, aquellos ojos grandes y expresivos que hoy por fin le miraban sin esquivar…Tragó saliva y buscó otro tema de conversación.

Pero el silencio entre los dos continuaba prolongándose, Héctor no parecía dispuesto a decir nada, y ella observaba hipnotizada aquella nuez que subía y bajaba cada vez que él se proponía al menos intentarlo. Los nervios tomaron la palabra.

–¿De qué «clan» eres?

–¿Cómo? –preguntó él no muy seguro de entender.

De nuevo Sam maldijo no tener activado el filtro de su cerebro.

—Llevas unos pantalones escoceses, esos colores deben de ser de tu clan.

Otra vez aquellas arruguitas mostrando calidez en aquel rostro tan varonil.

—Lamento decepcionarte... No tengo ascendencia escocesa.

—¿Lo lamentas?

—Sé que a las mujeres os gustan los pelirrojos descoloridos ataviados con falda. —Volvía a salir desde su pecho ese sonido grave, ronco, áspero, tosco... seductor—. ¿Te sirve si te digo que mi padre es francés?

—¿Francés? —balbuceó Samantha—. Bueno, los escoceses están sobrevalorados, supongo que un padre francés también da caché.

Héctor empezó a reír abiertamente y Sam se contagió. En realidad, el comentario no había sido gracioso, sino más bien embarazoso, pero la excusa de la risa fue idónea para los dos. Y si ríes... ríes más, y al final los dos lo hacían a carcajadas. Cuando pararon, ella se sujetaba el estómago con las dos manos y a Héctor le brillaban los ojos. Volvían a estar relajados. Unas campanas en forma de risas les habían salvado.

Se quedaron callados de nuevo, pero aquel silencio estuvo lleno de magia. Cada uno le daba vueltas a lo ocurrido e intentaba darle una explicación que no fuese comprometida, que no le llevase a complicarse con la persona que tenían enfrente. Sin embargo, aunque ellos no eran conscientes, algo estaba cambiando. Sam ya no se escondía de Héctor, no eludía su mirada o apretaba los labios sin saber qué decir, por el contrario, le buscaba y estaba hambrienta por saber más de su vida, y también por compartir la suya. Y él... Él se mostraba relajado, confiado... Tranquilo. Había soltado lastre y estaba empezando a pensar que con Samantha se encontraba bien. Más que bien.

Tras un poco más de conversación trivial se dieron las buenas noches. A ninguno le apetecía terminar aquello, los dos querían un poco más, pero se impuso el sentido común. Empezaba a ser tarde y, al día siguiente, el padre de Sam pretendía llevarse a Héctor a dar un paseo por el monte. Con toda aquella lluvia los caminos debían estar impracticables, pero aun así habían quedado en verse temprano. Estaba todo organizado; Samantha pasaría la mañana con su madre.

Sam le echó de menos nada más verle salir por la puerta. ¿Por qué no podía ella tener una oportunidad? ¿La quería? No dudó, dos palabras vinieron a su mente: «Por supuesto».

Las cosas pequeñas dan la felicidad

14 de mayo. Minutos antes de meterme en la cama.

Mi compañero de casa de alquiler acaba de irse a dormir a su cuarto y yo me siento volar. No ha pasado nada, no pienses mal, es solo que... estábamos tan bien, tan a gusto. Hemos tenido un par de momentos tensos, la conversación ha tomado un cariz personal, pero ha sido estupendo. Cuando me dijo que me traía a casa de mis padres no pensé en esto, la verdad. En que Héctor se dejase «ver», en que compartiera su vida conmigo, se sincerase y confiara en mí. Y me siento genial.

Aunque todo tiene su contrapartida; cada vez me siento más atraída. Me ha dado un poco y quiero más, y me avergüenza confesar que desde que he descubierto que puedo mirarle a la cara y no salir corriendo, cada vez que lo hago, siento el deseo de llevar mis dedos a sus labios y comprobar si son tan suaves como parecen. Y de su sonrisa... de esa ni hablamos, porque hoy he visto que cuando surge y es sincera, transforma su cara y la convierte en la de otro hombre. Qué lástima que apenas aparezca.

Y no es que considere a Héctor un hombre triste, no es eso. Serio, controlado, responsable... eso es lo que me viene a la cabeza, por eso adoro cuando ríe. Y si, como esta noche, soy yo quien lo consigue, aún a riesgo de parecer ridícula, pues qué te voy a contar.

Su vida, aunque profesionalmente le vaya muy bien, no ha sido un lecho de rosas sin espinas. Y aunque no tenga ninguna posibilidad, quiero estar ahí, quiero ser su amiga... Quiero tantas cosas.

Hoy he visto su cara más seductora, sí, Héctor ha tenido un momento de debilidad y su parte masculina ha tomado las riendas; por un momento me ha visto como una mujer. He sido testigo del cambio, he visto sus ojos brillar y su voz quebrarse, y cuando ha hablado ronco y seductor, yo... yo he tenido que morderme los labios para no gritar: «Sí, todo cuanto quieras».

Ese hombre despierta también mi lado animal, ese lado que desea, que se siente coqueto, que es carnal y femenino. Ese que parece que no tengo por mi talla menuda y mi aspecto infantil. ¿Será eso lo que le frena? No, no lo creo, aunque después de ver a Lola entiendo que no soy su tipo ideal.

Encontrar a Héctor ha sido toda una revelación: los sueños existen.

Menudo fiasco lo de Carlos. Nunca lo sospeché, pero debe de haber un motivo de peso para que lo oculte a estas alturas del siglo XXI. Es extraño que siga en el pueblo; todos los jóvenes se van, y él hace chapuzas y les echa una mano a mis padres para quedarse. Su vida no debe de ser nada fácil. No puedo llegar y decirle: sé tu secreto, claro, pero intentaré ayudarle, aunque solo sea convirtiéndome en un hombro sobre el que se pueda apoyar.

Mañana es domingo y, a pesar de ser un día de mucho trabajo en el hotel, quiero pasar todo el tiempo que pueda con mis padres.

Capítulo 14

Héctor entró a su cuarto intentando esconder una sonrisa. La noche había sido extraña, pero su ánimo estaba reconfortado, era como si hubiera tratado con sus demonios interiores y estos le hubieran ofrecido una tregua. Samantha era un bálsamo.

–¿Tengo que compartir cama contigo? –Pepe se desperezó al escuchar su vozarrón, pero volvió a enroscarse y cerrar los ojos–. Vamos, al menos échate a un lado.

Ni caso. Al final tuvo que cogerlo en brazos para desplazarle y tener un poco de espacio donde dormir.

Se tumbó sobre la cama, puso las manos cruzadas bajo la nuca y se quedó mirando el techo.

¿Cómo iba a imaginar que se sentiría atraído por ella? Que aquella boca dulce, aquel pelo despeinado y esa torpeza infantil le seducirían de esa manera. Apenas se conocían y esa noche se había sincerado con ella, incluso más que con muchos de aquellos a los que llamaba amigos. Pero no solo eso, se había quedado embobado con sus ojos, con ese rubor permanente en sus mejillas, con esa sinceridad y espontaneidad. Y, para qué negarlo, llevarla cargada a su espalda, poder tocar la suave piel de sus muslos y sentir un corazón retumbar contra su piel le había despejado dudas y, al mismo tiempo, le había despertado muchas más.

Desde hacía días ya había notado que su cuerpo reaccionaba a un simple roce, que no era inmune a ella, que sus instintos animales se activaban con su presencia. Pero esa noche, quizá amparado por la intimidad que da la oscuridad, cuando la ayudó a bajar, sintió el impulso de tocar su cara, de buscar sus labios, de dejarse llevar. Y en vez de eso, le había dado un pellizco fraternal, no se había atrevido a nada más. ¿Y si esa exigencia que afloraba lo estropeaba todo?

Después, en su cuarto, le había vuelto a suceder. Esas frases ambiguas, dichas sin aparente intención, pero que ella había cazado al vuelo y que le habían ruborizado e iluminado el rostro, ese «no sé qué hacer» tan adorable, esa mirada que, por fin, no había rehuido la suya. Si se detenía un momento, aún sentía en los dedos la necesidad de aferrar su nuca rapada y tirar de ella para probar su boca. Pero no. Ese viaje no era para ellos dos, el motivo principal era sacarla de Madrid, que viera a sus padres y verla tranquila y feliz. La joven llevaba casi tres semanas sin salir de casa y, si no se había vuelto loca en aquel diminuto apartamento, era porque debía de tener una voluntad de hierro.

Sonrió de nuevo.

Para él también había sido fundamental el cambio de aires. Después de ver a Lola, sus demonios interiores, sus reproches, sus celos y sus discusiones sin sentido, habían vuelto. Y cuando habló por teléfono con la madre de Sam y sintió su preocupación, actuó sin pensar en él, pero ahora tenía que reconocer que no habría encontrado una excusa más oportuna para dejar Madrid.

El Bierzo, el paisaje agreste y duro y la sensación de soledad que tienen esos pueblos de montaña, le habían permitido volver a pensar en sí mismo y, al contrario de lo que le ocurre a mucha gente que en estos lugares se dejan llevar por la melancolía, a él le habían proporcionado una inyección de optimismo y de soñar que, seguro, el futuro le deparaba algo mejor.

Samantha, Samantha... Dulce, suave, bálsamo para sus heridas, acicate para su deseo, deleite para sus sentidos. Ese nuevo impulso, esa atracción, le suscitaba dudas. A veces la sentía demasiado joven, o quizá, para ser más exactos, él era demasiado viejo. No deberían importar, pero esos casi veinte años de diferencia le traían de cabeza.

Capítulo 15

Angustias apretó el paso dirección al granero en el que se hospedaba su hija. Tenía pocas oportunidades de verla y, aunque fuese domingo y, por lo tanto, uno de los días de más trabajo, estaba dispuesta a pasar la mayor cantidad de tiempo que pudiera con ella.

El viernes, cuando supo que venían al hotel, hizo unas cuantas llamadas para tener alguna ayuda extra. Los fines de semana siempre eran días en los que se reforzaba la plantilla, pero aquel con más motivo: necesitaba tiempo para ella, necesitaba delegar. La tarde-noche dominical era tranquila, pero los desayunos, los almuerzos y la comida del mediodía eran agotadores. El trabajo de la mañana comenzaba pronto con la aparición, por el bar del hotel, de los integrantes de un club ciclista *amateur* que paraban allí a desayunar. Ellos eran casi siempre los primeros clientes. Después, un cuentagotas: los excursionistas, los que se hospedaban en el hotel, los que llegaban para hacer senderismo por las rutas que allí comenzaban… El día era un ir y venir de gente que fijaba el punto de partida o de llegada en su comedor. Pero hoy era especial, su niña estaba en casa y lo había organizado todo para tener tiempo libre al menos hasta las doce.

Los desayunos los podía dar cualquiera, pero de la hora de comer no podría escaquearse, ni quería. Le gustaba su cocina y aquel momento era suyo. Los fogones eran su pasión y eso se notaba; su restaurante, aunque apartado, siempre tenía comensales. Y eso, en los tiempos que corrían, era un verdadero lujo.

Pensando en todo, había enviado a su marido a recoger a Héctor con la excusa de enseñarle algo del Bierzo y así poder estar a solas con su niña. Después de la lluvia caída no sabía cómo estarían los caminos, por lo que tuvo que improvisar y organizarles una visita a Cacabelos, donde un amigo de Juan, que abría la bodega los domingos, organizaba catas para promocionar sus vinos. Lo pasarían bien; visitar unos viñedos conocidos en la comarca era un buen plan. Y, además, de paso, recogerían un pedido para el hotel.

–¡Arriba, gandula!
–¡Ay, mamá, qué susto me has dado! ¿Qué hora es? ¡Vas a despertar a Héctor!
–Tu Héctor ya no está, es más madrugador que tú.
–¡No es «mi Héctor»!

Angustias separó de un tirón las cortinas, abrió la puerta del balcón y empujó los postigos para que entrase la luz.

Se giró, se puso en jarras y se quedó mirando a su hija.

–Ayer no te pregunté, había demasiada gente delante, pero ¿qué demonios has hecho con tu pelo?

Sam, que se había incorporado y sentado en la cama, se dejó caer de nuevo sobre su espalda.

–Ya te lo dije, mamá, te lo conté todo por teléfono.
–Sí, me dijiste que algún gracioso había pegado un chicle en un respaldo de los asientos del cine y que, al

sentarte tú, se te pegó en la melena, pero olvidaste contarme que ahora parecías un elfo.

—Los elfos llevan el pelo largo.

—Pues lo que sea. —Su madre se sentó a un lado de la cama y le arregló el flequillo—. No te enfurruñes, cariño, te queda muy bien. —Sam recordó que Héctor le había dicho eso mismo tan solo hacía unas horas y sonrió—. Así está mejor. Levántate, he de enseñarte una cosa y no tengo toda la mañana.

Mientras Samantha se metía en el baño a investigar cómo iba a darse una ducha, Angustias fue a la habitación de al lado para airearla y hacer la cama. Dos segundos más tarde estaba junto a su hija.

—No te lo vas a creer. La cama está hecha y el cuarto ordenado e impoluto.

—Pues… la verdad, no me sorprende. Todo en Héctor parece metódico y estudiado.

«Pero estoy convencida de que solo lo parece».

—Cada vez me gusta más ese chico. Buen trabajo, guapo, educado… Es un poco «seriote», pero ya te encargarás tú de hacerle reír.

Sam tuvo que sonreír con la ocurrencia. Su madre era un caso, no pensaba en otra cosa que en verla con alguien. Si le hubiera presentado a Héctor como su novio, la habría hecho muy feliz.

—¿Qué haces ahí plantada?

—Pensando cómo ducharme sin tener que meter esto —y señaló su pierna derecha— bajo el agua sin que se moje. En casa lleno la bañera, me siento y dejo la pierna apoyada fuera, pero aquí, como he de quedarme de pie, no sé qué hacer.

Tuvo que reconocer que su madre tenía soluciones para todo. De su bolso, Angustias sacó otra enorme bolsa industrial de deshechos y el precinto, y en un periquete, Samantha tuvo de nuevo la escayola envuelta en plástico.

Al cerrar la cortina se dio cuenta de que, en la repisa de la pared, Héctor había dejado una botella de gel. La cogió, la destapó, se la acercó a la nariz y aspiró con fuerza. Olía a él. Ahora ya sabía de dónde salía aquel aroma seco, especiado y amaderado; tenía su esencia entre las manos. Aquel envase no era de esos corrientes de supermercado, lo giró y sonrió al ver la marca: la misma de su colonia –aquella que había confesado usar cuando ella le preguntó en voz alta mientras él le ayudaba con la maleta–. Ese perfume ya llevaba años en el mercado, pero conociendo a Héctor seguramente llevaba tiempo usándolo; no parecía ser un hombre lleno de sorpresas. Volvió a meter la nariz y se perdió durante unos segundos en aquel aroma varonil.

No se lo pensó dos veces. Abrió los grifos, esperó a que el agua saliera calentita y, con una sonrisa traviesa, puso algo de producto en su mano y comenzó a frotarse los hombros.

El bienestar de sentirse embadurnada de jabón cumplió su misión, empezó a sentirse relajada y cerró los ojos mientras continuaba con el ritual. Sus manos se deslizaban en círculos para obtener más espuma y, poco a poco, el penetrante olor masculino llenó la habitación.

«Umm, me encanta».

No sé paró demasiado a pensar que sería descubierta con facilidad, el reconocible aroma de Héctor la mantenía en trance y, dejándose llevar, también lo usó como champú; no pudo evitarlo.

Ya pensaría cualquier excusa después; en ese instante, oler a él se sentía muy tentador. Y no solo tentador... Aquello era sexy, muy sexy.

Al salir de la ducha tuvo que frotar y hacer un círculo sobre el vaho que empañaba el cristal del espejo. Y cuando, por un pequeño hueco, observó su reflejo, dijo en voz baja:

–Sam, hace demasiado tiempo que no estás con nadie.

Tenía una sonrisa extraña, la mirada oscura y una terrible comezón por todo el cuerpo. Cerró los ojos, se envolvió en la toalla y metió la nariz en ella.

«Dios mío, tengo que comprar este gel».

Cuando se plantó delante de su madre, vestida y repeinada, esta no disimuló y la olisqueó.

–¿Has usado su gel de baño?

–No había otro. Olvidé mi neceser.

Su madre torció la boca, aquello era una excusa muy barata.

–¡¿Mamá?! –preguntó Samantha entrecerrando los ojos–. ¿Humberto es un nombre muy raro?

–Yo diría que sí. ¿Por qué lo preguntas?

–No lo sé. Se me acaba de ocurrir.

Angustias negó con una sonrisa en los labios. Si de algo estaba segura era de conocer bien a su hija y, en este viaje la sentía distinta, más distraída y a la vez risueña y misteriosa. Y se daba perfecta cuenta de que cierto «vecino» tenía algo que ver. No podía evitar querer extender su abrazo protector a su alrededor, pero... ya era toda una mujer y tenía derecho a equivocarse. Solo esperaba que Héctor no le rompiera el corazón.

Mientras la joven se duchaba, Angustias preparó un desayuno con aires de picnic en la misma alfombra en la que Héctor y Samantha habían compartido su chocolate nocturno. El sábado por la mañana había horneado un bizcocho de almendras y galletas de canela, las preferidas de su niña, pensando en este momento. Quería que, esta vez, el encuentro entre las dos fuera perfecto.

La mayor parte del tiempo discutían. Si Samantha decía una cosa, su madre opinaba lo contrario, si Angustias pensaba blanco, su hija, negro. La buena mujer la quería con locura y en parte sabía que la mayoría de las veces era culpa suya, por su celo materno, por querer protegerla y que todo le fuese bien y que no cometiera los mismos errores que ella en su juventud, pero en el fondo solo quería que fuera feliz, que disfrutase de la vida y que consiguiera aquello con lo que siempre había soñado.

La sonrisa de Samantha al ver el desayuno hizo que la mujer se emocionase y que, satisfecha, la invitase a sentarse.

—¿Esta es la sorpresa?

—¿Qué sorpresa?

—No te hagas la tonta, mamá. Hace unos minutos hablaste de que querías mostrarme algo —le recordó mientras mordisqueaba una galleta.

—¡Ah, no! No es esto. Lo de desayunar en el suelo ha sido improvisado. Debí haber pensado que necesitaríais una mesa —añadió murmurando entre dientes—. En fin, luego te llevaré a un sitio. No es nada importante, es algo que llevo organizando desde hace tiempo por si te apetece volver al pueblo durante una temporada.

—¡Mamá…!

—No, no. No es lo que piensas. No quiero obligarte a nada, pero si vienes quiero que tengas algo que hacer.

Sam se mordió la lengua. Su madre la quería de vuelta y a ella le gustaba estar allí, pero no servía como camarera, mucho menos como cocinera, ni tampoco se imaginaba haciendo de guía turística de la zona y, desde luego, no quería ser una carga. Trabajar en el hotel y ayudar con ello a sus padres podía ser genial, pero ella necesitaba sentir que podía labrarse un futuro profesional por sí misma sin depender para todo de ellos.

Angustias no dijo nada más, no pretendía crear tensiones entre las dos, solo buscaba verla sonreír. Aunque… había cierto arquitecto que sí estaba consiguiéndolo y eso era estupendo.

Subieron la cuesta cogidas del brazo, Sam con una muleta y Angustias a su lado, rodeándola en su abrazo. Quien las viera de lejos, pensaría más en dos amigas conspirando y contándose chismes que en una relación formal de madre e hija. Angustias lucía radiante e iba haciéndola rabiar, intrigándola con su sorpresa un poco más a cada paso. Samantha protestaba, era su papel, pero estaba encantada. Era cierto que les costaba estar juntas por lo diferentes en su forma de pensar, pero ahora que la tenía al lado después de algunos meses, era consciente de lo mucho que la había echado de menos.

Por un pequeño sendero por el que apenas cabría un coche, llegaron a una pequeña construcción de piedra irregular sin ventanas con tejado a dos aguas de lajas de pizarra. Estaba cerca del hotel, pero unos setos y algunos árboles impedían que se viera o se escuchara el bullicio de la casona. No era nueva, el musgo crecía por todas partes y la puerta estaba descolorida por el sol. Por su tamaño, Sam pensó que podía tratarse de una especie de garaje. Quizá en un tiempo pasado habría servido para guardar carros o aperos.

Su madre sacó una llave enorme y vieja de la cesta donde había traído los dulces del desayuno. Abrió la puerta y…

A Sam le costó articular palabra y, aunque la llevaba en la mano, dejó de apoyarse en la muleta y entró despacio observándolo todo. Aquella cochera estaba llena de cosas viejas, enseres y utensilios amontonados que en otro tiempo tuvieron utilidad. Una farola algo oxidada; carcasas de lámparas sacadas de alguna vieja fábrica; un caballito de madera que, en un tiempo lejano, con total seguridad fue el balancín de un hijo de una familia pudiente; un viejo sillón de cuero con el asiento rajado, maceteros de piedra ornamentados; un par de campanas grandes recubiertas de una pátina de óxido, testigos de bodas y bautizos en un tiempo pretérito... Todos aquellos objetos apilados eran viejos, sí, y algunos estaban pidiendo a gritos un lugar en el vertedero municipal, pero no se podía negar que habían sido escogidos con gusto y esmero.

Samantha interrogó a su madre con la mirada.

–Ya sé que ahora me dirás que estás especializada en restaurar tallas de madera del siglo XI, pero el tiempo que estuviste trabajando para Mikel se te veía tan feliz. Siempre te gustó arreglar cosas, darles un nuevo uso, devolverles un poco de vida, y yo... pensé que si algún día volvías a casa te gustaría tener algún proyecto interesante, algo que hacer para no marchitarte en este pequeño pueblo. Y con las nuevas tecnologías, podrías trabajar aquí y vender las piezas por Internet. En aquel rincón se podría abrir una claraboya –aventuró Angustias al ver que la cara de Samantha no expresaba aún nada–, para colocar debajo la mesa de trabajo. Si quisieras podrías transformar esto en un taller... No te enfades conmigo, Sam. Solo son cosas viejas que he ido recopilando, no tiene importancia si no te gusta la idea. No me ha costado nada ir guardando cosas que otros iban a tirar.

–¡Mamá...! –murmuró la joven con un nudo en la garganta.

–No pretendo presionarte, esto se quedará aquí por si algún día tú quieres...

—¡Mil gracias, mamá! —logró articular Sam, al mismo tiempo que se abrazaba a ella y le saltaban las lágrimas.

Cuando se soltó se dio cuenta de que Angustias lloraba también.

—No puedo evitarlo, mi niña, Madrid se siente muy lejos y yo te quiero aquí, pero entiendo que tienes que buscarte la vida tú solita. Esto te estará esperando el tiempo que necesites, y si allí encuentras más cosas que te gustaría guardar, me las envías; les haremos hueco.

Sam quitó una colcha que cubría un silloncito tapizado en terciopelo azul y se sentó sobre él. Después del impacto inicial, sus ojos recorrieron la estancia con algo más de tranquilidad, su madre debía de llevar tiempo revisando derribos y recogiendo cosas viejas del contenedor. Algunos de los objetos allí reunidos eran increíbles y ella era perfectamente capaz de verlos reparados y en venta en una página de Internet. De algunos, aunque acababa de descubrirlos, ya sabía que no podría separarse nunca, como las viejas ventanas con vidrieras que se apoyaban en la pared.

Su madre tenía razón, la luz cenital sería perfecta para trabajar.

Y, sin querer, aquel rincón vacío se llenó ante sus ojos de herramientas y útiles de trabajo. Hasta sintió el olor a pintura y barniz. Sí, aquello podría funcionar. Ella podría ser feliz allí.

Cuando llegaron al hotel eran ya casi las doce y en la cocina había revuelo general; la hora de la comida se acercaba y tenían el salón reservado y lleno para el banquete de una comunión. Sam se parapetó en un rincón para no molestar y observó la transformación de su madre. En un momento se había cambiado de ropa, recogido el pelo y organizaba a sus empleados como el mejor de los generales.

En ese preciso instante entró su padre por la puerta de atrás seguido de Héctor. Ambos cargaban con cajas de vino que llevaron al almacén. Como estaba en una de las paredes laterales no la vieron al pasar así que pudo observarlos a placer, pero al salir de la despensa no pudo esconderse y fue descubierta. Héctor fue directo hacia ella esbozando una ligera sonrisa.

Al acercarse, la casi imperceptible mueca se deshizo. La rodeó con su brazo a modo de saludo, pero su reacción fue extraña. Extraña hasta que Sam se dio cuenta de que Héctor le estaba oliendo el pelo mientras besaba su coronilla de modo paternal.

Aunque era imposible ignorar aquel masculino aroma que la envolvía, había relegado a un segundo plano su episodio en la ducha. ¿Y si Héctor era una de esas personas que odia que toques sus cosas? ¡Ave María Purísima!

Cuando se rompió el abrazo, lo miró desde su altura y respiró tranquila al verle sonreír.

–¿Te gusta mi champú?

Pillada. Sí. Hasta en aquella cocina que tenía miles de olores mucho más interesantes que el suyo.

–Er... Yo... –Sam no supo cómo seguir. Tener aquellos ojos verdes fijos en ella le hizo balbucear como un bebé.

–Es un poco varonil para una jovencita como tú. –Y se inclinó hasta llegar a su altura para añadir en voz baja–: Pero me gusta cómo se huele en tu piel.

Las mejillas de Samantha se encendieron de golpe, como cuando se anuncia a bombo y platillo que arranca la Feria de Abril.

–¿No crees que ahora tu madre se pensará que hemos estado «juntos»? –La forma en la que pronunció

esa última palabra dejó las rodillas de Samantha como mantequilla–. ¿Cómo quieres que le explique eso?
—No es necesario. Ella sabe que te lo robé del estante de la ducha.
Volvió a besar su cabeza.
—Puedes robarme cuanto quieras.
Sam sintió deseos de salir a la calle.
Otra vez aquella voz ronca, áspera y seductora, que la dejaba en blanco y sin capacidad de reacción. De repente hacía demasiado calor en aquella habitación, era como si el sol de mayo hubiera entrado por la ventana y le descargase toda su furia sobre la cabeza. Sintió que se ahogaba, que le faltaba sitio para respirar, y la muralla que formaba el cuerpo de Héctor tan cerca no ayudaba en lo más mínimo. Pero ¡oh, Divina Providencia! Su madre se acercó hasta ellos antes de que pudiera replicar.
—El comedor está lleno y hoy la comida va a ser un caos de gente, niños corriendo entre las mesas, adultos pidiendo más vino y camareros corriendo como pollos sin cabeza. Salid al comedor y tomad un aperitivo, pero luego, cuando empiece a llegar gente, os largáis. No podréis comer tranquilos si os quedáis aquí. Yo prepararé una cesta para que os llevéis la comida a la casita.
Sam estuvo a punto de atragantarse con su propio aliento.
Comer. En un dormitorio. Con una cama por respaldo... Ella no era de piedra; cada vez le costaba más estar a solas con Héctor y que no fuera evidente su interés. Su madre estaba jugando con fuego y lo peor era que parecía premeditado.
Angustias golpeó con el pie en el suelo como esperando que reaccionasen ante sus palabras. Samantha asintió y tiró de él para sacarle de allí. Sabía que su madre les había echado de la cocina de forma indirecta

enviándoles al salón a tomar una cerveza. Allí en medio estorbaban.

—Podemos comer en cualquier otro sitio, Angustias. No tiene por qué preparar nada —escuchó replicar a Héctor.

Sam supo en seguida que su madre iba a protestar.

—¡Qué bonito! Samantha dile a este mozo que irá a comer a la competencia pasando por encima de mi cadáver.

—Angustias, no quise decir eso. Solo pretendía no darle más trabajo.

Las dos mujeres se echaron a reír y él, cuando vio sus caras, rio con ellas.

—Me declaro admirador de la mencía —proclamó Héctor levantando su copa de vino. Estaban en el cuarto de Sam haciendo de la alfombra, de nuevo, su mesa de comedor. En ese momento brindaban con dos copas de un vino que él había adquirido en la bodega esa misma mañana.

—¿Qué tal? ¿Lo has pasado bien?

—Había ido a alguna cata con anterioridad; el mundo del vino me parece fascinante, pero hoy he entrado por primera vez por la puerta de atrás de una bodega. Ha sido ilustrativo e interesante, y tu padre es un gran tipo.

—Así que, ¿has comprado vino?

—Una caja. Y me he quedado con la web de la bodega para poder hacer pedidos desde el salón de mi casa. —Sam sonrió al escucharle, el orgullo de su tierra llegó a su semblante—. ¿Y tú? ¿Qué tal ha ido la mañana?

—La he pasado con mi madre. Me he dado cuenta de que la echo mucho de menos y de que ella a mí también.

—Es normal, Sam. Vives sola en una ciudad como Madrid, es lógico que la familia tire de ti. ¿Quieres quedarte? No tienes que ir al traumatólogo hasta dentro de unos días; yo podría volver a recogerte el fin de semana que viene.

La sensación de extrañeza al pensar que ella no le había contado nada sobre esa visita a la clínica, se desvaneció al probar el guiso de su madre.

¡Por favor! ¡Qué bueno estaba!

Sin darse cuenta se metió otra cuchara en la boca, y otra, y otra más. Comió sin rechistar, sin casi darle una oportunidad a la conversación o al vino.

Héctor la observaba. Era curioso ver las reacciones en su cara, parecía que estaba a punto de echarse a llorar con cada cucharada. Sam no se daba cuenta, pero en las cosas más simples ponía pasión, cariño, empeño. No era para nada una persona fría o apática y por eso, además de por muchos otros detalles, a él le hacía soñar con conocerla mejor. Era una joven fascinante.

Una curiosa coincidencia. Lola era parte de su pasado, un pasado doloroso que quería olvidar a toda costa y Samantha se empeñaba en convertirse en su Lolita particular. Tan joven, tan excitante. El nombre se repetía, pero no, él no la seduciría. No es que Samantha se empeñase en mostrarse apetecible, no era ella quien le buscaba como la joven del mítico libro de Nabokov. Tampoco era una adolescente, ¡gracias a Dios! Si se hubiera fijado en una quinceañera habría ido directo al psicólogo. Pero, aun así, era joven y a la legua se veía inexperta. Y él se sentía un tanto depravado al contemplar cómo se mordía el labio o se le hinchaba el pecho al respirar. Era él y solo él quien se ponía duro cuando ella le miraba con timidez; quien la imaginaba bajo el peso de su cuerpo, jadeante y sudorosa; quien fantaseaba con sopesar la redondez de sus senos con sus manos... Era solo él.

Cuando Sam se terminó el plato se dio cuenta de que Héctor apenas había tocado el suyo. Tenía la cuchara entre los dedos, pero se había desentendido de ella. Levantó la vista para encontrar sus ojos y sintió el hambre, el deseo, la necesidad, la oscuridad que le rodeaba como un halo mientras la observaba con detenimiento.

–Lo siento. Soy una maleducada –titubeó Samantha–, he engullido sin parar y he dejado la conversación a medias. No quiero ser una carga para ella, me vuelvo contigo a Madrid. Aunque, ahora que lo pienso, allí lo seré para ti.

–No digas tonterías, Sam. –Otra vez aquel tono ronco y seductor–. No eres ninguna carga, más bien todo lo contrario. –Carraspeó–. Eres un soplo de aire fresco en los días en los que el trabajo resulta asfixiante.

No hubo más conversación. Con el pretexto de que se había levantado temprano, Héctor recogió los platos, los metió en la cesta cumpliendo las órdenes de Angustias, y se marchó a su dormitorio para, según él, dormir la siesta.

Sam se quedó mirándolo, intentando imaginar qué demonios había pasado.

Esta situación me está volviendo loca

15 de mayo.
No sé cuánto tiempo voy a poder disimular delante de mis padres que Héctor se está convirtiendo en algo importante en mi vida.

Me gusta. Me gusta mucho. No puedo ni quiero negarlo. Y por su culpa estoy empezando a comportarme de forma bastante irracional. ¿A quién se le ocurre usar su jabón en la ducha? Ha sido una soberana tontería y me he puesto en evidencia, no solo delante de él, sino también de mi madre. Aunque... él me ha dicho que le gustaba su olor en mi piel.

(Ya estoy babeando otra vez).

Para mayor gloria de mi estupidez, su olor me ha acompañado todo el día y cada vez que me muevo o respiro hondo me llega en oleadas. Lo sé, soy un genio, he pasado todo el día con la sensación de estar envuelta en sus brazos y eso no me ha ayudado nada.

Mi madre no es tonta, estoy segura de que se ha dado cuenta, y Héctor... él debe de pensar que estoy pirada. Aunque, por un momento, hace cosa de unos minutos, pensé que le gustaba. Estábamos comiendo, el potaje que hace mi madre consigue llevarme directamente a la niñez con cada cuchara que me meto en la boca y, mientras tuve comida delante, no fui capaz de pensar en otra cosa, pero con el último bocado, cuando levanté la vista del plato, le vi observándome como si yo fuera una gacela y él un tigre de Bengala. Me puse nerviosa, no era para menos, y comencé a parlotear sin sentido; no sé ni qué dije, pero debió de ser un repelente porque acto seguido se levantó, recogió todo, y salió huyendo de mi habitación.

No le gusto. De veras que no lo creo. La mayor parte del tiempo me trata como si fuera su hermana, no me «ve» como mujer. Supongo que, en ese sentido, mi pelo rebelde y desordenado, mis vaqueros cortos y rotos, y mi camiseta, tres tallas más grande, espantan a cualquiera.

No he traído mucha ropa, pero esta noche pienso arreglarme a ver qué pasa, pero ahora voy a tumbarme en la cama, he de aprovechar que su gel es intenso y que todavía le prende fuego a mis sentidos.

Capítulo 16

A las siete de la tarde, Héctor se plantó delante de la puerta de la habitación de Samantha. Se había tranquilizado y analizado la situación. Debía comportarse como hasta ahora y mantener a raya sus hormonas.

Respiró hondo y golpeó con sus nudillos.

—Sam, tu madre me ha llamado al móvil, dice que la comunión ha terminado tarde y que, tras recoger todo, ha tenido que parar un rato para descansar, pero que nos esperan para cenar en una hora.

Samantha abrió la puerta y se dio de bruces con el pecho de Héctor.

—¿Y por qué te molesta a ti? Tiene mi número.

A Héctor se le quebró la voz al ir a contestar. Samantha llevaba un vestido por la rodilla con un suave estampado de flores azules. La falda tenía algo de vuelo y revoloteaba a su alrededor al moverse, pero la tela, un tanto elástica, se ceñía a su cintura como un guante, marcando un talle fino y espigado. Su escote revelaba un busto pequeño —toda ella era de talla mini—, pero muy proporcionado y femenino. Se había peinado hacia atrás dejando su frente a la vista, un pasador en forma de mariposa le sujetaba el flequillo, y se había maquillado con discreción. Estaba preciosa.

—Dice... —carraspeó—, dice que lo tienes apagado.

Sin muletas y apoyando ligeramente el pie escayolado se acercó a la cómoda.

—No tiene batería. Soy un desastre. Perdona, Héctor, la culpa es mía.

—No hay nada que perdonar, Samantha. Esas cosas pasan. Lo raro es que tengamos cobertura en un sitio así. ¿Quieres qué vayamos ya al hotel?

—Estoy lista, así que cuando quieras.

Héctor respiró un par de veces para tranquilizarse y que su voz sonase firme y no tan alterada como él se sentía.

—Estás muy guapa, Sam.

¿Por qué su diminutivo (al que odiaba desde que podía recordar) sonaba tan sexy dicho con aquel tono ronco y áspero?

Sonrió, debía comportarse como una señorita.

—Gracias, Héctor. Cuando quieras...

Él le ofreció el brazo y ella cogió una de las muletas y se sujetó a él con la mano libre. Se miraron y sonrieron como dos chiquillos.

—Ha bajado la temperatura, quizá deberías coger una chaqueta —murmuró Héctor al abrir la puerta.

—Sí —confirmó ella mientras se abrazaba—. Hace fresco ahora.

—¿Qué te traigo?

—Una rebeca blanca que está sobre la cama.

En dos zancadas subió a su cuarto y, cuando estaba cogiendo la prenda, se quedó mirando el infantil diario que Samantha siempre llevaba detrás. Un bolígrafo de esos que tiene cuatro colores de tinta impedía que se cerrase del todo.

No lo tocó, pero se preguntó qué escribía la joven. ¿Habría notas sobre él? Algunas veces se sonrojaba mientras estaba escribiendo, seguro que apuntaba todo aquello que le sucedía como si fuera un cuaderno de bitácora.

Casi le pudo la curiosidad, pero no, no estaba bien cotillear en algo tan privado. Además, mejor no saberlo. Con seguridad estaría lleno de corazones y sueños de amor de juventud.

En unos segundos se plantó en el piso de abajo y la ayudó a ponerse la rebeca. La visión del diario no se iba de sus pensamientos. ¿Y si…? ¿Y si él sí era parte protagonista de aquellas líneas? ¿Lo apuntaría todo como una colegiala? Ese pensamiento le hizo sonreír. Quizá le podría preguntar a bocajarro, Samantha no era una gran actriz, si él formaba parte de ese diario ella no podría ocultarlo.

La madre de Sam respiró hondo cuando les vio aparecer por el camino. Héctor rodeaba a Sam con su brazo por la cintura con delicadeza, casi sin apoyar los dedos en ella, pero atento a cualquier traspié que su hija pudiera dar. La contemplaba con interés, avanzando al ritmo lento que su pierna escayolada marcaba.

No pudo evitarlo, le gustó aquella imagen. A sus ojos hacían muy buena pareja.

El suspiro se quedó cortado cuando la abrazaron desde atrás.

Su Juan.

—Creo que nuestra niña ha encontrado a su príncipe azul –murmuró su marido metiendo la nariz en su pelo para hablarle bajito al oído–, y tengo que reconocer que el tipo me cae bien. He pasado la mañana con él y no ha tenido un mal gesto, ni ha fanfarroneado como cualquier otro señorito de ciudad.

—Yo también lo creo. Shhh, qué ya están cerca.

—¡Hola, mamá! –canturreó Samantha–. Seguro que se ha enfriado la cena, hemos tardado un año en llegar.

–¡Qué boba eres! Todavía no hemos puesto ni la mesa. Tomaremos un aperitivo mientras Carlos termina de organizar el comedor. Venga, pasad, hoy nos sirven a nosotros.

Carlos era esa noche el camarero, aunque tanto insistió Angustias que acabó sentándose con ellos a cenar. Sin embargo, su lado tímido era terrible y apenas articuló palabra, se limitó a mirar a unos y a otros como si observase todas y cada una de sus reacciones, como si memorizase sus gestos.

Sam le observaba por el rabillo del ojo. Se daba cuenta de que estaba en tensión y de que evitaba mirar a Héctor, sobre todo si Juan o Angustias estaban delante.

Fue una velada agradable. Con algo de pena, porque al día siguiente se despedían y Héctor y Samantha volvían a Madrid, pero con la sensación de haber pasado buenos momentos y de haber limado asperezas. Esas que madre e hija parecían siempre protagonizar.

Mientras Carlos emplataba los postres, Sam aprovechó y se levantó. Quería ir a la cocina para rebajar la tensión que había entre los dos. Sus padres bromeaban y reían, y solo Héctor se dio cuenta de su maniobra. Ella le vio mirar a su madre y, con un gesto le pidió que no dijera nada. Un guiño le confirmó que le cubrían las espaldas.

–Dentro de nada comienza la Feria del Libro de Madrid. ¿Vendrás este año? –Carlos la miró con curiosidad. No se había dado cuenta de que Samantha había entrado a la cocina, estaba absorto en su tarea–. A ti siempre te ha gustado leer –insistió la joven–. Si vienes, mi apartamento es pequeño, pero tengo un sofá cama.

—No había pensado ir.

«¡Por fin!».

—¿Por qué? A ti siempre te gustó leer –repitió. Como el joven permanecía en silencio, Samantha añadió–: Mi casa está a tu disposición, si quieres ir algún día, sitio donde dormir tienes.

Sam cogió un par de platos ya preparados y se dirigió al comedor. Carlos la alcanzó a mitad de camino y recortó su zancada para mantener su paso.

—Gracias por ofrecerme tu casa.

—De nada.

Samantha le pilló mirando de soslayo a Héctor y, en voz baja y con tono de complicidad, le dijo:

—Eso sí que no. No te hagas ilusiones, yo lo vi primero. –En la cara de Carlos se reflejó el sobresalto de quien ha sido pillado *in flagranti delicto* y ella aprovechó para guiñarle un ojo–. Es mío, lo siento –añadió con retintín.

Y entonces, ocurrió, Carlos esbozó la primera sonrisa que ella advertía en mucho tiempo. Una sonrisa franca, sincera y del todo espontánea.

«¡Bien hecho, Sam!», se animó la joven. Pasó junto a él, le dio un ligero codazo y se sentó a la mesa.

El joven repartió los platos y volvió a su sitio, y aunque continuaba descolocado, pasó de estar serio a mirarla con interés.

Samantha no podía estar más feliz.

Tras la cena, Carlos hizo lo posible por quedarse a solas unos minutos con Samantha, quería pedirle discreción, necesitaba también saber si tanto se notaba, pero sobre todo buscaba la oportunidad de disculparse por no haber sido valiente, por no haber confiado en ella cuando los dos, de adolescentes, fueron empujados por las familias para que empezasen una relación.

Fue imposible, Héctor no se separó de ella ni un minuto, y Sam, que se percató del estado de ansiedad del joven, le hizo entender con gestos, que aquello no tenía importancia, que lo comprendía y que ya tendrían algún momento para hablar.

El camino hacia la casita donde pernoctaban fue un suplicio para Héctor. Si ya días antes se había dado cuenta de cómo le afectaba su presencia incluso con aquellos vaqueros cortos y su cara de niña, ahora, vestida para la ocasión, maquillada para realzar sus bonitos rasgos y con el aspecto de ser una mujer segura de sí misma, empezaba a preguntarse qué hacer.

Se sentía incómodo por tener sentimientos contradictorios.

Samantha le gustaba, le atraía, le hacía pensar en ellos como pareja, se imaginaba acariciando suavemente la piel de sus muslos, besando aquellos dulces labios... No iba a negarlo, sería engañarse a sí mismo y de eso ya estaba bastante escarmentado. Pero... era joven. Si sus cálculos no fallaban, no más de veinte, y él no se veía con estómago para involucrarse en una relación así. No podía. Era como cortarle las alas a un polluelo y hacer que viviera para siempre dependiente de su madre. Además, era evidente que ella sentía algo por él, muchas veces la pillaba mirándole fascinada, y no quería sentirse un aprovechado de la situación.

¿Qué pensarían de todo esto sus padres? No sentían animadversión hacia su persona, todo lo contrario, había sido mejor recibido que incluso en su casa, pero ¿cuál sería la reacción de Angustias si él no fuese simplemente el vecino y apareciera como el novio de su hija? Para colmo se conocían apenas desde hacía pocos días. No podía ir y decirles que se había «encaprichado».

Su gesto se torció; no era un capricho. Él no era de ese tipo de gente que hoy piensa una cosa y mañana otra. Los ratos que había pasado a su lado le habían mostrado que había algo, un sentimiento que había estado perdido y olvidado… Que Dios le pillase confesado.

Samantha estaba en la gloria. La noche no podía haber ido mejor.

Iniciar un acercamiento a una futura amistad con Carlos y conseguir que su madre no la viera, por fin, como una persona desvalida e incapaz de vivir por sí misma, esas dos cosas le habían arreglado la noche, pero en ese momento flotaba. Iba del brazo del tipo más sexy que jamás hubiera conocido y era consciente de que algo había cambiado: Héctor había empezado a mirarla como si de verdad fuera una mujer.

Respiró profundamente y se llenó los pulmones de aire puro.

Aquello no podía ir mejor.

Una visión de su amiga Claire con sus ilusiones de ferviente enamorada se hizo nítida en su cerebro. Agitó la cabeza negando para intentar alejarla, pero continuó allí.

¡Mierda! Ella no podía aprovecharse de eso. No podía convertirse en quien lo echó todo a perder. Su amiga estaba en París trabajando y confiaba en ella. Y ¿qué hacía para corresponder? Arreglarse para que Héctor reparase en su persona.

No es justo, ahora que todo parecía ir bien, ella tenía que empezar a sentirse como si le estuviera tendiendo una trampa.

Soltó todo el aire de golpe y comenzó a caminar sin ganas. De repente, pasar una noche en el dormitorio de al lado del hombre de sus sueños e ir vestida con su olor dejó de parecerle atractivo.

DE VUELTA EN MADRID

19 de mayo.
El viaje de regreso fue un poco triste. Hace ya tres días que volvimos y aún no me he recuperado.

En anteriores ocasiones el hecho de pasar un par de días en casa era suficiente para que sintiera la necesidad de salir huyendo, pero, esta vez, despedirme de mis padres ha sido duro. ¿Significará eso que estoy madurando?

Tengo la impresión de que al ir acompañada de Héctor su reacción ha sido diferente. Mi madre me ha dicho que me quiere allí, como siempre, pero no me ha machacado con la idea de que mi vida en Madrid no tiene sentido. Mientras me miraba he percibido su orgullo materno; ha sonreído por mí y eso me ha hecho muy feliz. Si tenía miedo de cómo iban a reaccionar al verme llegar con alguien, ahora soy consciente de que quizá era lo que necesitaban: ver cómo me hago mayor.

Ya sé que es absurdo pensar eso cuando estoy a punto de cumplir veintinueve, pero es que mi madre siempre me trata como si no hubiera pasado de los doce. Supongo que siempre he sido, soy y seré su «niñita», pero esta vez me ha gustado, hemos sido más amigas y menos mamá gallina y su polluelo. Y ver todo lo que está almacenando para mí ha sido increíble. Ya sueño con ponerme manos a la obra y empezar a reparar cosas.

Llevamos tres días en la capital y vivo en un sueño. Héctor es... (luego te lo cuento).

No sé cómo me sentiré cuando Claire vuelva de nuevo. Apenas he hablado con ella desde que está en París, pero sí he recibido un par de correos electró-

nicos. En el primero solo me decía que había llegado bien, que estaba con sus amigas y me preguntaba si Héctor la echaba de menos. En el segundo solo hablaba de su maravilloso trabajo, un pequeño inciso para las duras sesiones fotográficas y una explicación con gran detalle de la parte que a ella más le gusta: la promoción. O lo que es lo mismo: fiestas, fiestas y más fiestas. Conocer gente, recibir regalos, posar con famosos... Esa es mi Claire.

He decidido que no voy a hacerle la cama con Héctor, nada de tender trampas, no voy a forzar que él se fije en mí, pero si lo hace no desaprovecharé la oportunidad. Probablemente soy tonta por no intentarlo, pero no puedo pensar en seducirle a sus espaldas.

(Seducirle, ja, como si fuera capaz de atraerle con mis cincuenta kilos escasos).

Sí, sí, ya te cuento lo de Héctor, y no voy a andarme por las ramas, voy a confesar: Me he enamorado. Así, tal cual. Mi estómago está en un sinvivir continuo, las mariposas revolotean provocadoras en su interior. Es... como tener hambre a todas horas, solo que no se calma con nada.

Adoro cuando viene por las mañanas después de correr y me trae cruasanes calentitos (sí, ha vuelto a hacerlo), que esté pendiente de mí si me levanto y tengo lejos de mi alcance las muletas, ver cómo se mueve mientras hace la comida, sus bromas insípidas, su ceño fruncido mientras trabaja, sus gafas (me encantan sus gafas)... Me gusta todo de él.

Soy consciente de que aún no sé ni cómo besa, pero... necesito tiempo. Si no puedo conquistarle por mi físico, quizá vea algo en mí que le haga reaccionar.

Aunque lo del tiempo es relativo; desconozco cuánto permanecerá en Madrid. Su padre parece que se recupera bien y, está claro que tiene que tomarse un respiro

en su trabajo y que confía en que su hijo supervisa lo que ocurre en su empresa, pero Héctor tiene su vida muy lejos de aquí.
 ¿Y si me dice esta misma tarde que se tiene que marchar?
 Bien, paso a paso, no quiero adelantar nada. No servirá de nada que me vuelva loca pensando qué ocurrirá mañana. Hoy es hoy y es lo que tengo.
 Carpe diem.
 Carlos me pidió la dirección de correo electrónico antes de salir del valle y he recibido un mail *precioso donde se libera de muchas cosas.*
 Lo primero que ha hecho ha sido disculparse por haber estropeado mi primer beso. Ese que nos dimos bajo un castaño cuando apenas habíamos cumplido los quince. Él no quería hacerlo, pero su madre le presionó tanto diciéndole que yo era un buen partido que lo intentó. No es que fuera horrible, no es eso, no fue un sacrificio, ni una obligación, pero fue, de lejos, el beso más insulso que nunca me han dado. Fue un robo en toda regla y creo que él se arrepintió en el mismo instante en que su boca cubrió la mía y su lengua insistió en aquel torpe movimiento de invasión. Nunca hubo más entre los dos y ahora entiendo el porqué.
 Después me ha hablado de la soledad, de ese tener que fingir delante de todos porque su madre no entendería jamás que él le abochornase siendo el gay del pueblo. Ha sido sincero y se lo agradezco, pero no tiene que disculparse por nada. Las cosas son como son y yo me alegro de tener con él una segunda oportunidad para ser amigos.
 Es curioso. Me siento más cerca de él ahora que en todos esos paseos concertados que dimos juntos.
 Le contestaré e insistiré para que venga en junio. La Feria del Libro es una excusa perfecta para que salga

del pueblo y seguro que puede ser un punto de partida para nuestra amistad.
Una tarea que me queda pendiente.

Me han confirmado que la semana que viene tengo cita con el trauma. Quieren hacerme unas placas y ver cómo va la fractura.
Ojalá me quiten esto pronto.
Necesito salir, moverme, volver a ponerme mis pantalones pitillo y mis sandalias de tacón, y, sobre todo, mostrarle a Héctor un lado menos aletargado de mi persona. Él es un cielo y, a pesar de que es por la mañana –cuando suele estar más ocupado con los asuntos de su padre–, se ha ofrecido a acompañarme y yo, claro, no he podido decir que no. ¿Quién en su sano juicio querría ir sola pudiendo hacerlo del brazo de alguien como Héctor?
Lo sé, lo sé... Estoy babeando otra vez.

Capítulo 17

El taxi aparcó justo en la puerta del edificio donde se encontraba la Clínica Lamaignere. Héctor pagó y retuvo a Samantha hasta que salió del vehículo y lo rodeó para ayudarla a bajar.

Samantha se sonrojó, no estaba acostumbrada a que la tratasen de ese modo como si fuera una dama del siglo pasado, pero que Héctor estuviera tan pendiente de ella mantenía una corriente eléctrica, un cosquilleo, no molesto pero sí constante, por toda su espalda.

Cuando dejaron la acera para llegar al portal, Héctor tocó el timbre aunque la puerta se encontraba abierta. Anunció su llegada y pidió, con autoridad, una silla de ruedas.

Bajaron dos enfermeros e Ignacio, el traumatólogo que estuvo presente en el accidente y que la llevó en brazos a la Sala de Rayos. Mientras el doctor se quedaba charlando con Héctor, los ayudantes la ayudaron a sentarse y subieron con ella en el ascensor. Sam empezó a ponerse nerviosa, todos la trataban con deferencia, como si fuera una princesa o alguien importante. En teoría solo iban a hacerle una placa y revisar que todo fuese bien, pero ese despliegue de medios –los dos enfermeros, Ignacio, la silla, el ascensor privado de la clínica...–, eran demasiado para una paciente como ella. Solo el guiño de Héctor, antes de que se cerrasen las puertas del elevador, la tranquilizó un poco. Él se quedó en el zaguán hablando con el médico, pero estaba de su parte, era un pilar donde apoyarse.

Una vez en la clínica la llevaron a rayos directamente. Otra vez ese sentimiento de sentirse valiosa como un jarrón de la dinastía Ming. ¿Por qué no la habían llevado a la sala de espera como a todo el mundo? ¿No era eso lo normal? Claro que aquella era una clínica de alto *standing* y los clientes eran tratados de otro modo, pero ella no era ninguna estrella del deporte como para tener un trato de favor.

De Rayos, al despacho del doctor Lamaignere. Allí no había estado nunca, ni siquiera cuando le hicieron la entrevista. Le dijeron que en unos minutos llegaría el médico, le ofrecieron agua o un café, y la dejaron sola.

Mientras esperaba sentada en aquella silla de ruedas a la que parecía haberse abonado, hizo una panorámica por la habitación.

Amplia, luminosa, con buenas vistas –las ventanas quedaban sobre las copas de los árboles del paseo y al fondo la arboleda se prolongaba en el Jardín Botánico. Desde donde Sam estaba era como tener una gran alfombra verde a sus pies–, y con docenas de diplomas de todos los tamaños colgados de la pared. Mobiliario sólido de madera de nogal, añejo, pero elegante; decoración un tanto abigarrada; fotos, muchas fotos... Era todo lo contrario al resto de las instalaciones en las que predominaba una decoración ultramoderna, pero, no sabía por qué, así era como lo había imaginado.

A ella la habían «aparcado» justo delante de la enorme mesa de despacho, de espaldas a la puerta. Y, al no poder hacer otra cosa más que esperar, se entretuvo examinando los objetos colocados sobre ella. Un sólido pisapapeles de granito en forma de esfera que quizá en otro tiempo tuvo su función, pero que ahora era solo un objeto decorativo; un portátil de última generación, enorme –siempre le había parecido curiosa la definición de «portátil» para alguno de estos aparatos–, pero extrafino, con la carcasa en aluminio y el logo de la manzanita, y un par de portarretratos que estaban de espaldas a ella.

Un tanto vacía. Como si nadie trabajase allí.

Su mirada se perdió en el mueble tras la, extrañamente, moderna silla de despacho, la única nota discordante en la decoración. Otro portarretrato, esta vez de una pareja de unos cincuenta, los dos muy guapos, él alto, moreno, con buen porte, ella rubia, muy tiesa, de mirada altanera. Debían de ser el doctor y su esposa.

Se fijó en el diploma que estaba colgado en la pared y frunció el ceño.

—¿André Lamaignere? Pero... André no se escribe con hache —dijo en voz alta.

Una carcajada rompió el silencio a sus espaldas. Héctor había entrado en la habitación sin que ella se diera cuenta.

—Las flores te las mandé yo. André es mi padre.

Durante unos instantes Samantha no supo qué decir.

—Gracias. Si lo supiste desde el principio, ¿por qué no me dijiste nada?

—Lo averigüé el día que vimos la película en mi casa, ¿recuerdas? Me contaste lo sucedido y pensé que era demasiada casualidad, aunque podría ser; no hay muchas clínicas de medicina deportiva en el Paseo del Prado. Pero acabábamos de conocernos y todavía iba contigo con pies de plomo. Lo confirmé al día siguiente cuando vine y pregunté. No habría pasado nada por contártelo, pero no era algo importante y, simplemente, lo olvidé.

—¿El doctor Lamaignere es tu padre?

—Sí, ese padre francés que me da cierto caché —murmuró Héctor con aire seductor mientras le daba la vuelta a uno de los portafotos para que ella viera las caras, más jóvenes, de un par de chavales con el doctor.

Ella lo cogió y lo examinó con detenimiento. Todos se parecían: morenos, ojos verdes, rostros varoniles... El padre, serio y circunspecto y sus dos hijos con una sonrisa franca que les llegaba hasta la mirada: Héctor y Manuel. A pesar de la diferencia de edad parecían gemelos.

–Por eso sabías que tenía que venir esta semana.

–Claro, por eso lo sabía. Lo he organizado yo.

–Eso explica unas cuantas cosas...

Ignacio entró en ese momento interrumpiendo la charla y se acercó directo hacia donde se encontraba Samantha, una amplia sonrisa destacaba en su rostro.

–No sé por qué te han traído aquí, yo te esperaba en mi despacho. He visto las radiografías, Samantha, y va todo perfecto, no debes preocuparte, el hueso se encuentra perfectamente soldado. Esperaremos diez días más y te quitaremos la escayola.

–¿Diez más?

–Sí, anímate, ya queda menos. Pronto serás libre. Después te pondremos un... –Buscó palabras sencillas para describirlo–. «Zapato» que te podrás quitar y poner cuando quieras, dormirás a gusto, podrás ducharte, y te permitirá andar porque su base obliga a que apoyes el talón y no la parte de los dedos.

–Eso suena genial.

–Lo sé. Has tenido suerte de no rompértelo en pleno verano, al menos aún no hace excesivo calor.

Se despidieron. A Sam le parecía mucho, pero debía pensar que no era así. Diez días. Solo diez.

Samantha detuvo a Héctor cuando este cogió su teléfono para llamar a la compañía de taxis.

—Si tienes tiempo me gustaría caminar.
—¿Estás segura? Tu casa no está lejos, pero con las muletas vas despacio y acabarás agotada.
—Necesito que me dé el aire. Si quieres vamos hasta Atocha y cogemos allí el taxi.
—Eso me parece más sensato. Vamos, deja que te rodee con el brazo.

Le quitó una de las muletas y se pegó a sus caderas para realizar la maniobra.

Y si, solo el hecho de decirlo consiguió que Sam temblase como una hoja, sentir cómo ocurría, cómo su mano se ceñía a su cintura, no la tranquilizó, sino todo lo contrario, agudizó su nerviosismo. Pero Héctor no debió de darse cuenta, porque, despacio, inició la marcha en dirección a la estación.

Llevaban unos metros caminando cuando él preguntó:

—Me suena que cerca hay un Starbucks, ¿quieres que paremos a tomar un café? Me he tomado la mañana libre, así que soy todo tuyo.

—Genial. Estar sentada en un sitio donde entra y sale gente me parece una idea estupenda.

Héctor sonrió, se sentía relajado y satisfecho llevando a Samantha del brazo. Desde su regreso del Bierzo no había tenido ocasión de tenerla tan cerca, la relación entre ambos era muy buena, charlaban, se iban conociendo... pero él evitaba el contacto tanto como le resultaba posible. La piel de Samantha era tentadora y no estaba seguro de no sucumbir e intentar algo más. Algo como... un beso. Ese pensamiento le estaba volviendo loco: besarla. Su boca era sugerente, tenía una sonrisa preciosa y unos labios carnosos y, en apariencia, muy suaves. Llevaba días soñando con ellos.

Estaban a punto de entrar a la conocida franquicia,

cuando una voz familiar llamó a Héctor desde el otro lado de la calle.
—¡Qué sorpresa!
Lola de nuevo.
Y, al igual que cuando Sam la conoció: impecable de la cabeza a los pies.
Subida a unas sandalias doradas de tacón alto, esta vez llevaba un pantalón blanco de corte capri que mostraba, con descaro, unos bonitos tobillos y enmarcaba, debido a su corte ajustado, su esbelta y espigada figura. Lo acompañaba una blusa corta, casi a la cintura, de un corte muy *minimal*, pero confeccionada con un tejido sedoso de colores vibrantes: azulones, rojos, rosas, verdes... Con el pelo recogido tirante en una coleta alta, aparentaba diez años menos de los que en realidad tenía.
El tono de voz de Héctor sonó cortante, gélido.
—Buenos días, Lola.
—No esperaba encontrarte por aquí, ¿dando un paseo? —Héctor no se molestó en responder, la cordialidad había desaparecido de su rostro. Ella continuó su monólogo al mismo tiempo que se bajaba las gafas de sol y le miraba con descaro. —Te lo vuelvo a repetir: ¡Estás estupendo! Te sienta bien madurar. —Esa última frase fue dicha con una promesa implícita, con coqueteo, seduciendo—. Trabajo en una galería de arte, justo aquí al lado, a espaldas del Reina Sofía. Cuando quieras... Ya sabes dónde encontrarme.
Héctor respiró hondo y empujó la puerta, entrando a la cafetería y dejándolas a ambas en la calle. Ni siquiera se despidió. Eso sí, esperó y la retuvo abierta con el brazo extendido para que Sam entrase sin problemas. Sumar el uso de las muletas al de empujar una puerta de cristal pesada era una combinación complicada y, a pesar de su huida, no podía dejar a Samantha en la estacada.

Aprovechando que la mujer no había reparado en ella, Sam se volvió a mirarla unos segundos antes de acceder al local. Su rostro, ahora que Héctor estaba de espaldas, había cambiado. Si antes su mirada era provocadora y femenina, en ese momento era orgásmica, de satisfacción total, como si supiera exactamente el nivel de daño que podía infligirle a su ex con tan solo unas frases.

Así que trabajaba allí cerca, debía de tener un enchufe de narices para empezar su jornada laboral pasadas las once de la mañana.

—No sé qué pretende esta vez, pero te aseguro que no tengo ningún deseo de volver a verla y menos de implicarme de nuevo en su vida —aclaró Héctor una vez estuvieron sentados.

—No tienes por qué darme ninguna explicación. Yo... sé que son temas personales.

Era cierto, no tenía que hacerlo, pero esa etapa en su vida había terminado, él había salido escaldado de todo aquello y necesitaba hacérselo ver a Samantha. Quería ser sincero con ella, mostrarle que estaba limpio y que era una persona renovada.

—Es algo que pasó hace tiempo, Sam. Y aunque me afecta, porque me afecta y sé que se nota, no tengo problemas en hablar de ello. Pero ahora no, ahora estoy con una chica guapa tomando un café y quiero disfrutar de su compañía.

Remarcó sus palabras llevando su brazo por encima de la mesa y atrapando uno de los mofletes entre sus dedos con un pellizco paternal. Solo pudo permitirse eso, aunque sus ojos se perdieron en la forma perfecta de su boca. Aquellos labios seductores, bien perfilados, con una ligera elevación de las comisuras, redondeados, equilibrados... Se moría por deslizar por ellos su pulgar.

Samantha sonrió. Si momentos antes se había sentido incómoda, ahora era la mujer más feliz del mundo. Con qué poco Héctor conseguía que se sintiera bien. Cómo le iba a echar de menos cuando volviera a Barcelona.

Capítulo 18

¡Qué ganas tenía de deshacerse de aquello! Ir a la cocina a por un vaso de agua era, a veces, una odisea. Maldito lastre que debía arrastrar todavía casi semana y media más.

Había momentos en los que diez días parecían una eternidad.

Héctor había comido con Sam en casa y por la tarde había vuelto al trabajo. Ella durmió un poco la siesta y después se había entretenido con el puzle que le regaló Claire. Era curioso. Cierto que la parte del cielo era un tercio de la imagen nada más, pero tan solo había unas nubes muy difuminadas, todas las piezas parecían iguales y, sin embargo, Héctor tenía terminado un pedazo enorme. Sus edificios, esas moles de hormigón y cristal que a priori parecían más sencillas, la estaban volviendo loca, le costaba lo suyo conseguir encajar las piezas. Ventanas y más ventanas… Pero le gustaba, era relajante sentarse y buscar.

Aunque eran muchas horas sola y llevaba un rato con la paciencia al límite. Cuando llegó a la clínica por la mañana, en el fondo mantenía la ilusión de que la liberarían de aquello, y no. Diez días más. Ahora empezaba a pesarle la noticia. Había entrado a Internet para cotillear en las redes sociales, pero aquello no era lo suyo y lo dejó enseguida, estuvo un rato con el bolígrafo de cuatro colores intentando escribir algo en su diario y no le llegaron las palabras, pensó en abrir una botella de vino y emborracharse, pero no tenía en casa ni vino para cocinar...

Las pilas que había recargado en el Bierzo se le habían agotado de golpe.

Miró el reloj otra vez y, aunque aún era pronto para cenar, pensó en que quizá le distraería preparar algo sencillo. Héctor llegaría cansado y, por una vez, ella podría darle una sorpresa. Se llevaría una silla y se apoyaría en ella, para que él no le riñese al llegar.

De camino a la cocina, Samantha no vio que Pepe había vomitado. La goma de la muleta se deslizó sobre la masa viscosa y Sam perdió la vertical. Intentó no caer, pero la gravedad hizo de las suyas y por un pelo no se dio con la mesa que tenía detrás. El agudo dolor en su trasero consiguió irritarla un poco más.

Héctor subía los escalones despacio, cansado, pero cuando escuchó el golpe se plantó en el rellano de Samantha en dos zancadas. No llamó, no lo vio oportuno, el ruido hizo que las normas de cortesía quedasen en un segundo plano, y cuando abrió se lanzó a socorrer a Sam sin pararse a pensar.

Ella le apartó.

–¡Estoy bien! –Él la observó con detenimiento, no dijo nada, solo intentó leer su rostro. Parecía más cabreada que magullada–. ¿No sabes llamar? Si no sabes usar el timbre tan solo tienes que golpear la puerta con tus nudillos. ¡Maldita sea, Héctor! A veces me gustaría tener un poco de intimidad.

Con un movimiento líquido, Héctor pasó de estar en

cuclillas a levantarse en toda su altura. Murmuró unas disculpas y salió a la escalera. Había sido un día duro también para él, le habían acortado el plazo para entregar el proyecto y había pasado la tarde adelantando todo lo posible para cenar con Samantha. Tenía muchas ganas de verla y pasar un rato con ella, pero no necesitaba malos rollos, quizá lo mejor era dejarla tranquila e irse a casa.

Iba a bajar el primer escalón cuando notó unos dedos ceñirse a su muñeca.

–Lo siento, lo siento de verdad. Me he comportado como una imbécil. La noticia de que debía llevar esto diez días ha conseguido desquiciarme, pero caerme al suelo porque Pepe ha vomitado ha sido la gota que ha colmado el vaso. He perdido los nervios y lo he pagado contigo. Perdóname, lo siento, lo siento mucho.

–Shhh, no pasa nada –murmuró Héctor girándose para encontrarla y abrazándola con cariño–. Estás llevándolo bastante bien para pasar tantas horas sola, siento haberte abandonado esta tarde.

Qué bueno. Apoyarse en su cuerpo, sentir sus brazos alrededor, llenarse de su aroma, relajarse, disfrutar. Podría pasar el día así.

Tenerla entre sus brazos, resguardada en su pecho, oliendo el suave jabón de su pelo, confiado, calmado. No le importaría retenerla durante horas.

Se separaron un tanto aturdidos. Era evidente que a los dos les había afectado aquel abrazo más de lo que estaban dispuestos a confesar, pero ante el silencio y la tensión que poco a poco empezaba a florecer, Héctor reaccionó, la levantó con la fuerza de sus brazos para llevarla hasta el sofá, y tomó las riendas de la situación. Como un autómata y en silencio, cogió el cubo y la fregona y limpió el suelo, prohibiéndole, con tan solo un gesto, que se levantase de nuevo hasta que se hubiera secado por completo. Se metió en la cocina y, dándole la espalda de forma deliberada en un intento de serenarse, comenzó a preparar la cena.

A Samantha le hormigueaban las manos, el pecho le subía y bajaba y el aire entraba en sus pulmones con dificultad, como si tuviera un atasco en plena tráquea. Necesitaba tenerle cerca de nuevo, volver a sentir su respiración contra su cuerpo, notar sus manos en la cintura.

Se levantó, su cerebro dio la orden antes de que ella pudiera negarse, cogió las muletas –Héctor las había dejado apoyadas en el sofá a su alcance– y con paso firme se dirigió a la cocina.

Paso firme... Qué ilusa. El suelo continuaba mojado y la goma de una de las muletas resbaló haciendo que Sam se tambalease sin remedio.

Una décima de segundo y el calor y la protección estaban sobre ella de nuevo. Héctor, aunque intentaba disimular y se afanaba por emplearse a fondo con la cena, estaba pendiente de todos sus movimientos.

La retuvo unos segundos y la miró. Estaba preciosa, con las mejillas arreboladas por el sofoco y el esfuerzo, con los ojos líquidos de deseo...

Cerró los ojos en un intento de serenarse, pero cuando volvió a abrirlos ella le miraba con la boca entreabierta y temblaba como una hoja.

No pudo evitarlo.

La besó.

Sin querer

27 de mayo.

Mi corazón va a implosionar de la presión que siento. Yo no sabía que lo deseaba tanto hasta que ha sucedido.

Ahora son las ocho de la mañana y llueve como si el cielo quisiera darnos una lección, un castigo por algo malo que hayamos hecho y que tenga que ser respondido con contundencia, pero yo solo soy capaz de pensar en que me gustaría escuchar el repiqueteo de las gotas de lluvia con Héctor acurrucado a mi lado, como ha estado toda la noche, en este diminuto sofá.

Ha pasado conmigo la noche, sí, pero a eso de las siete se despidió con un beso suave en mi sien alegando que tenía que trabajar. Quiero pensar que la excusa es cierta y que no ha huido despavorido después de esta noche tan hermosa que me ha regalado.

Ayer, mientras preparaba la cena serio y circunspecto, después de lo que he terminado por llamar «nuestra primera discusión», yo sentí la necesidad de hacer algo, de mostrar lo que sentía, de llegar hasta él y fundirme en su abrazo y, ¡válgame Dios!, no me avergüenza confesar que en realidad quería besarle. Llevo días pensando en cómo será su boca, en si me afectará tanto un beso como la promesa en sus ojos cuando me mira. Creí que me ignoraba, que él no se había visto tan afectado como yo y, en cierto modo, estaba desilusionada, pero, aun así, me levanté decidida buscando tenerle para mí de nuevo.

El suelo continuaba mojado y una de mis muletas resbaló, consiguiendo que mi cuerpo se tambalease peligrosamente y amenazase dar con mis huesos en el suelo.

En un nanosegundo Héctor estuvo a mi lado y con sus manazas rodeó mi cintura. No lo vi venir, fue todo muy rápido, pero sus dedos se sintieron como hierros candentes sobre la camiseta, provocando una corriente eléctrica que subió desde el punto en el que puso sus manos hasta un poco más arriba de la nuca. Sentí un escalofrío y, como una estúpida, me puse a temblar entre sus brazos.

Me miró inquieto, como si hubiera hecho algo malo, y sé que estuvo a punto de apartarse, pude verlo en sus ojos, pero algo debió de ver él en los míos que se quedó enganchado en ellos y se recreó observándome.

Es imposible describir sus ojos, la primera impresión que tienes de ellos es de que son intensamente verdes, pero a ratos se ven turquesas y en ocasiones grises. Yo creía que era por la luz, pero he terminado por aceptar que su estado de ánimo también influye en los cambios de tono. En ese momento, mientras me tuvo entre sus brazos, fueron de un verde irreal, uno que todavía no está catalogado como color entre esos cien tonos que dicen que existen. Pero ya no es solo el color, es cómo miran. Son cristales duros, relucientes, y en unos segundos son capaces de meterse en tu interior y leerte la mente. Y cuando eso ocurre solo puedo tragar saliva y desear que acabe. Me hace sentir muy desnuda. (Esto que te cuento sucedió anoche, pero fue tan brutalmente intenso que lo recuerdo como si estuviera pasando en este mismo instante).

Héctor cerró los ojos un segundo y tomó aire, y empecé a pensar que era peor que el hechizo hubiera cesado; tuve la sensación de que habían apagado la luz. Cuando volvió a abrirlos la superficie dura había desaparecido, estaban acuosos y sentí que podía sumergirme en ellos.

Y se acercó. Despacio, sin apartar la mirada, hasta que su boca dejó un rastro suave de calor sobre la mía.

Ese delicado roce de sus labios, el calor de su aliento, la dulzura de su abrazo, esa petición silenciosa... se han grabado a fuego en mi mente para siempre. Nunca podré olvidarlo. Y hechizada por ese instante único me abrí a él, emitiendo una invitación que no dio lugar a dudas. Un ligero quejido, mezcla entre jadeo y suspiro, que él tomó, como no podía ser de otra manera, a modo de mensaje de bienvenida, y entonces sucedió, sucedió de verdad. Se impuso, exploró, conquistó, y me dejó sin voluntad... Solo con un beso.

Sus manos no se movieron, pero parecían haber fundido la tela porque pude sentir cómo quemaban mi piel y, aunque me sostenía con delicadeza, a través de sus dedos noté la fuerza de su cuerpo tenso, y tuve la sensación de estar con un animal salvaje que contiene sus instintos mientras juega con su presa. Héctor era en esos momentos una olla a presión.

El beso no terminó, se fue encadenando con otro y otro más. Y cuando mis rodillas se aflojaron él me sujetó más fuerte. Sé que me costaba respirar, pero no quería que acabase. Fue suave, delicado y a la vez intenso y voraz. Nunca me habían besado así y temo que, si en un futuro intento comparar, nunca volverán a hacerlo. Ha sido algo irrepetible.

Cuando se cortó el beso le vi sonreír, y me sorprendió un rostro joven y travieso, uno que no conocía. Y ese gesto detuvo por un instante mi corazón.

Entregada a mil sensaciones, envaré mi espalda para llegar a devolverle una mínima parte de lo que él me había dado y, si él no hubiese querido que de nuevo nos besásemos, habría sido imposible. Al cesar el beso, él recuperó toda su altura y para mí es impensable llegar tan alto, pero cuando adivinó mi intención, me ayudó con sus manos levantándome a peso. Saboreé sus labios como si fueran el mejor helado del mundo y presiento que, a partir de ahora, ya no voy a querer otro sabor. Bueno, no lo presiento, lo sé.

Le incité, te aseguro que lo hice. Yo quería sentir sus manos sobre mi piel y el peso de su cuerpo sobre el mío, pero no sucedió nada más. Héctor decidió por los dos. Deseaba preguntarle por qué, pero he tenido miedo de romper ese puente mágico que se ha tendido entre nosotros, así que cogí lo que él quiso darme. Y cuando me tomó en brazos para llevarme al sofá, no opuse ninguna resistencia, no quería ir a ningún otro lugar. Una vez allí sentados, se comportó como un caballero de los de antes y, entre carantoñas y besos tiernos, acunada por sus fuertes brazos, me quedé dormida.

A lo largo de la noche he despertado varias veces, supongo que para comprobar si Héctor seguía allí. Y sí, lo estaba. A mi lado, observándome. Te juro que, aunque lo parezca, no ha sido un sueño.

Y ahora no sé si sentirme feliz o temer volver a verle. Me preocupa cuál puede ser su comportamiento. ¿Será este un punto de partida o un punto y final?

Capítulo 19

Héctor no pudo concentrarse en toda la mañana.

No fue a la clínica de su padre, inventó una excusa y se quedó en el salón del piso de Rodrigo intentando trabajar en su diseño, pero le resultó imposible, no podía quitarse a Samantha de la cabeza.

Después de besarla había vuelto a tomarla en brazos y se había tumbado con ella en el sofá. Ni siquiera cenaron. Pasó la noche a su lado admirando en la penumbra cómo su perfil se recortaba con la luz de la luna. No pudo dormir, tampoco lo intentó.

De vez en cuando Samantha despertaba y se volvía a mirarle, y él, sin poder evitarlo, la besaba de nuevo. Besos dulces para una boca tentadora de la que no se cansaría jamás. Después le frotaba la nuca con las yemas de sus dedos y observaba cómo el sueño la vencía de nuevo.

Le había costado lo indecible salir de aquel sofá. Para despejarse había ido a correr, como muchas otras mañanas, al parque del Retiro. La mayoría de los días lo hacía movido por la costumbre, para él era el momento del día que dedicaba a liberar la mente de los problemas. Poner el cuerpo al límite durante unos minutos era soltar lastre, era no pensar, solo dejarse llevar. Pero esa mañana lo precisaba por otros motivos, su cuerpo gritaba de frustración y correr era tan solo una forma de mitigar su necesidad, de apagar el hambre que sentía entre los dedos.

De regreso se dio cuenta de que sus intentos no habían servido de nada. Pasó por delante de una farmacia y al ver un cartel de publicidad su deseo se avivó. Aunque la puerta estaba cerrada, la cruz verde del rótulo de la puerta parpadeaba; estaba de guardia. Solo llevaba encima unas monedas, lo justo para pan y cruasanes, pero... maldita tecnología que ahora permite pagar con el teléfono móvil. Estaba sentado en uno de los taburetes de la cocina, mirando la caja de preservativos que había comprado y que todavía estaba metida en la bolsa de plástico, y pensaba en Sam, que todavía estaría hecha un ovillo en el sofá.

Respiró profundamente e intentó olvidar el dolor que sentía entre las piernas. Cerró los ojos, estar mirando concentrado aquella caja no le hacía sentir mejor. Tenía que centrarse en lo que sentía su corazón y olvidarse del palpitar de su miembro, ese segundo corazón que parecía latir más fuerte que el verdadero.

La sensación era... No tenía palabras. Se sentía vivo, como no lo había hecho en mucho tiempo, se sentía fuerte, dispuesto a empezar algo con ella.

Dio una vuelta por la cocina intentando calmar las ganas de subir corriendo las escaleras.

Todos los elementos se aliaban en su contra, para colmo había comenzado a llover, y la lluvia inmisericorde le trasmitía nostalgia y recuerdos de aquella noche mágica en el Bierzo, cuando sintió que podía confiar en ella, que, a pesar de su juventud, era lo que realmente deseaba.

¿Y ahora qué?

¿Estaba dispuesto a luchar por serlo todo para ella?

Sabía que Samantha le miraba con fascinación, la veía sonrojarse cuando su voz sonaba ronca de deseo, comprendía que se sentía atraída hacia él como a un imán, pero... tenían en su contra el peso de la diferencia de edad. ¿Era ese el interés que sentía por él? Cuando le devolvió el beso ella había intentado, literalmente, meterle mano, ¿y si solo buscaba la experiencia? ¿Y si solo tenía curiosidad? Quizá ese encaprichamiento se debía solo a eso, a contarle en un futuro a sus amigas: «Me lie con un "hombre mayor" que yo». ¿Cómo saberlo?

No se sentía viejo, nada de eso, y sabía que su físico era atractivo para muchas mujeres. Alto, bien parecido, varonil... Se cuidaba. Siempre había hecho deporte y todavía lo hacía, aunque ya hacía tiempo desde que dejó la competición y ahora se lo tomaba con más calma. Pero le gustaba estar en forma y seguía saliendo a correr, llevaba una dieta sana... No debía dejarse afectar por eso. Él no buscaba el rollo de una noche, ya no estaba en esa edad, y sí, iría despacio, no quería asustarla, pero iba a dejarse la piel por ser lo que Sam desease. Si tan solo era ser amigos, lo sería, si buscaba un amante, lo sería también, si le quería en su vida... Eso le convertiría en el hombre más feliz sobre la tierra.

Jamás imaginó que volvería a enamorarse como a los veinte años, y mucho menos que sería con una jovencita como Samantha.

Volvió a sentarse abatido. ¿Cómo le vería ella?

Giró la cabeza y se quedó mirando la puerta de servicio que daba a la escalera y tuvo que respirar hondo de nuevo para reprimir sus ansias de verla. La necesidad de salir y subir los peldaños de dos en dos hasta su casa se sentía vital, casi como la que tiene cualquier ser vivo por respirar, pero debía mantener una distancia razonable, ella precisaría también tiempo para que sus sentimientos se aclarasen; la noche había sido intensa.

Solo una férrea fuerza de voluntad impidió que se levantase de ese taburete para volver a estar con ella. Aunque debía de hacerlo, tenía que moverse y salir de allí. Iba a ser una mañana dura si se quedaba en aquella cocina. Su mirada iba del envoltorio a la puerta y de allí al paquete de nuevo. Lo mejor que podría hacer era darse una ducha fría y dejar pasar las horas. Después de comer la llevaría a alguna parte y charlaría con ella, le dejaría claras sus intenciones.

Era simple. Tenía que hacerlo.

Capítulo 20

Samantha pasó la mañana en estado de alerta. No podía evitarlo, tenía los nervios a flor de piel.

Por una parte, estaba el miedo a que él no le diera importancia a lo ocurrido o lo lamentase, alegando un error; por otra, las ganas de volver a verle, sentir de nuevo sus brazos, besar otra vez aquellos labios y mirarse en sus ojos.

Sin pretenderlo pasó la mañana asomándose a la ventana cada vez que oía voces en el patio, estuvo atenta a cualquier sonido de pasos que pudiera venir de la escalera que daba acceso a su piso, y se aburrió mirando cada cinco minutos la pantalla de su teléfono móvil, comprobando si tenía algún mensaje entrante.

Todo ello sin resultados.

No podía dejar de pensar en él. En qué estaría haciendo, en qué cosas tendría en la cabeza. Le imaginó sentado tras aquella sólida mesa de despacho enfrascado en su proyecto, con el ceño fruncido y absorto en su trabajo. Durante un rato fantaseó con un Héctor que trabajaba agazapado tras la pantalla de su portátil y suspiró. Soltó todo el aire que tenía en los pulmones y fue consciente de que se estaba frotando las manos con cierto nerviosismo y, por ello, se obligó a dejar los brazos colgando relajados a los lados del cuerpo. Si seguía así iba a acabar desquiciada; debía serenarse, pero ese no saber, esa incertidumbre, le estaba pasando factura.

¿Qué ocurriría a partir de ese momento? Y, si no había sido una alucinación, si aquello era un comienzo, ¿cómo iba a explicárselo a Claire? Su vecina era otra pieza a tener en cuenta en la ecuación.

Resopló y se dejó caer en el sofá. Y durante un buen rato, Sam intentó convencerse de que no había hecho nada malo. A pesar de sentirse como si la hubiera traicionado, no se la había jugado, simplemente había sucedido. Además, si tuviera que alejarse de todos los hombres que Claire veía como «posibles» tendría que empezar a buscar novio en China. Aun así, tenía que hablar con ella, contarle lo sucedido, declarar la importancia de Héctor en su vida y que no podía, ni quería, negar lo que sentía.

Aunque no era algo que se pudiera notificar en una llamada telefónica, debería esperar a tenerla de vuelta.

Esa única semana que iba a pasar en París, ya iba camino de convertirse en dos. Al principio le había escrito extensos correos, pero ahora, aparte de mensajes cortos como: *Es fabuloso*, *Tengo mucho que contarte* o *Me he comprado otro modelito de Chanel*, no tenía con ella más comunicación. No sabía cuándo iba a regresar.

Quizá debía pararlo antes de que fuera tarde, quizá debería decirle a Héctor que no podía seguir si no hablaba antes con Claire...

«¡Qué lío!».

A mediodía ya se había convertido en un zombi que daba vueltas en círculo por la habitación. Pepe la miraba desde la parte alta de la escalera como si quisiera tomar distancia y estar lejos cuando ella explotase. Ese gato era muy listo.

Estaba tan cansada por la tensión de nervios a la que había estado sometida durante toda la mañana, que no se dio cuenta de que Héctor estaba tras la puerta, hasta que unos nudillos la golpearon.

—¡Hola, preciosa! —murmuró con dulzura al verla.

Entró decidido, le puso una mano en la cintura y se agachó para besar su boca.

Sus labios se encontraron entreabiertos y Sam creyó escuchar a sus espaldas el retumbar de unos fuegos artificiales. Uno, dos, tres segundos, fin del beso.

Héctor estaba algo pálido, tenía ojeras y su rostro reflejaba cierta fatiga. Ella no se sentía mejor, la tensión de no saber qué pasaría cuando se vieran la había dejado agotada.

—¿Estás bien? Pareces cansada.

—Iba a decir lo mismo.

—A veces, aunque el cuerpo descanse, el cerebro no lo hace.

—Es cierto.

—Tengo un plan para esta tarde. Los dos nos merecemos un respiro y que nos mimen y nos cuiden.

—No te entiendo.

—No voy a contártelo, quiero que lo veas.

A Sam esta actitud le pilló por sorpresa. Llevaba horas preparando mentalmente un discurso y un montón de respuestas y excusas. Se había preparado para todo, para un... «Me gustas y quiero probar», un «Solo somos amigos» o incluso un «Me largo, esto no es lo que quería». Para todo menos para que Héctor llegase y la besase como si ya fueran un matrimonio bien avenido. Eso no podía ser, ¿no iban a hablar?

Le observó moverse por la cocina y se quedó embobada. Aquellos movimientos suaves, calmados, aquella eficiencia y precisión. Sus manos grandes, elegantes... Cerró los ojos y el efecto que consiguió su imaginación casi fue real. Esas manos sobre sus hombros, el calor de unos dedos sobre su piel. Los volvió a abrir. Soñar despierta no iba a servirle de nada.

Continuó con su examen. Héctor llevaba unos vaqueros anchos y desgastados, un polo azul marino y el cabello despeinado. Le gustaba mucho más este Héctor que el trajeado y estirado.

«No seas estúpida; te gustan todos. Haz el favor de no pensar tonterías».

Suspiró.

Intentaría seguirle la corriente, al menos hasta ver qué le deparaba la tarde. No iba a ser fácil, pero lo intentaría.

Lo que Héctor le tenía preparado fue realmente algo inesperado.

Cuando hubieron descansado un rato después de comer, Héctor le pidió a Samantha que se pusiera algo cómodo, algo que se pudiera quitar con facilidad (a Sam le saltaron las alarmas porque él no le dio ninguna explicación más) y, paseando, la llevó de su brazo, como quien enseña un trofeo del que se siente orgulloso, un par de calles más allá de la plaza Santa Ana.

Hacía calor, sobre todo por la hora, pero una ligera brisa hizo que fuera agradable sentir el sol en la cara. Un mes más y Madrid se convertiría en un horno, pero en aquel momento era perfecto.

Samantha había pasado muchas veces por aquella calle y nunca se había fijado en los rótulos de la entreplanta. Casi lloró al ver a lo que iban. Tenían cita para un masaje placentero y relajante en un moderno centro de belleza, y después de tantas horas de sofá y de no saber ya cómo sentarse, aquello sonaba magnífico.

Miró a Héctor y le sonrió. La cita era todo un detalle. Él quería aliviarla de tensiones, de mal humor, de encierro... Probablemente no imaginaba que podía conseguir lo mismo con una ronda de besos como la de la noche anterior, pero, en ese momento, a ella la idea le pareció magnífica.

Antes de entrar ocurrió algo muy revelador. Él tomó su mano, la miró a los ojos y le dijo que la quería relajada y tranquila, que lamentaba no haber pensado antes en ello y que... el masaje les dejaría a ambos la mente más abierta para hablar de lo ocurrido.

Esas palabras dejaron a Sam temblorosa. Después de todo, si iban a hablarlo, Héctor podía haber intentado simular que todo continuaba igual, pero no era así, estaba pensando en ellos.

Se ilusionó, lo hizo sin remedio, pero también le entró algo de pánico. ¿Y si no se desarrollaba la conversación como ella esperaba?

Estaba dispuesta: se arrodillaría, suplicaría, rogaría... Cualquier cosa para conseguir una oportunidad.

Esperaba tumbada boca abajo en la camilla, desnuda a excepción de sus braguitas y una toalla que le cubría parte del cuerpo, a que la masajista llegase a comenzar la sesión, cuando la puerta se abrió de golpe. Una voz conocida la sacó de su ensoñación.

–¿Todo bien?

Le costó despegar los párpados –siempre le ocurría lo mismo, era tumbarse en una camilla de masajes y quedarse amodorrada–, pero lo que vio le hizo abrir los ojos como platos. Héctor estaba en la puerta de su cabina y llevaba únicamente sus calzoncillos.

–Me he escapado, menos mal que te he encontrado a la primera. Imagínate que entro así en otro sitio.

Sam seguía sin poder articular palabra. Ya le había

visto así, el día que le pilló en la ventana de Rodrigo con un café entre las manos, pero la distancia y los nervios hicieron que no se fijase como ahora.

El cuerpo de ese hombre era un sueño. Proporcionado, atlético, tonificado... Piel suave sin marcas que invitaba a ser tocada. Al mirarle pensó en un bailarín, en un atleta circense. No había musculatura hinchada a base de pesas en un gimnasio, sus músculos estaban cincelados a base de deporte. ¿Qué fue lo que dijo Claire que practicaba? ¿Esgrima? Tenía que averiguar más cosas sobre esa disciplina.

Pestañeó.

Y su mente retrocedió al momento en que, mientras él no se daba cuenta o fingía no hacerlo, las mujeres que iban a encargarse de ellos se echaban a suertes con una moneda quién de las dos le ponía las manos encima. Si en ese momento se sintió impotente al pensar que una rubia despampanante con aspecto de vikinga era la afortunada, ahora tenía ganas de matarla.

La vida era muy injusta.

—Sam, ¿va todo bien? —insistió Héctor ante la falta de respuesta.

—Sí —respondió ella con un hilillo de voz, al mismo tiempo que su cerebro reaccionaba y le hacía tirar de la toalla que tenía por encima para tapar más piel.

Él miró a ambos lados, comprobó que estaban solos en aquel pasillo y entró de puntillas. Se agachó junto a ella, le acarició el cabello y dejó que un beso dulce y suave se interpusiera entre los dos.

—Disfrútalo.

Y desapareció.

El masaje fue una gozada, poco a poco sus músculos se relajaron y su mente dejó de pensar. Podía ser una lagarta (eso de que se sortearan a su chico le había llegado al alma), pero aquella mujer sabía lo que hacía. Pasados unos minutos consiguió que Sam se retrotrajese hasta aquella época lejana en la que su mente se debatía entre un cambio de pañales o que le dieran de comer. Era una sensación placentera, etérea, feliz.

No pensar en nada, solo sentir.

Cuando el paraíso llegó a su fin, le susurraron que se tomase su tiempo, disfrutar de las sensaciones también formaba parte del masaje. Y ella cerró los ojos y se centró en los olores a especias que flotaban en la habitación, en la música suave que sonaba de fondo y en la sensación de no tener cuerpo, de ser un ente flotante pegado al techo en aquella sala.

Una conversación susurrada que tenía lugar en el pasillo la sacó de su ensoñación. El tío bueno de la sala 2 no podía ser otro que Héctor.

—No imaginas cómo está. Para comérselo.

«¡Vaya novedad! Eso ya lo sabía ella».

—¿Tú crees que esa chiquilla es su hija?

—Podría ser. Él debe de rondar los treinta y ocho y ella —se escuchó una pausa y una risita sarcástica— no parece tener más de quince. Desde luego su novia no puede ser.

Samantha se incorporó de un salto y se bajó de la camilla. Por un momento olvidó la escayola y estuvo a punto de perder el equilibrio, pero logró mantenerse derecha, liarse en la toalla y acercarse un poco más a la puerta.

—Entérate de quién es. Igual tenemos amigos comunes y podemos quedar y verle fuera de aquí.

—No habla mucho, parece que está de paso. Creo que no vive aquí.

–Shhh, que ya sale.
 Con rabia, cabreada a más no poder, se vistió lo más rápido que la pierna vendada le permitió moverse. Estaba harta, más que harta, de que la tratasen como a una niñata. Pero aún le sentó peor que les vieran como padre e hija, que dieran por sentado que no podía ser su novia.
 Salió de su cabina de forma brusca, casi agresiva, y cuando las vio charlando y coqueteando con Héctor con el rostro lleno de sonrisas seductoras e hipócritas, se enfadó todavía un poco más. Pasó por su lado, le enganchó del brazo y tiró de él en dirección a la salida. Héctor se movió porque vio en su rostro que algo pasaba, que algo no iba bien, pero no le preguntó hasta que llegaron a la puerta del ascensor.
 –Sam, ¿qué ocurre?
 –Nada.
 –Vamos... Dime qué sucede.
 –Nada –repitió ella.
 Él introdujo sus dedos en el cabello hasta llegar al cuero cabelludo, frotó la nuca e insistió:
 –Cuéntamelo.
 La suavidad del tono de su voz consiguió derrumbar las murallas que había levantado Samantha.
 –Esas dos pensaban que era tu hija.
 Héctor llenó sus pulmones de aire, echó la cabeza hacia atrás y por unos segundos se quedó mirando el techo.
 –Sam, tenemos que hablar. ¿Te apetece un helado?
 –¿Helado? ¿Otro que piensa que tengo quince años?
 –¡Eh!, no te pongas borde conmigo. A mí me apetece y pienso tomarme uno, si tú quieres un whisky no te lo impediré.
 Ella lo miró con los ojos entrecerrados, abrió la puerta del ascensor y a trompicones, por culpa de las muletas, entró y pulsó el timbre de la planta baja.

Héctor la siguió, le levantó la barbilla y la besó despacio en los labios. Al separarse comprobó con satisfacción que Samantha había cerrado los ojos y que su ceño ya no estaba fruncido.

–Vamos, Sam. Tengamos esa charla.

Se sentaron en la misma mesa que semanas antes ocuparon con Claire, el día que conocieron a Lola. El instinto hizo que Samantha echase una ojeada como si esperara encontrarla de nuevo. Nada. La plaza bullía de gente, los comercios aún estaban abiertos y muchos madrileños, que ya habían terminado su jornada laboral, salían en tropel a tomar algo y relacionarse. Había sido una suerte que encontrasen sitio, aunque fuera uno que no les trajera buenos recuerdos. Mientras se acomodaban y esperaban al camarero, Sam fue consciente de que él hacía lo mismo que segundos antes había hecho ella: mirar a su alrededor.

Héctor pidió un café granizado, Samantha, al final, un refresco de cola y, aún con las bebidas ya delante, tardaron un poco en mirarse a los ojos. Lo que se avecinaba era importante, ambos lo sabían.

–No sé cómo empezar... –comenzó diciendo Héctor–. Pero quiero que hablemos como personas civilizadas, que no malinterpretes mis palabras y que reflexiones sobre lo que te voy a decir, ¿de acuerdo?

Su tono había sido neutro, muy conciliador, y a pesar de que Sam asintió, él esperó a oírlo de sus labios para comenzar la conversación.

–Mira, Sam. Es evidente que existen diferencias entre nosotros, todas las parejas las tienen, pero la más evidente entre nosotros es la edad. Yo no soy viejo, pero sí un hombre maduro, y tú eres una joven que tiene por delante mucho camino por recorrer.

Una ceja se arqueó de manera alarmante en la cara de la joven.

«¿Diferencia? No había tanta. Qué eran, ¿ocho, nueve años?».

No abrió la boca, siguió escuchando.

—He estado pensando mucho en ello, no creas, y tengo que admitir que me ha costado decidirme. Desde el primer día hubo algo en ti que llamó mi atención, pero hasta que no he estado seguro de que, de alguna forma, era mutuo, no he querido mostrar lo que sentía. No soy un hombre dado a las aventuras ni a los caprichos, y cuando doy ese primer paso es porque pienso que puedo dar un segundo y un tercero.

—El primer día... —repitió ella—. Ese en que Claire me ridiculizó y me colgó el sambenito de persona torpe y patosa. No sé qué pudiste ver en mí.

—Sam, no fue para tanto. Claire solo quiso romper el hielo e intentar meterte en la conversación, estabas allí como si te hubieras tragado una escoba. Pero no, no fue esa la primera vez que te vi. Fue esa misma mañana cuando desayunaba en calzoncillos en la cocina de Rodrigo.

En el rostro de Sam saltaron las alarmas.

—¿Me descubriste?

—Claro. Eras como un muñeco de esos del tiro al blanco en las ferias. Salías, te ocultabas y volvías a aparecer.

—¡Ay, madre!

—Fue encantador.

Sam escondió su rostro, no recordaba haberse sentido jamás tan ridícula como en esos momentos.

—Como iba diciendo... Sé que puedo parecerte «mayor», sé que podría ser tu padre, pero... Sam, quiero tener una oportunidad contigo. Me gustas. Me gustas mucho.

Cuando Samantha escuchó la palabra «padre» se quedó lívida. Él también pensaba...

«¡Oh, no!».

—Héctor, pregúntame cuántos años tengo.

—¿Cómo?

—Qué me preguntes cuál es mi edad.

—Sam, no creo...

—¡Hazlo!

—Está bien, Samantha, ¿cuántos años tienes?

—Cumplo veintinueve el mes que viene.

La boca de Héctor se abrió, vocalizó un «¡No jodas!» y se volvió a cerrar.

Tardó unos segundos en reaccionar, tiempo en el que Sam le miró desafiante a los ojos, tiempo en el que vio cómo su cara pasaba de la más absoluta de las sorpresas a una expresión difícil de describir, entre hambrienta, incisiva y dichosa.

El beso la pilló por sorpresa. Héctor rodeó su nuca con una de sus manos, acercándola a él sin dejar de mirarla y, cuando sus bocas encajaron, el mundo a su alrededor dejó de existir.

Acto seguido se levantó, dejó un billete de diez euros pillado bajo uno de los vasos de unas bebidas que estaban aún sin tocar, y tiró de Sam para que ella le siguiera. Impaciente, al ver que tardaban porque esa escayola la obligaba a caminar bastante lenta, se agachó ante ella y, como en el Bierzo, la cargó a su espalda para que sus largas piernas hicieran el camino por los dos.

Sam no se lo creía. Con las muletas en una mano, cogidas de cualquier manera, y la otra aferrándose a su cuello para no caer, solo fue consciente de dónde iban cuando se encontró de bruces con la puerta de su casa.

Capítulo 21

La dejó en el suelo para abrir el portal, él entró primero y, con una sonrisa, tiró de su mano. Una vez dentro la acorraló, arrinconándola solo con la presión que ejercía su cuerpo al acercarse, sin apenas rozarla. Y la besó de nuevo, con un beso profundo, sincero, hambriento, que esta vez estuvo acompañado de unos dedos que delinearon su contorno, desde los hombros hasta las caderas, mostrándole la codicia que sentían. Era la primera vez que él se permitía una caricia en toda regla, la primera que daba libertad a sus manos para hacer lo que quisieran, y Sam sintió que se derretía sin remedio.

Estaban en la portería a la vista de todos y Héctor tuvo que reprenderse. Se mantuvo cerca, muy cerca, lo suficiente para que Samantha sintiera el calor que irradiaba su cuerpo, pero bajó los brazos, dejándolos sueltos a los lados de sus caderas. Y lo hizo, no solo porque alguien pudiera pillarles, sino porque también esperaba algún tipo de confirmación.

Ahora que su cerebro volvía a funcionar de manera racional, empezaba a ser consciente de que se había comportado como un verdadero neandertal. Samantha estaba contra la pared, quieta como un animalillo que se siente atacado. Se contuvo, apretó los puños y consiguió no volver a tocarla. No lo haría si no tenía antes algún tipo de reacción que le confirmase que ella también lo deseaba.

Con los ojos cerrados, Sam, que respiraba con dificultad, se concentraba en una marea de sensaciones que recorrían su cuerpo desde la cabeza hasta los pies. Aquel hombre había vuelto a sorprenderla con algo que no esperaba. Y eso, unido a la intensidad de todos y cada uno de sus besos, la había dejado bloqueada.

Al sentir que Héctor se detenía, entreabrió sus parpados y se encontró con un pecho que subía y bajaba como si acabase de terminar una maratón. Levantó la cabeza para enfrentar su mirada y comprendió su actitud. Tenía dudas y se reflejaban en su rostro. Con la mano libre le acarició la espalda y, en un intento de disiparlas, dejó que sus dedos recorriesen vértebra a vértebra toda su longitud. Cuando llegó a su nuca la rodeó para traerle hasta sus labios.

Eso le hizo ganarse una sonrisa franca y un beso suave, lento y sincero que poco a poco fue subiendo de tono hasta desencadenar un vendaval.

Con prisas la tomó en sus brazos para subir por la escalera de servicio. Aunque aquella loca carrera no llegó hasta la puerta de su casa, se detuvieron en el rellano del piso de Rodrigo. Allí, Héctor la apoyó contra la pared y, con un gruñido, le pidió que se aferrase a su cuello.

Sin dejarla en el suelo consiguió sacar las llaves del bolsillo.

Hubo nervios al utilizarlas, patada para abrir y conseguir entrar cargado con ella sin soltarla, y cierre de puerta de tacón.

Sam dejó caer las muletas que montaron un buen estruendo al chocar contra el suelo, pero no importó; en ese instante todo sobraba, todo menos ellos dos.

—He de decirte algo antes.

Esas palabras detuvieron a Héctor en seco y, cuando la dejó de pie a su lado, Sam pudo ver en su rostro verdadera preocupación.

—Creo que a Claire le gustas —soltó de golpe—, me lo dijo antes de irse a París. Ella piensa que tú le correspondes y yo no quiero hacer nada que se interponga entre vosotros.

Él cogió su mano y le besó los nudillos. Acto seguido, la tomó por la cintura y la sentó sobre la bancada de la cocina, se acercó y apoyó sus manos en la fría superficie. Una a cada lado de sus caderas.

—Samantha, yo nunca he mirado a Claire como te miro a ti, no le he prometido nada, apenas he mantenido una conversación seria con ella, no la conozco... pero si piensas que esto no es buena idea, si crees que se romperá vuestra amistad... —La joven se colgó a su cuello y no le dejó terminar. Le besó con ganas, le abrazó con todas sus fuerzas mientras una lágrima brotaba furtiva. Se sentía impotente, no sabía qué hacer—. Escúchame, Sam. Esto ha sucedido sin más, nadie lo había previsto, no ha sido con ánimo de hacerle daño. Yo se lo explicaré, hablaré con ella, pero no voy a negar lo que siento.

Desorden, confusión, maraña de caricias y besos, ansia, deseo...

Cuando Héctor se detuvo y estiró el brazo por encima de ella para coger algo que estaba más allá, Samantha fue consciente de que estaba sentada sobre la bancada de hormigón de la cocina totalmente desnuda.

¿Cómo había conseguido quitarle la ropa sin que ella se diera cuenta?

El instinto le hizo abrazarse cubriéndose los pechos y, como un rayo, por su mente pasó la idea de salir corriendo de allí, pero, antes de que pudiera pensar siquiera en saltar al suelo, él, con dulzura, retiró sus manos y le dio un ligero beso en la clavícula.

–Ni hablar, no vas a ninguna parte y no te cubras, quiero verte.

Sam se sonrojó y se excitó al mismo tiempo, la voz de Héctor había sonado del todo rota por el deseo y sus ojos se habían convertido en dos piedras preciosas, dos cristales facetados con destellos en mil tonos de verde. Otra vez parecían del todo irreales.

La pasajera idea de marcharse había sido eso: fugaz. En realidad, no creía que hubiese otro sitio mejor en el que estar.

Le dejó hacer, simplemente apoyó sus manos un poco más atrás de su espalda para apuntalar su cuerpo y no caer, y dejó que él tomara las riendas. Cerró los ojos y entreabrió los labios, las emociones eran tan intensas que le costaba respirar.

Cuando escuchó cómo se rasgaba un envoltorio entendió qué había cogido Héctor a su espalda, y la anticipación de lo que estaba a punto de ocurrir le hizo adelantar las caderas de forma involuntaria. Él metió las manos bajo sus nalgas, la ayudó a colocarse en el borde y ella no reprimió el fuerte impulso de abrirse a él para facilitarle el acceso.

Apretó los párpados preparándose para una brusca invasión, la tensión que sentía en cada caricia, en cada beso, en cada toque, le hizo pensar que sería así. No le importó. Ella también sufría la urgencia, el vacío y cierto dolor que le apremiaba por tenerle en su interior, pero otra vez se encontró con la sorpresa, Héctor se posicionó, pero consciente de su tamaño y el de Sam, se adentró en ella despacio, gruñendo de placer por cada centímetro conquistado, estirando aquella flexible oquedad que debía acogerle por completo.

Cuando ya parecía haber terminado su avance y la plenitud era total, se ayudó de sus manos y se encajó en ella un poco más, vigilando las reacciones de su rostro, verificando que no hubiera dolor, sino solo placer.

Ella se esforzó por abrir sus ojos, que ante todo lo que estaba ocurriendo parecían sellados con lacre y, cuando por fin lo consiguió, él rogó.

—Sam, di mi nombre.

No duraron mucho. La necesidad de los dos hizo que aquel combate se resolviera en apenas un asalto. Solo que en aquella contienda no hubo ganador ni vencido, los dos cayeron derrumbados uno sobre el otro, exhaustos por el esfuerzo, pero satisfechos y saciados.

—¿Te he hecho daño?

—No, claro que no.

—Lo deseaba tanto que creo que he sido un poco bruto.

—No, Héctor, no. Yo también lo quería así. Lo necesitaba así.

—Vamos, sujétate a mi cuello, ahora que estamos más relajados será mejor.

—¿De verdad crees que puede ser mejor?

Héctor sonrió y esa sonrisa tan sincera que tan pocas veces se veía en su cara le supo a gloria.

—Pues claro que sí, y tengo toda la tarde y toda la noche para demostrártelo. Si cuando amanezca no lo he conseguido... haz que te devuelvan el dinero.

—Te tomo la palabra. —Se aferró a su cuello con los dos brazos, ladeó la cabeza y pegó la mejilla sobre su ropa—. Deberías sonreír más, tu rostro se transforma por completo.

Si le hubiera mirado en ese momento se habría dado cuenta de que la felicidad le barría la cara, y que su sonrisa era plena y le llenaba de arruguitas el borde de los ojos.

Héctor le besó el pelo, la sujetó bien con ambas manos y, aunque no era su intención, tuvo que salir de ella para cargarla y llevarla al dormitorio. Nada le dolió más que hacerlo, pero pensó en la promesa que acababa de hacer y eso le dio alas.

Toda la noche con ella, eso sí era un sueño.

La dejó sobre una cama pulcramente hecha, recogió algunos cojines de un sillón y los puso bajo el pie escayolado. Ella se veía nerviosa, como si no supiera muy bien qué hacer, y él, antes de salir de la habitación, le dio un beso corto en los labios. Seguía duro y excitado, pero, antes de acostarse a su lado, debía ir al baño a quitarse el preservativo usado. Al entrar se miró en el espejo y le gustó lo que vio. Sonreía, de forma boba y abstraída, y eso era nuevo en él. Quizá nuevo no, pero era cierto que hacía mucho tiempo que no se sentía tan satisfecho, tan despreocupado, tan feliz.

Cuando salió, caminó hacia la cama al mismo tiempo que se quitaba la camiseta. Sam le esperaba y eso no admitía demora; tan solo se detuvo un segundo para bajarse los pantalones que ya llevaba desabrochados.

Samantha le miraba embobada, como si fuera un niño frente a un escaparate de chuches.

–¿Qué sucede?

–Estás... Eres... Sé que no es una palabra apropiada, pero solo se me ocurre decir eres «magnífico». –Él volvió a sonreír, aunque en ese momento fue un gesto automático, frío. En sus ojos había un matiz distinto. Si minutos antes era un huracán desatado, mientras caminaba hasta la cama ella observó un cambio. Ahora le veía arrogante, confiado, oscuro...

–¿Qué estás tramando? –se apresuró a preguntar.

–¿Tanto se nota?

Ella solo asintió.

–Pues estoy organizando mi lista de prioridades. –Puso una rodilla en el colchón y se inclinó hasta apoyar las manos–. No sé si empezar por tus labios –murmuró con una voz que sonaba profunda y gutural, acercándose a su cara hasta que casi estuvo a la distancia a la que ya se puede robar un beso.

Samantha, al ver cómo los miraba, los apretó en un gesto reflejo.

–O por tus senos.

Su aliento fue una brisa fresca sobre la piel que hizo que Sam se abrazase y presionase una rodilla contra la otra. Sus palabras se quedaron reverberando en el aire, acariciando la oscura areola que rodeaba el pezón y erizando la piel de sus pechos.

Él sonrió al ver las reacciones involuntarias de la joven, y con la nariz acarició su vientre hasta llegar al ombligo.

–O más abajo.

Continuó con ese leve roce manteniendo firme la trayectoria, dirigiéndose implacable hacia su sexo, pero se detuvo al comprobar que ella tenía las piernas tensas y muy juntas. La miró a la cara y vio sus nervios, su pecho respirar atolondrado, su boca entreabierta y unos ojos que no se perdían detalle y lo observaban todo. Héctor volvió a ladear la cabeza y sopló suavemente entre sus muslos, y esa brisa fue la llave que le dio el acceso a lo que se escondía entre ellos.

Samantha no podía creer lo que estaba pasando, lo que «le» estaba pasando. Esos dedos, esas manos y esa boca... la manejaban a su antojo anulando por completo su voluntad. Entre sus brazos, mecida por cientos de sensaciones, Sam no era capaz de otra cosa que no fuera dejarse llevar; era un títere sin hilos, un junco mecido por un soplo de viento. Se sentía tan ligera que, si él la hubiera soltado, habría podido tocar el techo con sus dedos.

Y con los ojos cerrados, presa de esa sensación de levedad, su cuerpo flotó libre, mientras tenía la impresión de que sus huesos se fundían y su cuerpo explosionaba.

Fue tan intenso que se le saltaron las lágrimas.

Al ver la cara de preocupación de Héctor, Sam tiró de su brazo para que se colocase sobre ella y se colase de nuevo en su interior. Tuvo que clavarle los dedos en la espalda, tuvo que empujarle y convencerle con suaves palabras de que todo era perfecto. De que aquellas lágrimas no eran ni por daño, ni por arrepentimiento, sino porque había conseguido darle algo hermoso. Y él, ya más tranquilo, al tiempo que le besaba las mejillas para llevarse aquellas saladas gotas, se encajó en ella despacio, fascinado por la cálida acogida de su pequeño cuerpo.

Y se amaron como si llevasen meses sin comer, como si con ello consiguieran una bocanada de aire extra para respirar, como si la vida se escurriera tal que fina arena entre sus dedos. Se amaron hasta quedar extenuados, derrumbados el uno sobre el otro.

—¿Tienes hambre? —Héctor abrazaba a Samantha desde atrás y le acariciaba la suave piel del vientre con el pulgar.

Después de hacer el amor se había tumbado boca arriba y había tirado de Sam hasta colocarla sobre su cuerpo, de forma que ella, al girar la cabeza, apoyaba la mejilla sobre su pecho y él la rodeaba con sus brazos bajo los senos.

—Un poco. ¿Tienes algo dulce?

—Nada salvo zumo, café, leche y azúcar. Toda la comida está en tu casa. Deja que me levante, iré a traerte algo.

Sam se giró para abrazarle e impedir que se levantase.

—No tengo tanta hambre.

—Mentirosilla, oigo tu estómago rugir. —Se separó de ella y se sentó al borde del colchón buscando algo que ponerse.

Sus calzoncillos estaban tirados en el suelo. Sam se colgó en su espalda, pero no consiguió evitar que él los cogiera y se levantase para vestirse.

La besó, suave, tierno, dulce, y murmuró un «vuelvo en seguida» que la dejó sola de pie sobre el colchón. Resignada se dejó caer para sentarse, justo un segundo antes de verle salir medio desnudo, en dirección al salón.

Apenas tardó.

—¿Has salido así a la escalera?

—Las probabilidades de que me encontrase con alguien son bastante escasas. Es la escalera de servicio, solo la usas tú, y yo cuando voy a tu casa. Y lo cierto es que no quería entretenerme.

»Veo que tú sí te has vestido. Te queda bien mi polo azul, quizá un poco grande, pero el color te favorece.

«Lo vi, olía a ti y no pude evitarlo».

—¿Qué has traído? —preguntó Samantha cambiando de tema. Sentía que sus mejillas comenzaban a arder.

Él dejó la bolsa sobre el colchón para que ella husmeara y se fue derecho a la cocina. Cogió una botella de zumo de la nevera, una bandeja, un plato, servilletas de papel, un juego de cubiertos y dos vasos.

—¿Vamos a cenar aquí?

—No pienso dejar que salgas por esa puerta, así que, sí, cenaremos aquí.

—Me estás secuestrando.

—Si quieres llamarlo así... —susurró seductor.

—¿De verdad pensaste que yo tenía diecinueve años?

La cara de Héctor cambió de forma radical. Se puso serio y hasta se avergonzó un poco.

—Entiéndelo. Tú cara de niña, tu primer trabajo...

—No era «mi primer trabajo», sino «mi primer día de trabajo». Y ¿tan cría parezco? ¿No me ves lo suficientemente madura?

—Me parecías, me pareces, muy madura, mucho. Y tengo que decir que me resultaba extraño pensar que tus padres te dejaran vivir sola en Madrid siendo, o creyendo yo que lo eras, tan joven, sobre todo después de conocerles.

—¿Y los informes de la clínica?

—Ni siquiera los miré. Todas y cada una de las veces que he necesitado averiguar algo me he limitado a hablar con Ignacio. Mira, Samantha, a veces uno ve únicamente lo que quiere ver. Me obcequé pensando en algo sin mirar a mi alrededor. Pídeme que repita contigo: «Héctor, eres idiota». —Sam empezó a carcajearse y él se animó al ver que se lo tomaba bien—. Lo digo en serio, pídemelo.

Ella reía y reía. En su rostro se reflejaba una Samantha feliz.

—¡Vamos! ¿A qué esperas?

—No hace falta.

—¿Sam?

—¡De acuerdo!, ¡de acuerdo! Héctor, quiero que digas en voz alta: «Soy idiota».

Él la estrechó entre sus brazos y la mantuvo durante unos segundos encerrada en ellos, antes de admitirlo.

—Samantha, perdóname. Me he comportado como un verdadero imbécil. —Otro beso robado, otra sonrisa furtiva—. Y ahora quiero que me cuentes qué ha pasado en esos diez años que yo tenía perdidos.

—¿Qué quieres saber?

—Pues todo, Sam, quiero saberlo todo. —Se sentó tras ella y volvió a abrazarla desde atrás mientras que Sam mordisqueaba una galleta. Él anuló su mano izquierda capturándola en la suya y con la derecha cogió un trocito de bizcocho para ponérselo delante de los labios y darle de comer.

Samantha le dio un mordisco y se preparó para contarle algo de su vida. Suspiró. No se sentía demasiado orgullosa. Había empezado muy bien, en la facultad incluso había sacado buenas notas, pero al final se fue todo al traste.

—Estudié aquí en Madrid, en la Facultad de Bellas Artes el grado de Restauración y Conservación del Patrimonio Cultural.

—¿En la Complutense?

—Sí. Hice mis prácticas extracurriculares en el Museo Cerralbo y, una vez con el título en el bolsillo, trabajé durante unos meses para una entidad privada, una fundación, pero se terminó el contrato y no me renovaron. Estuve buscando, pero sin contactos es difícil y, como quería seguir viviendo aquí, cuando me ofrecieron un trabajo recuperando y restaurando muebles viejos, dándoles una segunda oportunidad, me apunté sin dudar. Las piezas eran de todo tipo, muebles de terraza de los años sesenta, farolas de fábricas, alguna talla de madera, imitación, claro, de alguna iglesia... Una vez reparados y a veces envejecidos a propósito, se vendían a estudios de decoración, tiendas de muebles... Estuve con ellos tres años, y era duro porque me obligaba a un trabajo bastante físico, pero me divertía aunque tuviera poco que ver con mi formación.

—Por eso tus manos... —Él le acarició la palma con el pulgar, deteniéndose en las durezas y callosidades.

—Ya lo sé —protestó Sam, tirando de ella para que dejase de toquetearla.

Héctor no lo permitió y, para mostrarle que no le molestaba en absoluto se la llevó hasta la boca y la besó.

—Mira —dijo él mostrándole la palma de su mano derecha—. Toca aquí.

Sus manos no eran tan suaves como parecía. Las llevaba con una manicura perfecta, y se notaba que las cuidaba, pero Sam encontró durezas como las suyas.

—Son de empuñar la espada —aclaró con orgullo.

—Entonces es cierto. Cuando Claire comentó que practicabas esgrima me pareció muy elitista.

—A veces las cosas no son lo que parecen. Es un deporte minoritario en este país, pero yo no diría que elitista. Empecé siendo un jovencito y estuve durante algún tiempo en activo, compitiendo y eso, cuando me casé tuve que dejarlo, pero cuando mi vida empezó a perder sentido lo retomé. Las buenas costumbres no deben abandonarse.

—¿Competías? —preguntó Sam con asombro.

—Es como más se aprende —murmuró quitándole importancia—. La esgrima requiere precisión, velocidad, mucha psicología, estrategia, autocontrol… No es tan sencillo como parece. —Sam le miraba con los ojos como platos. Él rio—. Algún día te llevaré a una clase, así lo verás en primera persona.

Ese pequeño comentario le supo a gloria, y lo hizo porque le dio alas para soñar que contaba con ella en el futuro. Había algo que podrían hacer juntos.

Planes.

Nada podía sonar mejor.

—¿Lo dejaste al casarte?

—No de forma inmediata, pero sí fue algo que ocurrió. Demasiados viajes, dieta estricta, muchas horas de entrenamiento, disciplina... Lola se hartó.

—Estás hablando como si fuera algo serio.

—Hubo un tiempo que sí, llegué a participar en un Campeonato de Europa y a punto de ir a unas Olimpiadas, así que imagínate.

Ella dio un brinco en la cama y se giró para mirarle.

—¡Hace un momento le quitabas importancia! ¿Estuviste en el equipo nacional?

—Sí.

La mirada que le dedicó fue de total y absoluta admiración.

—Sam no es para tanto, de verdad.

Ella se sentó sobre los tobillos e hizo una mueca rara al sentir el rígido vendaje. Se ladeó y sacó la pierna escayolada de debajo del trasero.

—Puff. ¡Qué ganas tengo de que me quiten esto! Me siento inútil total.

—Queda poco ya.

—No me distraigas —protestó al sentir la mano de él acariciándole el cuello—. ¿De verdad estuviste en el equipo nacional?

Héctor explotó en carcajadas.

—Sam, ¡ya! —dijo en cuanto pudo parar—. Eso pasó hace tiempo.

—Pero eso es estar en la élite, por eso tu cuerpo es...

—¿Es...?

—Tan...

—¿Tan...?

—Que estás cañón —terminó por decir mientras sus mejillas se sonrojaban sobremanera.

—Siempre me he cuidado y, que a ti te guste... me complace.

La vio tan aturullada que cambió de tema.

—¿No vas a cenar nada más?

—Creo que ya he matado el gusanillo.

—Pues...Túmbate a mi lado —murmuró mientras recogía el improvisado picnic que había desplegado sobre el colchón.

—Quizá debería irme.

—Si te vas, te seguiré, y me obligarás a dormir encogido en ese sofá tuyo. El puzle a medio hacer y tu diario seguirán sobre la mesa mañana. ¿De veras no prefieres una cama?

Sam sonrió. Él quería acostarse, dormir con ella y volver a despertar a su lado.

Y ella... Ella también lo quería.

28 de mayo.
Debo de haber muerto porque me siento en el cielo.
Héctor se ha ido hace un rato a la clínica. Pasará allí la mañana, su padre se encuentra mejor y él hará las veces de acompañante en una visita guiada. Aunque André Lamaignere no está para muchos trotes y tardará en volver a estar en activo al cien por cien, el hombre se preocupa por su negocio y quiere estar allí un rato.
Algún día he de preguntarle a Héctor qué pasó para que su padre les enviase a ellos dos a casa de los abuelos mientras que él se quedaba en Madrid. Bueno, no sé... quizá espere a que él me lo cuente, si quiere. Es un tema demasiado personal.
El caso es que estoy sentada en mi sofá y, a pesar de que sigo llevando este lastre, me siento feliz. El día 6 de junio me la quitan... Estoy empezando a ver la luz al final del túnel, por fin dejaré de ir con la pierna a rastras a todas partes. Luego me pondrán un zapato ortopédico o algo parecido, pero el mero hecho de pensar en una buena ducha ya me hace suspirar de placer.
Suspirar de placer.
Ahora que lo pienso... ¡Vaya! Menuda noche.
Es alto y fuerte y asusta un poco. Sí, ya sé lo que estás pensando: la gente grande me intimida. Pero él no, Héctor no.
En fin, hay algo a lo que no consigo dejar de darle vueltas. Una y otra vez se forma una pregunta en mi mente: ¿qué pasará en el futuro? No mañana, claro, eso me parece fácil de predecir, sino dentro de dos semanas, tres... Un mes.

Héctor tendrá que volver a su vida, a su trabajo, a su casa.

No quiero pensar ahora en eso, no quiero hacerlo porque siento que se me parte el alma. Hoy es un día para celebrar y dejar las tristezas fuera. Cuando llegue el momento, ya se verá.

Al menos te tendré a ti para llorar.

Capítulo 22

Un mensaje de móvil avisó a Sam de que Claire acababa de aterrizar en Barajas.

La joven tuvo que leerlo un par de veces para cerciorarse de que era cierto; su vecina estaba de vuelta. Y la sensación de proximidad la puso a mil revoluciones por minuto, su cerebro comenzó a darle vueltas al hecho de que tenía que decirle, no solo que se había enamorado de Héctor, sino que estaba «saliendo» con él.

«¿Por que estamos saliendo, no?».

Miró el reloj. Las once.

«¿Qué tardará en llegar?».

Recogida de maletas, buscar un taxi, recorrer la M-40... ¿Habría tráfico a estas horas?

Calculó que como mucho tenía un par de horas para redactar un discurso en toda regla antes de verla. Esperaba que Héctor estuviera a esa hora de vuelta, no porque fuese una cobarde y le necesitase presente, sino porque le proporcionaba una tranquilidad que en esos momentos no sentía. Además, él había dicho que la ayudaría y que hablaría con Claire. Héctor era práctico, hábil con las palabras y un gran oyente y, lo más importante, con un abrazo conseguía que todo lo malo desapareciera como por arte de magia.

Y ella ahora necesitaba un poco de esa brujería. No daba pie con bola.

Con cuidado al apoyar el pie (la confianza le hacía abandonar las muletas de vez en cuando) empezó a ordenar la casa y a contarle a Pepe que su amiga había regresado de París. Hablar en voz alta era relajante, sentir que alguien te escuchaba —el gato estaba extrañamente atento a sus palabras—, también, pero, por mucho empeño que pusiera, no conseguía organizar sus ideas.

Recoger y ordenar siempre le ayudaba a pensar, pero terminó de doblar toda la ropa que había sacado de la secadora y aún no tenía claro cómo iba a hablarle a Claire de su deslealtad. Porque... Sam sentía aquello como una traición en toda regla.

Intentó convencerse de que su amiga era enamoradiza por naturaleza y que cada tres días suspiraba por alguien distinto, pero... ella no había actuado bien. No es que se hubiera aprovechado, no era eso, simplemente surgió, pero quizá tenía que haber sido más firme y no haber sucumbido.

¿Dónde demonios estaba Héctor? Él había prometido ayudarla.

Casi dos horas más tarde oyó unos nudillos golpear en su puerta y una llave girar en la cerradura. Tenía que ser Héctor, sus pasos apenas habían sido audibles, los tacones de Claire habrían retumbado delatándola.

Sonrisa, abrazo y beso apasionado.

Qué malo podría ser acostumbrarse a eso.

—Acabo de ver a Claire bajando de un taxi. No tienes que preocuparte por nada, ya está todo solucionado.

—¿Le has dicho algo?

—No, no. Solo la he saludado.

–Pues entonces no hay nada arreglado.
–Hazme caso, lo está. Cámbiate de ropa, he quedado en que en media hora nos veremos abajo para ir a tomar unos aperitivos. Comeremos fuera, invito yo. –Sam iba a protestar, pero con un solo dedo levantado amenazador, Héctor la dejó en silencio–. Sam, te recuerdo que hace nada estuve en la casa de tus padres y comí, cené y me alojé a su costa.
–Pero casi toda la comida que compras durante la semana la pagas tú.
–También tengo que comer, ¿no?
–Y haces la comida y limpias la cocina, el arenero de Pepe, ordenas el baño, bajas la basura y me ayudas con la lavadora...
–Y tú me haces sonreír. Es un pago justo, ¿no crees? Vamos, ya llevamos cinco minutos aquí parados y solo para arreglarte ese pelo vas a emplear los veinticinco que nos quedan.
Aunque él no se había burlado, sus palabras sonaron muy serias, Sam se enfurruñó y arrastrando la escayola caminó hasta el cuarto de baño.
–¿Qué le pasa a mi pelo? –preguntó mientras iba camino del baño–. ¡La Virgen santa! –exclamó cuando se puso delante del espejo.
La cara de Héctor apareció junto a la suya; sus labios intentando reprimir una carcajada.
Samantha entrecerró los ojos y fingió una mirada de puro odio antes de coger un peine e intentar la doma de su rebelde flequillo.
–Dame, yo lo haré. Parece que estés cepillando a un caballo.
Héctor se lo arrebató de la mano y comenzó a alisarle el cabello con suavidad. Ella le miró a través del espejo, serio, concentrado en su tarea, con esas manos elegantes, armoniosas... Ahora sabía de dónde le venía

aquella seguridad y precisión, aquella destreza. Cualquier cosa que fuera manual parecía ser pan comido para él. Al verle sonreír con disimulo, fue consciente de que se había percatado de su examen y, aunque se sonrojó, le sostuvo la mirada. Pero cuando él besó su cuello con dulzura al terminar, tuvo que cerrar los ojos y aspirar todo el aire posible.

Solo un beso y ella estaba contra las cuerdas.

–Se te da bien –murmuró al contemplar su aspecto en el espejo del baño.

–El mérito no es mío. El corte es bueno y la modelo preciosa –respondió mientras la obligaba a girar para enfrentarle–. Debes creerlo, eres preciosa. –Llenó de aire sus pulmones–. Será mejor que salgamos de aquí. Si sigues mirándome así no llegamos ni a la cena.

Le dio un beso suave en la nariz y salió decidido por la puerta.

Samantha suspiró. Héctor era capaz de calmar sus nervios con un toque y, con una ronca inflexión de su voz, de ponerla a mil por hora. Flexionó el cuello a derechas y a izquierdas, respiró hondo y volvió a mirarse en el espejo.

¿Era esa la cara de «estoy-loca-por-él» que veía todo el mundo?

«¿Y qué? No pienso disimular nada. A quién no le guste que no mire».

Bajaron juntos las escaleras con la mano de Héctor ceñida a su cintura y su cuerpo ejerciendo de puntal de apoyo, y llegaron al vestíbulo en el mismo momento en el que Claire, acompañada con un desconocido, lo cruzaba para llegar hasta ellos.

A la modelo no le pasó por alto la posesión con la que Héctor sostenía a su amiga, pero era tal la alegría de verla que abrió los brazos y con un gritito se abalanzó sobre ella.

Mientras estaba abrazada a Claire, Samantha se fijó en el hombre que esperaba detrás. Era un personaje peculiar. Iba elegantemente vestido con un pantalón de traje estrecho en el bajo y una camisa también gris oscura. Alto, delgado, casi se podría decir que enjuto, de ojos grises curiosos, pelo negro muy liso, corto y desordenado, gafas de pasta de gruesos cristales y una boca sexy que se torcía en un gesto algo burlón.

Cuando su vecina se separó, Sam no escuchó sus primeras palabras, seguía mirando al desconocido. Supo que les estaban presentando porque él avanzó con estilo, con su mano por delante, para darle un caluroso apretón a Héctor y después inclinarse ante ella.

–*Mes hommages, mademoiselle.*

Samantha se quedó aturdida, no sabía qué contestar a eso. El hombre sonrió y la besó con cariño en las mejillas.

–El pobre Gervais no habla nada de castellano, mientras veníamos hacia aquí, me ha pedido que le disculpéis.

Héctor le respondió en francés y el cerebro de Sam colapsó durante unos segundos.

«¡Qué sexy, por Dios! ¿Es que este hombre no va a parar nunca de sorprenderme?».

Luego pensó que su padre era francés y que era algo normal que él hablase la lengua gala como si fuera gabacho de pura cepa, con toda probabilidad hasta habría vivido en Francia. Una cosa más a preguntarle.

Frunció el ceño. Sentía que le conocía lo suficiente como para confiar en él y dejar que la llevase al fin del mundo, y sin embargo había un montón de cosas de su vida más o menos transcendentales que ignoraba. Suspiró. Les habían presentado hace poco. Debía ser paciente con eso, no se podía contar una vida entera en menos de tres semanas.

Mientras los dos hombres se enfrascaban en una conversación formal, Claire la abordó y le habló bajo y al oído:
—¿A qué es mono? ¡Ay, Sam! Creo que esta es la buena, me parece que estoy colada por él. Le conocí en una sesión, es fotógrafo, y desde entonces vivo en un sueño increíble. He conectado con Gervais como no lo había hecho nunca con nadie.
—Pero ¿a ti no te gustaba Héctor?
—¡Qué boba eres! Claro que no. Solo quería que te fijases en él. Si no es por toda la pantomima que monté a su alrededor ni siquiera le habrías visto. Me pasé horas diciéndote lo guapo que es, lo buena persona, lo «cachas» que está... Podría haber pasado por tu lado y tú ni mirarle. Y era, es, perfecto para ti.
A Samantha le dieron ganas de abofetearla y al mismo tiempo de darle un abrazo que le estrujase hasta el cerebro, pero en lo de no fijarse en él no estuvo de acuerdo: pasar por su lado y no mirarle era síntoma de tener un grave problema de visión.
—¿En serio que no te gusta? —preguntó con cierto temor.
—Pues claro que no. Y no creas que no me he dado cuenta de que ha dado sus frutos. He visto cómo te sujetaba al bajar la escalera, así que no lo escondas, algo pasa y me lo tienes que contar, pero date prisa, tendrás que ponerme al día antes de que estos dos se den cuenta de que les hacemos el vacío.
—Esto... Yo...
—Vale, no me lo digas, lo haré yo: estás loquita por sus huesos y, por supuesto, él babea cada vez que te mira.

–Él no babea.

–¡Anda que no!

Héctor se volvió en ese momento y las dos se quedaron calladas. Las miró de arriba abajo y pareció satisfecho: las dos chicas estaban cogidas de la mano, como si fueran dos niñas pilladas en falta. No era necesario que dijeran nada, su cara lo mostraba todo.

–Vamos a coger un taxi, más que nada porque Sam no puede andar ligera y meterse en un metro lleno de gente es algo poco recomendable. He pensado que podíamos ir a Fuencarral, al Mercado de San Ildefonso, ¿qué os parece?

–¿Tortilla de patatas? –preguntó Gervais con un precario acento.

Claire rompió a reír, avanzó hasta él y le tomó de la mano.

–Le encanta la tortilla de patatas, creo que fue por eso por lo que le conquisté.

Acto seguido se dirigió a él en francés para decirle que sí, que probablemente allí podría probarla.

–Pero, Claire, tú no sabes ni freír un huevo. ¿Cómo le conquistaste con una tortilla?

–Pues por eso, cenamos en su casa con unos amigos y me pusieron en el brete de hacer una comida española. Lo intenté, pero no debí mezclar bien los ingredientes, o quizá no lo hice en el orden correcto, el caso es que no llegué a darle la vuelta, acabó destrozada. Gervais salió en mi ayuda diciendo que era una «deconstrucción» y a partir de ahí... todo fue sobre ruedas.

El discurso de Claire fue interrumpido porque él le hizo un besamanos mientras la miraba de una forma que decía mucho de lo que sentía por ella.

La modelo suspiró.

–A pesar de tener un aspecto horrible –continuó–, he de reconocer que de sabor estaba buena, pero él está empeñado en probar una de verdad.

–¡Gervasio! A Héctor le salen de muerte.
–No le llames Gervasio –protestó Claire.
–¿Gervais no es Gervasio?
–Sí, pero él es francés.

El estirado fotógrafo se adelantó y tomando su mano –seguramente por el tono y los gestos sí había pillado de qué hablaban– le dijo que, para ella, él se llamaba Gervasio o como quisiera (Claire traducía). Besó sus nudillos y le guiñó un ojo.

El gruñido de Héctor le hizo dar un brinco y, tras un cruce de miradas entre los dos hombres, los cuatro rieron a coro.

Pasaron el día todos juntos. En el mercado compartieron una larga mesa con unos guiris alemanes que no paraban de tomar cervezas. Estaban tan a gusto que acabaron prolongando los aperitivos y comiendo allí. Después dieron un corto paseo y se acercaron a una tienda *gourmet*, compraron vino y algunos ingredientes para preparar la cena, y se fueron todos a casa de Claire.

Sentados en aquellos confortables sillones charlaron un rato, Héctor hizo de intérprete entre Gervais –aunque a estas horas ya era Gervasio para todos–, y Samantha. Hablaron de París, de la profesión de Claire y la moda y, sobre todo, del trabajo del francés. Entraron a su web desde el portátil de la modelo y cotillearon sus fotos. En el mundillo era conocido; eran tremendamente buenas.

La cena la prepararon Héctor y Gervais. Y, aunque era la primera vez que pisaban aquella cocina, consiguieron complementarse y trabajar juntos como si hiciera mucho tiempo que eran amigos. Era una suerte que Héctor se entendiera con el francés, la noche habría sido muy distinta de no haber sido por ello. Mientras, en el salón, Sam y Claire aprovecharon para cotillear a solas y confesar lo que les había cambiado la vida en las últimas dos semanas.

La velada fue fantástica.

Sam casi se muere de risa cuando vio a Gervais anudarse la servilleta al cuello y relamerse mientras Héctor ponía sobre la mesa la tortilla de patatas que había preparado. No solo se comió más de la mitad, rebañó el resto de platos con pan y hasta hubo momentos en los que olvidó los cubiertos y utilizó las manos. Imposible saber dónde metía todo aquello que zampaba, pero daba gusto verle disfrutar.

Hasta Claire comió, como un pajarillo, cierto, pero lo hizo. Samantha sonrió, la compañía de Gervais le sentaba bien. El francés, a pesar de su aspecto estirado y remilgado, era un buen tipo. Durante la tarde había intentado, en todo momento, integrarse en el grupo. Había estado pendiente de sus conversaciones y, como un loro, repetido frases y palabras sueltas y, ahora, con dos copas de vino y la grata compañía, las soltaba sin ton ni son y sin venir a cuento en la conversación, provocando las risas de todos ellos. Menudo tunante. No era para nada lo que aparentaba, tenía sentido del humor y mucho aguante; soportaba con estoicismo todas las bromas.

El vino corrió y las copas se llenaron infinidad de veces. Todos iban contentos, especialmente Sam, a la que le brillaban los ojos y ardían las mejillas.

A mitad de cena, envalentonada por el vino, se encaramó a la silla, lo que provocó que los tres, sin excepción, se levantasen para ir a socorrerla; no solo era inestable por la pierna escayolada, sino también por su embriaguez.

Héctor, que fue quien llegó primero, la sujetó por los muslos e intentó en vano convencerla para que bajase, pero ella protestó diciendo que tenía algo importante que anunciar.

—Hoy ha sido un día genial —murmuró despacio y arrastrando las palabras; le costaba pensar y vocalizar—. Claire, amiga, te he echado de menos mientras estabas en París, pero ahora veo que era por una buena causa. —Levantó la copa de vino en dirección a Gervais y bebió un buen trago—. Sé que a veces he pensado que me odiabas, como cuando me regalaste ese diario tan feo, mira que es feo, ¿eh? O como cuando me trajiste «*macarons*» para comer, o un puzle de cinco mil piezas que no cabía en mi salón. Pero sé que tú eres tú y te quiero. Mil abrazos para ti.

»¡Gervasio! —El citado hizo una reverencia—. Me caes bien, pareces un buen tío, pero si no cuidas de mi amiga… Te las verás conmigo. —Claire le tradujo en un susurro y él le guiñó un ojo al tiempo que levantaba su copa y brindaba con ella.

En aquel momento, subida a aquel improvisado púlpito, a Samantha le entró un ataque de risa y con la mano que tenía libre señaló hacia abajo, Héctor continuaba a su lado, sujetándola por una de las rodillas.

—El primer día que le vi —dijo hablando en tercera persona como si él no estuviera allí—, casi me da un infarto. Ese pelo negro, esos ojazos verdes, ese cuerpazo… —Se pasó la mano por la barbilla como si estuviera recogiendo sus babas—. Mi corazón hizo «boom» y me enamoré, pero claro, qué mujer en su sano juicio no querría que este hombre fuese el padre de sus hijos… ¡Ah, perdón! Claire, los tuyos ya han elegido otro padre. —Le guiñó un ojo a la modelo y continuó con su loco discurso, aunque con cada nueva frase le costaba más hilar sus palabras—. Chorradas aparte, le quiero. Y sé que tengo menos posibilidades con él que de aprender a tocar la flauta, pero… lo miro y no puedo evitarlo:

se me acelera el pulso y me... ¡Uy! ¡Iba a decir una guarrada!

Estaba enardecida, una vez que empezó su discurso no pudo parar, pero en el mismo momento en el que Claire y Gervais rompieron en aplausos, en ese mismo instante, un destello de lucidez le hizo preguntarse qué fuerza de la naturaleza la había empujado a subirse allí arriba y a contar todo aquello. Sentir los brazos de Héctor alrededor de sus piernas no le hizo encontrarse mejor, él estaba allí y lo había escuchado todo. De un trago se bebió lo que le quedaba en la copa.

Bochorno era una palabra que se quedaba muy corta. Quiso bajar y salir corriendo, pero él se lo impidió; se hubiera roto la crisma de haberlo intentado en aquel estado. Con delicadeza la ayudó a descender y consiguió que se sentase de nuevo a la mesa. Pero Samantha estaba aturdida, se daba cuenta de que se había precipitado. Al levantar la cabeza y ser consciente de que los tres la miraban, quiso llenar su copa de nuevo –quizá caer inconsciente era la forma más sencilla de salir de allí–, pero Héctor no se lo permitió, le plantó un suave beso en la sien y puso entre sus manos un vaso con agua.

Todo le daba vueltas: el vino, el trozo de tortilla que aún sentía pegado a la garganta, las palabras que acababa de pronunciar... Ni siquiera pudo terminar la cena, con la excusa de encontrarse francamente mal –lo cual no era del todo mentira–, se levantó para irse a casa.

Héctor la acompañó, llevándola del brazo hasta su pequeño apartamento. No comentó nada de lo ocurrido, iba a su lado en silencio, con seguridad pensando en lo que minutos antes había sucedido. Samantha no sabía dónde esconderse; había metido la pata hasta el fondo, no iba tan borracha como para no ser consciente de aquello. ¿Cómo narices se le había ocurrido? Probablemente lo había estropeado todo.

No iba a volver a beber en su vida.
Ni agua. Bueno, sí, agua sí.

La declaración de Samantha le había pillado desprevenido. No es que no hubiera pensado en ello, en verdad lo había hecho, pero escuchar en la boca de la joven «las palabras» fue un detonante que hizo que un sinfín de preguntas estallasen en su interior.

¿Qué sentía él al respecto? No tardaría en regresar a Barcelona, ¿cuál debía ser el siguiente paso? ¿Pedirle que vivieran juntos? No se conocían tanto como para eso.

Pero le gustaba Samantha, le gustaba mucho. Y a su lado le parecía natural no salir huyendo de una cama en mitad de la noche y sí despertar acompañado por la mañana; con ella había recobrado las ganas de estar con alguien, de compartir su día a día. A su lado volvía a ser Héctor, el hombre, el amante, el amigo. ¿Iba a perder todo eso?

No. No iba a hacerlo.

Puede que Samantha lo hubiera proclamado en un momento de debilidad y, por supuesto, le daría opción a retractarse, pero si no lo hacía, si lo que ella sentía era real, él daría un paso adelante, corto o largo, dependiendo de la situación y del momento, pero paso al fin y al cabo.

Pepe les recibió maullando de forma lastimera, enfadado por estar solo desde antes del mediodía y, mientras Héctor preparaba un café y le ponía comida al animalito, ella se ovilló en el sofá y fingió estar dormida. No se movió hasta que pasaron unos minutos desde que le escuchara cerrar la puerta y bajar por la escalera, y cuando lo hizo se dio cuenta de que estaba llorando.

Maldita sea

Sigue siendo 28 de mayo.
¡Maldita sea!
¿Qué voy a hacer ahora? ¿Decirle que estaba borracha y que no recuerdo nada? ¿Retractarme de mis palabras? Cualquiera de esas dos excusas sería mentira y yo no sé mentir, soy muy mala actriz.
Sé que le he lanzado el guante y también sé que no debería haberlo hecho. Y ahora, porque él es así de legal, estará planeando cómo deshacerse de mí con unos daños mínimos y con elegancia. ¡Mierda, Samantha! ¿No puedes hacer nada a derechas? ¡Joder, joder, joder!
En fin, habrá que afrontarlo. No me queda más remedio que levantar la cabeza y mirarle a la cara, sin llorar, y aceptar lo que suceda.
Y si él se va... No quiero ni pensarlo.
No puedo escribir nada más, las lágrimas llenan mis ojos y apenas veo. ¡Ay, Dios! Me siento tan estúpida.

Capítulo 23

Samantha despertó a eso de las once de la mañana, y lo hizo porque Claire entró canturreando a su apartamento.

Cuando pudo abrir los ojos encontró en un rincón sobre la mesita de centro, junto al puzle que tan buenos ratos le había hecho pasar, un café, ya frío, un cruasán, y una tarjeta que rezaba: *Dormías*.

Héctor había estado allí.

—¡Buenos días!

—No grites.

—¿Resaca? ¡Vaya por Dios! —La modelo giró sobre sus talones buscando algo con la mirada—. ¡Pepe! ¿Dónde está mi gatito bonito?

La pequeña bestia anaranjada maulló al oír su nombre y bajó corriendo las escaleras.

Sam hizo un esfuerzo por levantar la cabeza y contemplar la escena.

—¿Dónde está Claire y por qué has ocupado su cuerpo?

—Gervais tiene una gatita pequeña como tú —le decía Claire a Pepe mientras lo cogía en brazos—. Es muy linda, ¿no quieres conocerla?

—Si no lo veo no lo creo. A partir de ahora voy a ser devota de San Gervasio.

La modelo dio un giro de trescientos sesenta grados abrazada al minino. Samantha alucinaba.

—Si se va contigo a París, me parto.

—¿Cómo se va a venir conmigo a París? Solo iba a enseñarle una foto.

—¿Llevas una foto del gato de Gervais en el bolsillo?

—No, mujer, la tengo abajo en el monedero.

—Rectifico entonces mi pregunta: ¿Llevas una foto del gato de Gervais en el monedero?

—¡Ay, qué pesada! ¡Que sí! Y que sepas que es una gatita monísima. —Pepe aprovechó la conversación para restregar su cabeza por la mejilla de la modelo—. Y tú también, tú también eres precioso.

Sam miraba la escena aún somnolienta, pero totalmente alucinada.

—¿Ya estás más despierta? —preguntó Claire mientras examinaba el rostro de sorpresa de su amiga—. ¿Vas a contarme qué tal con Héctor?

Sam cogió uno de los cojines y se tapó la cara. Solo pensar en lo ocurrido se moría de vergüenza.

—No seas gansa —protestó Claire mientras se sentaba a su lado con el gato en brazos y retiraba la almohada.

—Pues mal, ¿no lo ves? Después del numerito de anoche debe de estar ya camino de Barcelona.

—Fue un poco precipitado, Sam, pero bonito, bonito.

Samantha volvió a cubrirse la cara con el cojín y su voz sonó amortiguada cuando preguntó:

—¿De qué hablasteis el resto de la cena?

—De ti, por supuesto. —Claire le dio un tirón a la almohada y la lanzó sobre una de las sillas, lejos del alcance de Samantha. La joven se quedó mirándola, calculando si estirando el brazo podría llegar hasta ella.

—Me da miedo preguntar.

—Pues no preguntes —respondió su vecina mientras

acariciaba a un gato que estaba ya medio dormido en sus brazos.

Se miraron desafiantes, y fue Samantha la que primero cedió.

—Venga, ¡dispara! No creo que pueda sentirme peor.

—Sam, a Héctor le gustas, puede que no esté preparado para soltar una parrafada como la tuya, pero no le vas a asustar tan fácilmente. Cuando te fuiste la conversación giró en torno a ti, pero no porque él llevase la voz cantante, sino porque Gervais tenía curiosidad. Mi chico preguntaba, yo respondía y Héctor escuchaba. Se le veía relajado, así que no deberías preocuparte.

—Y tú les contaste de nuevo por qué tuve que cortarme el pelo y la forma tan tonta en la que me rompí el pie.

—Pues no. Gervais me preguntó a qué te dedicabas y yo le conté que eras restauradora y que habías trabajado para algunos interioristas rescatando objetos viejos. Quiso saber si trabajabas por encargo, le dije que sí, y me contestó que conocía a alguien en París que quizá estaría interesado en tu trabajo.

Samantha se incorporó hasta sentarse y miró a su amiga con extrañeza.

—¿De verdad?

—De verdad de la buena.

Le quitó a Pepe de las manos, lo dejó a un lado del sofá y se abrazó a ella.

—¿Te he dicho alguna vez que te quiero?

—No, y no me importa si lo haces ahora.

—Te quiero, Claire.

—Y yo también a ti, bicho. Y ahora date una ducha e intenta arreglarte ese pelo tuyo. Héctor y Gervais están tramando en qué ocupar el día. No creo que tarden en aparecer por aquí.

Durante unos instantes, mientras en su cabeza se iba

asentando la idea de montar el taller en el granero de su madre y en los encargos que podrían llegarle desde Francia, Sam se olvidó de todo lo que había dicho en la cena sobre lo que sentía por Héctor, pero cuando Claire le nombró, se estiró –tuvo que apoyar una mano en el suelo para no caer–, recuperó el cojín y volvió a cubrirse la cara mientras se dejaba caer de espaldas sobre el sofá.

–Diles que no estoy bien, que me duele la cabeza, que tengo el estómago hecho un cisco.

–¿Qué quieres, acabar en el hospital? Si les digo todo eso llamarán a una ambulancia.

–Madre mía, Claire, no sé cómo voy a mirarle a la cara después de lo de anoche.

–Pues, amiga mía... Eso es algo que estás a punto de descubrir.

Nada más terminar la frase, como en las buenas películas, unos nudillos aporrearon la puerta. Samantha se abrazó al cojín con más fuerza.

Escondida bajo la almohada, sintió cómo su amiga abandonaba el asiento y cómo otro peso mayor se instalaba en el mismo sitio. Una puerta se cerró y la habitación quedó en silencio.

–¿Cómo estás?

Por supuesto era Héctor.

–Bien, supongo.

Una mano se coló por debajo de su camiseta y le acarició la piel alrededor del ombligo.

–Anoche me quedé bastante sorprendido. ¿Quieres que hablemos?

–Ahora no.

–¿Seguro que no quieres hablar?

Después de pararse un segundo a pensar, las palabras se aturullaron en su boca y soltó de golpe todo lo que tenía en la cabeza.

—Lo siento, Héctor, fue sin pensar; me precipité al decir todo eso. No quiero obligarte a nada. Olvida todo lo que dije anoche.

La mano llegó hasta la parte baja de sus senos y una yema traviesa dibujó su contorno.

—No puedo, ni siquiera aunque quisiera podría hacerlo. Es más, no he hecho otra cosa esta noche.

El cojín fue retirado y unos labios suaves buscaron su boca.

Samantha cerró los ojos. Quiso responder, pero con un solo dedo Héctor se lo impidió.

—Yo también me siento bien estando contigo y es por eso que busco tu compañía —declaró antes de que ella pudiera protestar—; me gustan tus risas y tus silencios; la forma en la que tus dedos aún tratan de encontrar ese largo mechón de tu pelo, aunque ahora lo lleves corto; me fascina cómo me miras mientras estoy dentro de ti, cómo reaccionas a mi cuerpo... No sé si eso significa que te quiero, es aún pronto para saberlo, pero necesito que me des la oportunidad de descubrirlo.

Samantha se atrevió a mirarle y le vio suspirar y mesarse el cabello.

—No te retractes Sam, no busques una salida desesperada porque te avergüences de lo dicho, has sido muy valiente al confesarlo. —Héctor se detuvo unos segundos para pensar las palabras y después dijo—: Y quiero que sepas que yo también siento algo por ti. Aún no sé qué es, pero está ahí. No huyas, preciosa. Yo no te daré motivos para ello; estoy aquí y seguiré a tu lado.

—¿No he conseguido espantarte?

—No. No lo has hecho. Pero en pocos días tendré que irme, mi vida no está en Madrid, y quiero, necesito, encontrar una solución intermedia para los dos. Esto no se termina aquí. Quiero que lo entiendas, Samantha, necesito escuchar cómo ríes, tocar tu piel por las noches, y hacer algo tan simple como traerte cruasanes para el desayuno. La distancia no va a separarnos. Encontraremos la forma, te lo aseguro.

Samantha lo miró a los ojos. Su voz sonaba sincera, un tanto rota y tremendamente dulce. Él quería intentarlo y se negaba a asustarse ante el compromiso en el que le habían puesto sus palabras.

Por fin pudo Sam soltar todo el aire que tenía retenido en los pulmones, por fin se quitó de encima la sensación de haber querido correr cuando todo a su alrededor iba pasito a pasito.

—De acuerdo —se escuchó decir, aunque no tenía la sensación de haber abierto los labios y expulsado aire junto a sus palabras.

Héctor la tomó en brazos y caminó con ella hasta la escalera. El interrogante en la cara de Samantha le hizo decir:

—Voy a hacerte el amor.

Y el mundo se hizo pequeño. Con solo cinco palabras, Héctor consiguió reducirlo a aquella habitación.

Capítulo 24

Llegó el domingo y, con él, las despedidas.

Un nuevo contrato de trabajo y (aunque la modelo no lo hubiera confesado abiertamente) cierto fotógrafo que la había encandilado, se llevaron a Claire de nuevo a París. Era algo temporal, pero se palpaba en el ambiente que todo había cambiado. Su amiga, en solo quince días, había madurado. Tal vez siempre había sido así y había pasado desapercibido bajo una capa de maquillaje, pero el caso es que estaba distinta.

Antes de que Gervais y Claire se fueran a Barajas, comieron los cuatro juntos en un castizo restaurante del centro y prometieron volver a verse, en Madrid, en Barcelona, en el Bierzo o en París; esperaban que no pasara hasta entonces mucho tiempo.

Intercambiaron teléfonos, cuentas de correo y perfiles de Facebook para seguir en contacto y, con cierta pena, se dijeron adiós.

—No es una despedida, tranquila —murmuró Héctor al encontrar desolación en la cara de Sam—. Si la estancia de Claire se prolonga iremos nosotros algún fin de semana.

—Nosotros... —pronunció Samantha bajito, más para ella que para Héctor.

—Sí, nosotros, Sam, nosotros.

El momento de euforia que sintió su corazón con la respuesta de Héctor se vio interrumpido con una tonadilla conocida de su teléfono móvil. Tuvo que soltar su mano para responder; nunca le había costado tanto dejar el calor de sus dedos para coger el dispositivo, pero en la pantalla la palabra «Mamá» parpadeaba con furia.

—¡Hola, mamá!

La conversación pasó a ser un monólogo de Angustias; Sam dejó de hablar y se limitó a escuchar con la cara pegada a su teléfono. Su rostro se puso serio y de forma involuntaria apretó los labios.

—Lo mejor es que cojas un taxi, mamá. Cuando cuelgues te mando un mensaje con la dirección.

...

—Besos, mamá.

Héctor esperaba a que ella le aclarase la situación, aunque ya imaginaba cuál era el asunto.

—Mi madre viene de camino. Lunes y martes son los días más flojos y ha decidido que pueden prescindir de ella. A eso de las cinco cogió un tren en Ponferrada y sobre las once llegará a Chamartín.

—Si quieres puede quedarse en el piso de Rodrigo, las dos podéis quedaros allí; hay habitaciones de sobra.

—No, no, tranquilo. Yo duermo en el sofá aún y mi cama está vacía.

—¿No llega el tren hasta Atocha?

—Al parecer no, y lo malo es que si mi madre tiene que coger un metro o un cercanías para moverse por la capital, acabaremos recogiéndola de madrugada en Aranjuez.

—Pues ahora, en el mensaje que vas a enviarle, le dices que yo estaré en la estación.

—Gracias, Héctor. Ella no sale mucho del pueblo y en estos sitios se pierde con facilidad. Si haces eso por mi madre te lo agradecerá de por vida. Será capaz hasta de añadirte a su testamento.

Él sonrió. El apuro en el rostro de Sam por estar metiéndole en un compromiso era adorable.

—Lo hago encantado, Samantha. Tu madre me cae muy bien.

El móvil de Héctor emitió una vibración.

—Menudo fin de semana. ¿A que no sabes quién regresa por unos días a casa? —Sam lo miró con un interrogante enorme en su cara—. Tu vecino predilecto: Rodrigo.

Eso la alegró, su rostro dejó de parecer preocupado y esbozó una enorme sonrisa.

—Cualquiera diría que te alegras más de la vuelta de Rodrigo que de la llegada de tu madre.

—No es eso, Héctor. Me gusta volver a verla, pero sé que su visita será una especie de examen. Desaprobará la casa, mis cuatro muebles, mi dieta... Estará pendiente de ti. —En ese punto se calló y giró el rostro, pero no opuso resistencia cuando él la cogió por el mentón para que le mirase de nuevo—. Ella sabe que me gustas —añadió Samantha por fin.

—Sam, Sam... No creo que a tu madre le disguste tu casa, ni tus muebles. Es pequeña, pero acogedora, y está en un lugar inmejorable. De tu dieta me encargo yo, que soy el cocinero, así que la responsabilidad es mía... Y te aseguro que me comportaré de forma irreprochable y seré un modelo a seguir. ¿Alguna preocupación más?

Ella le abrazó y enterró la cabeza en su pecho, le importó bien poco que estuvieran en un lugar público; necesitaba su contacto. Héctor correspondió en seguida apretándola contra su cuerpo.

—Gracias.

—No tienes que dármelas.

—Eres un tipo genial.

—¿Un tipo? ¿Genial? Vamos a casa, voy a mostrarte algunas de las «genialidades» que tengo.
—Rectifico. Eres un aprovechado.
—Eso ya cuadra más con mi personalidad.
Rieron y salieron del restaurante de la mano.

Capítulo 25

Rodrigo apareció a eso de las ocho.

El sobrecargo dejó la maleta junto a la puerta de su casa y lo primero que hizo fue subir al piso de Samantha. Entró, se sentó en el sofá, que con aquellos dos hombres encima se veía diminuto, y estiró sus largas piernas. Se le veía agotado. Contestó las preguntas que le hicieron, pero estaba más callado que de costumbre. En realidad les observaba.

Cuando Héctor se marchó a la estación, la actitud de Rodrigo cambió radical. De estar aletargado y somnoliento, pasó a modo interrogatorio en un chasquear de dedos.

—Lo he visto. No me mientas, Sam. Héctor y tú...

—No me asustes, Rodrigo, que mi madre viene de camino. ¿Tanto se nota?

—Chiquilla, si le miras como un corderito.

—Jo.

—¿Cómo que «jo»? ¡Es genial! Le conozco desde hace un montón de años y respondo por él. Lo digo en serio, para mí Héctor es casi un hermano y sé que todo irá sobre ruedas. Me alegro mucho de que tengáis una oportunidad juntos; él porque ya era hora de que superase ese bache en su vida que fue Lola, y a ti, pues porque me caes bien y sé que te llevas un premio gordo.

—Me siento rara, la verdad. Yo no esperaba que pasara esto. Héctor es el sueño de cualquier mujer, tiene un aspecto de infarto, es culto, elegante... y quizá por eso estoy en una nube; nunca creí que se fijaría en mí. Pero solo he llamado su atención, de ahí a que acabe gustándole de verdad.

—Samantha, no digas tonterías, si ha dado el paso es porque ha ocurrido: le gustas de verdad. Le conozco. Lo sé.

—¿Cuánto tiempo vas a quedarte? —preguntó Samantha en un intento de cambiar el tema de conversación. Le caía bien Rodrigo, se había convertido en un amigo, pero ella era de naturaleza reservada para ese tipo de cosas, contrariamente al brasileño que era cariñoso y abierto. Samantha no le conocía lo suficiente como para abrirse a él y contarle sus penas, y menos cuando era tan amigo de Héctor.

—Después de dos semanas agotadoras tengo unos días para mí. ¿Al final te quitan la escayola el lunes? —Sam asintió—. Pues si es por la mañana te acompañaré.

—No hace falta, Rodrigo.

—Claro que sí, además, eso hay que celebrarlo.

—¿Cómo lo llevas tú?

Nuevo giro en la conversación, y el brasileño, que no lo esperaba, se entristeció.

—Bueno, creo que después de tres meses me doy cuenta de que quizá todo se sobredimensionó y que deberíamos aclarar las cosas. Estoy decidido a hacer algo, no sé qué, pero algo.

Samantha no quiso ahondar en ello. Era genial tenerle de vuelta y no quería verle así. Quizá se había precipitado al preguntarle; se veía que para él era difícil contarlo, así que se limitó a tocar su brazo y reconfortarle.

Ahora tenía que animarle como fuera.

Angustias no tuvo que esforzarse por encontrarle, la cabeza de Héctor y sus anchos hombros sobresalían por encima de la media. Además, había una especie de círculo a su alrededor, como si, de forma tácita, todo el mundo decidiera darle espacio y protagonismo; solo faltaba que un cono de luz incidiera en él y el resto quedase en penumbra. Su rostro varonil, su mirada altiva y perdida a lo lejos, la seguridad que desprendía... Allí plantado, con su ropa oscura, su pelo desordenado y sus ojazos verdes, era objeto de muchas miradas.

Cuando él vio una mano agitarse en la lejanía y reconoció a la mujer, se puso en movimiento y se apresuró hasta llegar a ella. Con caballerosidad le sujetó la bolsa de viaje.

—Me alegra volver a verla, Angustias.

La mujer, que iba decidida a darle dos besos, se paró en seco.

—¿Ya no me tuteas?

Héctor respiró, no había querido admitirlo delante de Samantha, pero él también se sentía preocupado por lo que su madre pudiera pensar de su relación.

—¡Hola, Angustias! Me alegra volver a verte. ¿Mejor?

—Mucho mejor.

Un abrazo y dos besos. Como dos buenos amigos.

—En tu visita al pueblo pensé que era por ser «el extranjero» pero veo que aquí sucede lo mismo. Me siento... envidiada.

—Creo que no te comprendo.

—Debes de tener mucho «éxito» con las mujeres. Todas me miran.

A Héctor le saltaron todas las alarmas, la mujer comenzaba el tanteo. Igual que ocurrió el día que se conocieron, la primera frase de Angustias fue para probarle; la madre protegía a sus polluelos.

La sujetó con amabilidad por el codo para dirigirla hacia la salida, la gente que había bajado del tren empezaba a dispersarse y se estaban quedando solos.

—¿Has cenado?

—La verdad es que no.

—Pues es algo tarde, pero quizá debamos parar a comer algo.

Se detuvieron en una cafetería que aún estaba abierta y pidieron café con leche que acompañaron de unas magdalenas embolsadas que había en la barra.

—Angustias, voy a serte sincero —dijo Héctor tan pronto estuvieron sentados y con el café humeante sobre la mesa—. Me gusta tu hija, me gusta mucho, y estoy decidido a intentar hacerla feliz. Han pasado dos semanas desde que Sam y yo estuvimos en vuestro hotel y algunas cosas han cambiado, nuestros sentimientos han salido a la luz y estamos en esa etapa inicial de conocernos de forma más íntima. —En ese punto paró para observar las reacciones de la mujer. Como vio que le escuchaba atentamente y en su rostro no había rechazo, continuó hablando—. Respecto a tu comentario de antes sobre si soy o no un mujeriego, te diré que no. No soy un santo, es verdad, y tengo, como todo el mundo, un pasado, pero no ando de flor en flor. Nunca lo he hecho y no voy a empezar ahora. Si estoy con tu hija, lo estoy al cien por cien. No pienso aprovecharme, no voy a engañarla y, desde luego, no es mi estilo engatusarla para que después todo quede en nada.

Angustias asintió. Rompió el precinto de una de las magdalenas y la miró con recelo antes de darle un bocado.

–Para ser industriales y tener fecha de caducidad de más de un mes, no están del todo mal.

Conversación zanjada. Aún le quedaba mucho para confiarle a su hija al hombre que tenía delante, pero la madurez en su forma de pensar y la sinceridad, sobre todo esto último, le había hecho ganar unos puntos preciosos.

Cuando Angustias entró por la puerta del apartamento de su hija estaba sin aliento, los cuatro pisos de un inmueble antiguo equivalían al menos a seis de uno moderno, pero cuando vio a Rodrigo sentado en aquel diminuto sofá todavía invirtió más tiempo en alcanzar un ritmo cardíaco normal. ¿Qué les daban de comer a los hombres de aquel edificio?

El brasileño se levantó enseguida y le propinó un afectuoso saludo: dos besos bien dados y un abrazo que la dejó temblando, y enseguida hizo gala de su cálido carácter. Rodrigo era muy cariñoso en el trato, su procedencia ayudaba, aquel acento sinuoso hacía parecer que coqueteaba con todo el mundo.

Tras las presentaciones charlaron un poco, pero no se quedaron mucho tiempo, era tarde y la madre de Sam tenía aspecto de cansada, y es que más de cuatro horas en un tren, por muy moderno que fuera, agotaban a cualquiera, además de que la mujer se había levantado temprano para atender el hotel y organizar los dos días que iba a estar fuera.

Aun así, tras la partida de los vecinos, Angustias se quedó unos minutos charlando con su hija y le gustó lo que encontró. No solo porque la viera feliz por su recién nacida relación con Héctor, sino porque estaba más receptiva con ella. En el poco rato que hablaron, Samantha le comentó de pasada que el novio de Claire, un tal Gervais, iba a buscarle clientes para restaurar piezas viejas. Eso sonaba genial, quería decir que al menos la idea del taller no había caído en saco roto. Angustias solo quería verla feliz, pero si, además, eso la colocaba viviendo cerca, le hacía sentirse el doble de bien.

Sam se quedó despierta un rato más. Sus ventanas no tenían persiana y, a propósito, no había bajado los opacos estores que dejaban el piso inferior a oscuras. Arropada por la luz de una luna llena que llegaba tamizada por el cristal opaco de la claraboya del patio, sintió la necesidad de poner en orden sus ideas. Echaba de menos escribir en su diario.

29 de mayo.

Es domingo por la noche, en realidad pasa de las doce, así que es lunes ya, y estoy aquí escribiendo bajo la luz de la luna para no despertar a mi madre.

Necesito con desesperación aclarar mis ideas y trazar planes para un mañana que tengo a la vuelta de la esquina. Voy a luchar porque lo que ha empezado entre Héctor y yo tenga un futuro, eso lo tengo muy claro, pero me asaltan mil dudas sobre cómo podré conseguir que suceda.

No voy a andarme con rodeos. Seamos sinceros: él se irá y no tardará mucho. No va a dejar ni su trabajo, ni su vida, por quedarse en Madrid. Es cierto que me ha insistido en que veremos la forma de llegar a un acuerdo, pero es mucho más fácil que yo encuentre un trabajo de recepcionista en Barcelona, a que él localice una naviera aquí. Eso suponiendo que lo nuestro siga adelante, claro. Todo apunta a que sí, pero la inseguridad me come por dentro.

Si él lo quisiera, yo me iría. Con los ojos cerrados. Sin titubear ni mirar atrás. En esta ciudad he pasado una parte importante de mi vida –mis estudios y primeros trabajos–, y tengo muy buenos recuerdos, pero nada más. Solo mi relación con Claire me ata a esta ciudad y todo parece indicar que pronto va a levantar el vuelo. Barcelona puede darme algo distinto. Sobre todo la oportunidad de estar cerca de Héctor, esa en la que nos conocemos, nuestra relación va sobre ruedas y construimos un futuro en común (eso sería increíble). Pero, por otro lado, me tienta volver a trabajar con mis manos y eso me aleja de allí. La idea de montar un ta-

ller y reparar cosas ronda por mis pensamientos cada vez con más fuerza, y debo reconocer que mis padres me lo han puesto muy fácil. Ese granero lleno de trastos viejos en el Valle de Ancares tiene mil y una posibilidades de hacerme feliz.

Y sé que dirás, ¿por qué no todo? Ojalá fuera eso posible, pero no puedo tener las dos cosas, porque encerrarme en aquel granero sí supondría un gran escollo en nuestra relación. No es lo mismo viajar entre Madrid y Barcelona, que, además de ese trayecto, después tengas que tomar otro tren y desplazarte al Bierzo.

No sé qué hacer.

El taller, mis padres... Ellos son baza segura; Héctor es el riesgo y el viaje a lo desconocido; y yo, yo estoy acojonada; nunca he mantenido una relación seria que me ilusionase tanto como esta.

En fin, aquí dejo mis dudas. Sé que llegado el momento tendré que elegir, pero ahora mismo no tengo ni idea de qué camino tomar.

Capítulo 26

–¡Arriba, dormilona!
Samantha abrió un ojo y se encontró con las rodillas de su madre.
–Cinco minutos, mamá.
–Son las nueve de la mañana, nada de cinco minutos más. Hay que limpiar, recoger la casa y también me gustaría dejar algo preparado para comer antes de irnos. –De un limpio tirón quitó la sábana que cubría a Samantha, lo que hizo que ella se enroscara más en el sofá–. Héctor se ha pasado por aquí a eso de las siete y media, por cierto, que venía de correr y no quiero hablar de más, pero no me extraña que te hayas fijado en él, y te ha traído cruasanes calentitos. Nunca imaginé que en la capital las panaderías abrían tan pronto.
–No sé si están abiertas, creo que nunca he salido a la calle a esas horas, pero él ha encontrado una que le atienden aunque no hayan levantado del todo la persiana.
–No lo dejes escapar, ese chico vale un potosí.
–Y otra cosa, ¿limpiar? ¿Recoger? ¿Irnos?
–No pensarás que voy a pasar toda la mañana aquí encerrada, ¿no? Aunque sea con las muletas y a paso de tortuga, tú y yo nos vamos a dar un paseo por la capital, que una no viene a Madrid todos los días.

Samantha ya estaba despejada del todo, pero apretó los ojos y deseó, rezó, porque aquello no se convirtiera en una tortura.

La mañana junto a su madre no fue ningún suplicio, al contrario, fue muy divertida. Mientras Samantha desayunaba en la barra de la cocina, Angustias ordenó el apartamento a una velocidad de relámpago, quitó el polvo, puso una lavadora, pasó el aspirador... Cuando su hija salió del baño, duchada, peinada y con ropa decente, todo estaba preparado para salir a dar una vuelta por Madrid.

Samantha agradeció el paseo, sentir el sol en la cara fue reconfortante y, aunque para ella terminó por ser agotador, acabó siendo una buena mañana. En realidad no se movieron del barrio. No importó, era una excusa para dar una vuelta, leer versos incrustados en el pavimento y detenerse en algunos rincones llenos del encanto del viejo Madrid. Almorzaron en mitad del bullicio de la plaza de Santa Ana, se fotografiaron junto a la estatua de Lorca, admiraron el hotel Reina Victoria y el Teatro Español, pasaron por el Ateneo y volvieron a casa.

La sorpresa fue encontrar a un Héctor que, vestido como un dandi moderno, pelaba patatas en la barra que separaba la cocina del salón. Llevaba zapatos y pantalón de vestir, una camisa remangada y un delantal.

—Estaba esperándote, Angustias. He comprado un buen redondo de ternera, pero no quería meterlo en el horno sin que tú le dieras tu toque personal.

Ella examinó la carne.

—Buena pieza.

Héctor sonrió. Quería, necesitaba, llevarse bien con aquella mujer.

—Está todo listo, solo hay que ponerlo en esa bandeja, aderezarlo y al horno. Os dejo unos minutos, he llegado hace nada de la clínica y quiero cambiarme de ropa.

Al pasar junto a Sam le dio un beso ligero en los labios, cogió su manojo de llaves y se evaporó. Cuando se cerró la puerta y Angustias se convenció de que estaba lo suficientemente lejos como para no escucharlas, se volvió a Sam para preguntar:

—¿Está intentando ganar puntos o es así de normal?

—Me temo que es así de normal. Lo de los cruasanes del desayuno lo hace casi a diario y la comida la prepara él siempre.

—La cocina está muy limpia.

—De eso también se encarga él.

Angustias asintió complacida, recogió el delantal que Héctor había dejado perfectamente plegado sobre el respaldo del taburete y continuó preparando el asado.

Rodrigo apareció pocos minutos más tarde y, sin dudarlo, se puso a las órdenes de la cocinera, pero, cuando Héctor regresó, tuvo que cederle el puesto, en la mini cocina no cabían todos y su amigo parecía ansioso por tener algo qué hacer.

De vez en cuando Angustias miraba a su hija.

Sí, algo había cambiado, Samantha reía con facilidad, hacía tiempo que no la veía tan risueña y feliz. No había lugar a dudas, aunque se afanase por esconderlo se la veía muy enamorada. Una madre se daba cuenta de esas cosas sin esforzarse demasiado.

Al sentarse a la mesa se cambió de silla estratégicamente, quería observar a Héctor. De forma disimulada le estudió durante la comida. Le gustó lo que vio; estaba muy pendiente de Sam, además de que tenía unos modales impecables. Le habían educado bien.

Después de recibirles en casa el fin de semana de San Isidro, Angustias se había quedado intranquila. No es que hubiera crucificado al hombre nada más verle, al contrario, le causó buena impresión, pero una madre nunca está satisfecha: quiere más. Y la pierna escayolada de Sam se convirtió en una buena excusa para dejar su hogar y devolver la visita. No pretendía inmiscuirse, nada más lejos, pero ahora podía relajarse. Su hija estaba bien y Héctor era una persona de fiar.

A las nueve, Héctor insistió en que él y Rodrigo se marcharan a casa. En la última media hora había estado pendiente del móvil y un poco fuera de la conversación. Angustias no pareció darse cuenta, pero Sam se extrañó. No era propio de él colgarse del aparatito.

¿Qué sucedía?

No debía darle importancia. Al fin y al cabo, él tenía una vida, un trabajo, y no podía estar veinticuatro horas pendiente de ella. Le gustaba que lo hiciera, claro, le hacía sentirse especial, pero no debía exagerar.

¿Eran celos de lo desconocido lo que le rascaba en la garganta?

La casa estaba en silencio, su madre leía un libro ovillada en la comodidad del sofá. Samantha deseó, por primera vez desde que vivía en aquel palomar, que no existiera la cúpula de vidrio que mantenía escondido el cielo nocturno. En circunstancias normales subía a su dormitorio y saltaba por la ventana oval que tenía por cabezal de cama. Desde allí se colaba en la azotea para observar el cielo raso y la luna, pero con la escayola era complicado, ya no solo saltar, sino regresar de una pieza. Así que, aunque deseara escapar al terrado y tumbarse sobre el pavimento de barro a ver las estrellas, tendría que contentarse con escuchar el ruido amortiguado de los televisores de sus vecinos, las conversaciones que mantenían o la música suave que sonaba en alguna de las viviendas.

En realidad, el patio de luces era bastante tranquilo, cuando más bullicio se sentía era por las mañanas con el trajín de las idas y venidas de los propietarios de los pisos de la zona noble de la casa. A esas horas primaba el silencio, la paz.

Por pura casualidad, porque no hizo casi ningún ruido, se encontró con la visión de Héctor atravesando el patio. El suave rodar de una maleta le delató. Estaba oscuro y lejos —la altura era la de cuatro pisos antiguos—, pero ese pelo, esos andares... Era él, no había duda alguna.

¿Qué hacía Héctor «entrando» al edificio? ¿Por qué llevaba una maleta?

Sin decirle nada a su madre y disimulando lo que pudo, se acercó a la puerta de su casa. Nada. No se escuchaba nada. La escalera de servicio estaba solitaria y silenciosa. Llegó hasta la cocina y se sirvió un vaso de agua. Se demoró en beberlo, seguía pensando qué era lo que ocurría en el piso de abajo.

Despacio regresó junto a la ventana y puso todos sus sentidos a trabajar.

Unos quince minutos más tarde le llamó la atención un cadencioso taconeo que retumbó en las paredes. Su vista se fue hacia abajo y su mente colapsó unos segundos al ver a una figura de blanco inmaculado atravesar el patio de luces. La penumbra hacía resaltar su figura como si fuera un copo de nieve sobre tierra volcánica. No había duda alguna. No podía imaginar qué hacía Lola allí, pero era ella, estaba segura.

¿Cómo había averiguado el domicilio donde se hospedaba Héctor? ¿Habrían quedado? ¿Era ella quién le había tenido pendiente del móvil?

Volvió a la puerta de la casa y esta vez su madre levantó la vista del libro. Con disimulo llegó hasta la cocina y abrió un paquete de galletas. No tenía hambre, pero acababa de beberse un buen vaso de agua y otro hubiera levantado sospechas.

Angustias volvió a la lectura y Sam se relajó.

Fue una lástima que se sentase en el taburete y se quedara allí un rato ensimismada cavilando. Desde su puesto en la cocina no vio cómo Lola abandonaba el edificio moviendo sus manos de manera brusca mientras hablaba sola, replicando a alguien imaginario. Fuera quien fuese quién le abrió la puerta, la había echado con cajas destempladas y, la mujer, con un rebote del siete, había abandonado el inmueble. Pero no la vio. Para Sam, Lola seguía en el piso, y con la inseguridad que da tener a la competencia en plan seductor –había podido verla en acción–, su mente no cesaba de elaborar hipótesis, a cada cual más disparatada.

Lola y Héctor juntos. ¿Qué estaría pasando allí abajo?

Se le hizo un nudo en la garganta.

Regresó a la ventana y de nuevo se puso en alerta. El piso de Rodrigo parecía vacío; todas las luces estaban apagadas. ¿En qué habitación estarían?

Una pequeña lamparilla se encendió en la ventana que estaba justo bajo la suya, la tenue luz fue como un haz mágico que se perdía en la noche. Apenas era perceptible.

Aquella habitación era el dormitorio de Rodrigo.

Samantha estiró el cuello y dejó hasta de respirar. Pasaron los segundos y por fin escuchó una conversación queda, apenas un murmullo de voces, nada que tuviera sentido.

La joven ya no podía sacar más el cuerpo por la ventana sin precipitarse en el vacío. La pierna buena apenas rozaba el suelo con la punta del pie.

Un resuello, un jadeo, una voz masculina. No fue comprensible, pero el tono y el timbre le resultaron familiar: ¿Héctor?

¿Dónde estaría Rodrigo?

Siguió escuchando.

Nada.

La luz se apagó.

Y nada.

Y luego… Un discurso, algo aprendido que salió como recitado de memoria, no pudo entender el sentido, el sonido llegaba amortiguado como cuando te susurran al oído, tan solo entendió unas palabras: «separados», «soportarlo», «te quiero».

Las suficientes.

En ese punto Sam cerró la ventana y Angustias dio un brinco en el sofá al escuchar el portazo, o «ventanazo», según se mire.

—¿Qué pasa?

—Nada.

—Vamos, Samantha…

—¡Nada, mamá!

La tensión subió por momentos y Angustias prefirió callar. Fuera lo que fuese lo que había sucedido no podía presionar a su hija, la conocía demasiado bien. Samantha solía tener el genio adormecido, su carácter era dócil y afectuoso, pero si afloraba, la sangre le entraba en ebullición y saltaban chispas. Después recapacitaba, pensaba, analizaba y reaccionaba de manera racional, pero si la veías tal y como ella la estaba contemplando ahora, lo mejor era darle tiempo y dejar que el mar volviese a la calma. Si la azuzaba sabía que, además de cerrarse a todo, cualquiera que fuera el problema no haría otra cosa que magnificarse.

Una hora más tarde dejó el libro para irse a dormir. Empezaba a preocuparse. Sam seguía mirando la pared de enfrente con la boca formando una línea y los dientes apretados. Se contenía, vaya si lo hacía. Le dio un beso de buenas noches y deseó que la almohada le diera una tregua. La vida no había que tomarla tan a la tremenda.

De todos modos... ¿Qué era lo que había ocurrido?

Desde luego había ocurrido delante de sus narices, pero ella no se había enterado de nada.

Capítulo 27

Cuando Angustias se despertó lo primero que hizo fue ir a ver en qué estado estaba su hija.

Por extraño que pudiera parecer, Sam ya se había levantado, se había duchado, arreglado y estaba preparando un café. En su rostro las horas sin dormir habían dejado huella: ojeras, mala cara... Su semblante auguraba también un pésimo humor.

La mujer se acercó despacio, le dio los buenos días con un beso y un abrazo y, aunque obtuvo respuesta, fue mecánica. Samantha seguía ausente, no podía juzgar si más tranquila, pero estaba a mil kilómetros de allí.

Dos toques en la puerta le hicieron dar un respingo al mismo tiempo que en su cara se añadió un matiz de algo parecido al odio.

La madre de Sam se alarmó, no sabía qué estaba pasando, aquello era como intentar andar con soltura en arenas movedizas. Al ver que su hija no se movía, fue ella misma a abrir.

Héctor entró resplandeciente, le dio dos besos a Angustias que se sorprendió por la efusividad del gesto y puso en su mano una bolsa de papel con los ya acostumbrados cruasanes. Con decisión se giró y se encaminó hacia Samantha, pero, dos pasos antes de llegar a ella, se detuvo en seco, sus mecanismos de defensa debieron de presentir el peligro.

—¡Buenos días! —dijo con cautela.

—Sí, en tu mundo deben de serlo —respondió con rabia la joven.

Por toda respuesta Héctor arqueó una ceja. Estaba desconcertado, no imaginaba a qué se debía esa actitud.

—¿Sam? —preguntó por fin.

—Será mejor que te largues por dónde has venido.

Él se acercó con precaución y alargó una mano para tocar su hombro. Necesitaba hacerlo, era como si con ello pudiera conseguir que se estableciera de nuevo la conexión que, a todas luces, habían perdido. Ella le esquivó con un gesto brusco.

—¿Sam? —preguntó de nuevo Héctor, que se había quedado con la mano en el aire donde antes estaba el brazo de la joven.

Con toda la rabia que pudo, Samantha respondió:

—Nunca imaginé que me la jugarías de esa manera, nunca. Te creí. Como una tonta. Creí que eras legal, que decías la verdad, que no eras uno más del montón.

—¿Perdona?

—Te creí, Héctor, aunque ahora pienso que quería creerte. Te has aprovechado de lo que sentía, de lo que dije... Te creí —repitió—, sobre todo cuando argumentaste con tanto ahínco que no jugarías nunca a dos bandas, que no había conseguido asustarte, que querías una oportunidad.

—Sam... —susurró Héctor acercándose de nuevo a ella.

—¡Que te marches! —gritó perdiendo del todo la compostura y agitando sus brazos por delante de su cara—. No quiero volver a verte, Héctor.

Sin que él pudiera hacer nada por detenerla, Samantha pasó por su lado y se encerró en el cuarto de baño de un portazo.

Él se giró despacio, miró a Angustias y vio miles de preguntas en sus ojos. No supo qué decir: no tenía las respuestas.

Caminó despacio hasta la puerta del baño, pero se detuvo un segundo antes de llamar. Se lo pensó mejor y se dirigió a la puerta del apartamento. Al pasar junto a la mujer recibió un pequeño apretón en el hombro.

—Yo tampoco sé qué ha pasado —susurró Angustias—, pero intenta darle tiempo. Sam es... Nunca la he visto así, pero a veces es impulsiva y no pregunta, elabora sus hipótesis y se lanza de cabeza.

Él se detuvo, puso sus dedos sobre la mano de la mujer y respondió en voz baja.

—Lo haré.

Angustias le vio marcharse con pesar, abatido, arrastrando los pies como si hubiera envejecido diez años. Y con la intención de conseguir respuestas, giró sobre sus talones para ir hasta la puerta cerrada del baño. A punto estuvo de golpear con los nudillos la vieja madera, pero la escuchó llorar y pensó que le daría unos minutos para desahogarse antes de comenzar el interrogatorio. Como que era su madre que le iba a confesar hasta el más mínimo detalle.

Angustias estaba desayunando cuando oyó tocar a la puerta.

Rodrigo entró sin esperar que nadie le diera permiso, se plantó en mitad del salón con los brazos en jarras y miró a derechas e izquierdas.

—¿Dónde está?

Angustias señaló con la cabeza la puerta del baño.

Mientras el brasileño le pedía a Samantha que saliera, otro hombre entró cauteloso en el apartamento.

A la madre de Sam casi se le atraganta el café.

El intruso era una copia de Héctor. Un poco más bajo, algo más joven, pero con los mismos rasgos masculinos. Su forma de andar y desenvolverse era idéntica.

—Hola, soy Manuel —dijo con una sonrisa.

—Angustias —le respondió la mujer con un leve balbuceo, mientras estrechaba la mano que le tendía.

Cada vez estaba más desconcertada.

Cuando Samantha abrió la puerta y se lo encontró, la sorpresa fue tan grande que el llanto se le cortó de inmediato.

—Aún no sabemos muy bien qué ha pasado, pero todo parece indicar que se ha liado una buena. ¿Tú eres Sam, verdad? Yo soy Manuel. —Y por si alguien no se había dado cuenta añadió—: El hermano de Héctor.

Aprovechando el silencio que ocasionó su presentación, continuó hablando.

—Mi hermano está abajo con un humor de mil demonios. ¿Alguien sabe qué ha pasado?

El silencio les envolvió.

Manuel observó a las mujeres. La mayor miraba a uno y a otro, como esperando ver quién hablaba primero, mientras que Samantha parecía estar haciendo una radiografía a las puntas de sus pies.

—¿Nadie?

—Le he echado —dijo Sam levantando por fin la cabeza y mirándole con decisión. Aunque, segundos después, la ladeó y con extrañeza preguntó—: Oye, ¿es posible que yo te viera anoche cruzar el patio con una maleta metalizada?

—Sí, llegué ayer. —Y mientras respondía se acercó a la ventana y observó lo que se veía desde allí.

Negó, asintió, y se frotó el mentón.
—¿Estabas aquí anoche? ¿En esta ventana?
—Claro. Vivo aquí —dijo Sam con altivez.
—Eso lo sé. —En la cara de Manuel se dibujó una sonrisa cálida y amigable—. Y también sé que eres la novia de mi hermano.
—Ahí te equivocas; no somos nada.
—Yo creo que te equivocas tú. Héctor nunca miente. —Se acercó a ella y la abrazó—. Nunca te hubiera imaginado así, pero… esta vez mi hermanito se ha superado. ¡Hola, cuñada!

Ella se separó de forma brusca. Solo le faltaba ahora que viniera este clon de Héctor a intentar convencerla.

—¿Alguien puede explicarme qué está pasando? —intervino Angustias.

Manuel levantó una mano pidiendo unos segundos para pensar.

—¿Rodrigo, esta de aquí abajo es la ventana de tu dormitorio?

El brasileño no tuvo siquiera que acercarse a él, asintió sin dudar.

—Creo que yo estoy empezando a atar cabos —confesó Manuel—. ¿Me respondes a un par de preguntas? —dijo mirando a Samantha.

Ella levantó el mentón y asintió desafiante.

—Está bien. Anoche… ¿escuchaste movimiento en el piso de Rodrigo? ¿Algo así como si dos personas estuvieran, ¡ejem!, teniendo relaciones sexuales?

La cara de Sam enrojeció, Rodrigo miró hacia otro lado y Angustias les observó a los tres con cautela.

—Bien. No hace falta que respondas, creo que ya lo tengo claro. Lo primero, voy a presentarme: yo soy el causante de que este hombre lleve más de tres meses viviendo aquí, en Madrid. No sé si te ha contado que estaba superando una ruptura, ¿sí? —afirmó más que preguntó al ver la reacción en el rostro de Samantha–, pues bien, el canalla que le hizo aquello fui yo. Rodrigo y yo éramos novios, rectifico, después de lo que sucedió anoche, volvemos a serlo.

El brasileño no sabía dónde meterse, estaba rojo como la grana, no esperaba una confesión de Manuel tal cual. Su relación siempre había quedado en un ámbito muy íntimo, ni siquiera lo sabían los compañeros de trabajo. Solo la familia y amigos.

–Sí, Rodrigo, sé que llevo mucho tiempo ocultándolo, pero nunca más… Bien –añadió volviéndose a Samantha–, ¿voy muy desencaminado?

–¿Eras tú? –preguntó con asombro mientras recordaba las palabras que escuchó desde su ventana y que ella atribuyó a Héctor–. ¿Era tu voz?

–Lo era –afirmó Manuel–. Se parece a la de mi hermano, ¿verdad?

La madre de Sam, que se había acercado hasta ellos dejando su taza vacía sobre la barra, tuvo que sentarse. Empezaba a ser consciente del embrollo.

–Y entonces, ¿dónde estaba Héctor?

–Cuando llegué al piso lo eché, claro, lo que yo iba decidido a hacer no podía ser objeto de ninguna interrupción. Para conseguir hablar con Rodrigo he tenido que acorralarle, lleva mucho tiempo esquivando mi presencia –aclaró–. Mi hermano tuvo que pasar la noche en un hotel. Creo que al final estuvo en el Reina Victoria, justo aquí al lado. Su intención era quedarse aquí, contigo, pero cuando empezamos a organizar mi visita no sabíamos que estaría aquí tu madre.

–¿Organizar?

–Claro. Llevo tiempo intentando hablar con Rodrigo, gracias a Héctor y a que ayer conseguí unos días de vacaciones, pude venir a poner solución a nuestros problemas.

—¿Y qué pinta Lola en todo esto?
—¡Ah, Lola! El elemento discordante en la ecuación. Sí que estabas pegada a la ventana, entonces... —Sonrió—. Lola se enteró de la dirección de Héctor a través de la clínica, vino... No sé a qué, la verdad. No sé si quería acostarse con él o restregarle lo bien que le va. Con ella nunca se sabe. Cuando llamó a la puerta, Héctor ya se había ido y yo, que jamás conseguí congeniar con ella, la puse de patitas en la calle.

Los ojos de Angustias estaban abiertos como platos. ¿De verdad había pasado todo aquello delante de sus narices?

Samantha tuvo que agarrarse al marco de la ventana. La había liado, pero bien. Con desesperación buscó en el bolsillo del pantalón que llevaba puesto su teléfono móvil, pero antes de que pudiera siquiera activarlo, Manuel se lo arrebató.

—No, Sam, dale tiempo. Ahora mismo no es buen momento, hazme caso. Deja que yo hable primero con él.

—Necesito sentarme.

Manuel la ayudó, compartía con su hermano los mismos gestos amables, la misma predisposición. Con una sonrisa la llevó junto a Angustias y le dejó tiempo para asimilar todo lo que se había dicho, pero al volverse vio a Rodrigo cabizbajo y fue hasta donde estaba. En un gesto tierno pegó su frente a la suya y entrelazó con él los dedos de sus manos.

—Nunca más separados, ¿entiendes? Nunca más. —Se volvió hacia las mujeres que les observaban atónitas desde el sofá y añadió—: ¿Nos dais media hora? En seguida volvemos. Tengo que decirle cuatro cosas a este hombre y apaciguar a mi hermano.

Ellas seguían boquiabiertas cuando la puerta se cerró.

—Samantha, ¿eres consciente de la que has liado? —preguntó Angustias pasados unos minutos.
—Empiezo a darme cuenta, mamá. Empiezo a darme cuenta.
—Si no lo he entendido mal. Anoche viste entrar a esa tal Lola al edificio, por cierto, ¿quién es?
—La ex de Héctor.
—¡Ah! La viste entrar y después oíste a Manuel y Rodrigo... reconciliándose.
—¡Ajá!
—Y confundiste a Manuel con Héctor, y a Rodrigo con Lola.
—Eso parece.
—Entiendo que confundieras a los dos hermanos, al mismo tiempo que son muy diferentes, se ven iguales en muchos gestos, pero, aunque no conozco a Lola, no veo la manera de que la confundieras con el brasileño.
—Solo escuché la voz de Manuel, el resto...
—Tienes mucha imaginación.
—Lo sé.
—Esta vez te has superado.
—¡Mamá! ¿No te vas a poner, ni un poquito, de mi parte?
—Cariño, yo solo soy un espectador aquí. Entiendo que te hirviera la sangre al escuchar a Manuel, pero de ahí a no dejar que Héctor se explicase...
—Estaba muy enfadada.
—¿Cómo crees que estará ahora él?
—¿Y qué puedo hacer?
—Yo que tú empezaría a rezar cualquier oración que me viniera a la cabeza. —Ante la cara de desesperación

de su hija, la mujer añadió–: Samantha, cariño, has metido la pata hasta el fondo, deberías haberle dado un voto de confianza y no lo has hecho, pero Héctor parece de esas personas que son capaces de ver más allá. Creo que si hablas con él podrás arreglarlo. Manuel le conoce bien y parece admirar mucho a su hermano, así que... déjate aconsejar por él.

Samantha, con un nudo en la garganta del tamaño de una pelota de tenis, asintió. Sabía que su madre intentaba darle ánimos, pero ella podía sentir la tristeza buscando una salida por cada poro de su piel. Había pasado la noche entera elucubrando para equivocarse en todo.

Suspiró.

En el fondo era humana y tenía celos e inseguridad como cualquier otro hijo de vecino, pero ¿cómo podía haber llegado a ese extremo? La respuesta era sencilla: le quería. Su corazón había pasado toda la noche muriendo, a cada segundo un trocito, y cuando el cielo empezó a romper su negrura en favor de las luces de la mañana, ya era un pedazo de carne sin vida.

¿Qué iba a hacer si no se solucionaba aquello? ¿Cómo iba a superarlo?

Cuando una hora más tarde volvieron Manuel y Rodrigo al apartamento, las caras de ambos irradiaban felicidad. Los dos parecían volar entre las nubes. El brasileño aún se sonrojaba cuando Manuel tomaba su mano, pero no la retiraba, y su sonrisa se ampliaba sin remedio.

–He hablado con Héctor y le he contado, sin entrar en detalles, lo que ha pasado. Creo que le ha dolido más que pensaras que estaba con Lola que cualquier otra cosa. Sigue de muy mal humor, ha metido lo imprescindible en una maleta y acaba de salir por la puerta camino de la estación de Atocha; se vuelve a Barcelona.

La cara de Sam debió de reflejar pánico porque él añadió:

—No te preocupes, solo necesita estar solo. Le conozco, tiene que pensar y calmarse antes de hacer cualquier tontería. Y es verdad que va camino de casa, pero antes de salir me ha dado un montón de instrucciones, y no solo para que le dispense de ir a la clínica y que vaya a hablar con nuestro padre... no. También tengo una larga lista de cosas que he de hacer por ti.

—¿Por mí? —preguntó Samantha al borde del llanto. Si se iba, ¿por qué le daba instrucciones a Manuel?

Manuel sonrió.

—Creo que ya he dicho que Héctor es sumamente responsable y honrado, ¿no?, pues es cierto, no lo puede evitar, y aunque esté cabreado se preocupa por ti.

—¿Qué cosas hay en esa lista?

—Pues... Aparte de decirme qué cosas te gusta comer y tus horarios, me ha «ordenado», aunque no era necesario, que lleve a tu madre a la estación para el viaje de vuelta, que te acompañe a la clínica el lunes para que te quiten la escayola, que no te deje sola demasiadas horas y que no toque ni una sola ficha del cielo de Manhattan.

Una ligera sonrisa apareció en la cara de Samantha. Eso es lo bonito que tienen los buenos recuerdos, que te hacen sonreír sin pensar.

Llenó de aire los pulmones y miró hacia la mesita que estaba apartada bajo la ventana. El puzle seguía allí a medio terminar y, sin poder evitarlo, a Sam le vino a la cabeza uno de esos momentos en los que habían acabado discutiendo sobre si una pieza mitad azul, mitad gris cemento, era de uno o de otro. Aquella tontería casi estuvo a punto de hacerla llorar.

—¡Eh! —Manuel estaba muy cerca, tanto que puso la mano sobre su rodilla sin apenas tener que estirar el brazo—. Todos nos equivocamos en algún momento de nuestras vidas, yo el primero, y mira... Saldrá bien, lo sé. Mañana volveré a llamarle y, aunque lo que ha pasado es algo que debes hablar con él, intentaré allanarte el camino. Prometido.

Sam asintió y le miró a los ojos. No solo físicamente, en muchos otros aspectos el hombre que tenía delante era igual al que se había marchado. Su rostro era menos serio, más afable, pero su talante, predisposición y su seguridad eran idénticas.

Escribir cien veces: «No volveré a actuar precipitadamente»

31 de mayo.
Mi madre se ha bajado con Héctor y Rodrigo cuando han dicho que iban a preparar la comida, argumentando que ella era la mejor cocinera de los tres, aunque estoy convencida de que ha querido dejarme a solas con mis pensamientos.

Tengo mucho, mucho en lo que pensar. Me he dejado llevar por un impulso y eso siempre hace que pagues peaje. En la vida uno no puede disimular e irse de rositas, hay que achantar, agachar la cabeza y aguantar el chaparrón como venga. Sobre todo si te lo has ganado a pulso.

Mi carácter es tranquilo, soy una persona que se adapta a las circunstancias y no suelo perder los estribos, pero cuando lo hago... Me enrabio y soy incapaz de ver más allá. Tengo que decir en mi favor que luego recapacito, pienso y soy de las que vuelve sobre sus pasos para tomar otro camino si veo que el suelo que piso no me lleva a ninguna parte, pero esta vez me he cubierto de gloria.

No me sirve que me digas que esto puede pasarle a cualquiera, no me consuela.

Me siento mal, dudé de su integridad y no le dejé explicarse. Y él no quiso montar una escena, ni siquiera pidió explicaciones, seguro que porque mi madre estaba delante, y se marchó cabizbajo acatando mi orden.

Maldita sea, Sam, maldita sea. ¿En qué momento decidiste que todo era como tú creías?

Capítulo 28

La madre de Sam tuvo que volver a su vida en el pueblo, no le quedaba más remedio, debía volver a la rutina. Esos dos días, aunque extraños por todo lo sucedido, le habían dejado un buen sabor de boca. Manuel había intentado convencerla de que todo iba a salir bien. Ella le había creído.

Después de comer, no sin antes asegurarse de que la feliz pareja cuidaría de su hija hasta el regreso de Claire, Angustias cogió un taxi en la plaza de Santa Ana que la trasladó a Chamartín donde tomaría el tren que la llevaría de vuelta a Ponferrada. Rodrigo y Manuel quisieron acompañarla (eran órdenes de Héctor), pero ella no cedió. Tampoco sirvieron las protestas de Samantha cuando argumentó que sin escayola ya podría moverse y volver a funcionar como una persona casi normal, que iría a rehabilitación, haría su propia compra, cocinaría... Su madre hizo gala de su carácter de mujer fuerte y organizada, y antes de partir, hizo una lista de cosas que todos debían tener en cuenta.

Las madres son así.

A la pareja no le costó nada hacer esa promesa. Si Rodrigo, abierto y cariñoso como el que más, se había volcado con Samantha desde el principio considerándola más amiga que vecina, Manuel se dejó llevar. Al comandante la joven le cayó bien de inmediato, fue muy sincero al decir que le gustó la elección de su hermano. Ninguno de los dos vio en las instrucciones de Angustias una orden, al contrario, estuvieron encantados con la idea.

Durante esa semana, la relación entre los dos hombres tomó un buen camino, en realidad, no podía ir mejor. Se les veía radiantes, satisfechos, tranquilos... Cómplices. Rodrigo mantenía una sonrisa perpetua. Adiós a esos momentos en los que los recuerdos le entristecían, seguro que si buscabas la palabra «felicidad» en el diccionario aparecía una foto con su cara.
 Qué bonito es ver a dos personas enamoradas.
 Se buscan y se tocan con los ojos constantemente aunque se encuentren a metros de distancia, están pendientes el uno del otro en todo momento, sonríen solo por tener al lado a «su mitad»... Primero sientes envidia (de la buena) y después te hacen suspirar y desear que algo así te ocurra a ti.
 Pepe encontró también un nuevo amigo: Manuel. Otra vez su gato se encontraba más a gusto con cualquier desconocido que con su verdadera y única dueña. El animalito le seguía a todas partes como si fuera un chucho, estaba pendiente de él y hasta comía de su mano.
 ¿De verdad los gatos son seres independientes?
 Para Sam supuso un alivio saber que le iban a quitar la escayola. Aparte de la comodidad, la mejoría iba a ser sobre todo mental; dejaría un lastre en el camino. Y estaba segura de que, a pesar de tener que llevar todavía un calzado especial, se sentiría un poco más ella misma.

Iba a ser una gozada.
Una gozada si no tuviera el corazón tan hecho polvo, claro.

El día de la liberación, Manuel y Rodrigo la acompañaron temprano a la clínica —en realidad durante esos días no pudo despegarse de ellos ni con espátula—, y allí tuvo la oportunidad de conocer al jefe supremo, el doctor André Lamaignere, que se disculpó, sin tener por qué, por no haber estado pendiente de su accidente.

El hombre no estaba aún al frente del negocio, continuaba de baja, pero se encontraba mucho mejor y, a pesar de las negativas de sus hijos, pasaba ratos en la oficina intentando organizar de nuevo su día a día.

Al verle se sorprendió, fue como encontrarse a Héctor o a Manuel en su versión más madura. Alto, atractivo y, aunque con muchas canas, exhibía la misma espesa y sedosa cabellera que sus dos hijos, y un cuerpo que, pese a los años, mantenía su complexión atlética.

No parecía estar convaleciente. Se le veía bien, en forma, y en los pocos minutos que estuvieron con él, Sam se sintió a gusto. André, quizá debido al susto del infarto, lucía una sonrisa que relajaba mirarla, su actitud era de completa tranquilidad. Además, y esto era algo muy especial, se le veía a gusto con la relación entre su hijo y Rodrigo, se alegró de manera sincera al verles juntos de nuevo. Héctor apenas había hablado de su padre y ella se había hecho una imagen mental equivocada. Nunca le hubiera imaginado así.

Antes de entrar a su despacho, Samantha le había pedido a Manuel, como unas treinta veces, que por favor se abstuviese de decir nada de lo que había sucedido entre ella y Héctor, y tembló en un par de ocasiones al verle sonreír de forma traviesa, pero, gracias al cielo, él se comportó y no comentó nada. Cada vez estaba más convencida de que Manuel disfrutaba tomándole el pelo. En eso sí que era diferente a su hermano. El comandante era todo un diablillo.

El hermano de Héctor no se incorporaba a su trabajo hasta el lunes siguiente, pero Rodrigo debía marcharse esa misma tarde. La despedida fue algo triste, esos pocos días habían sido del todo insuficientes, pero las promesas de buenos ratos futuros les hizo afrontarlo con decisión.
El adiós fue... A pesar de tener una despedida privada, ella fue testigo del último beso y la forma en que se miraron le puso la piel de gallina.
¿Llegaría ella algún día a tener con Héctor algo así?
Ojalá.

Al día siguiente el hermano de Héctor invitó a Sam a desayunar en la plaza Santa Ana.
A Sam aquello le extrañó, el resto de la semana habían preparado café y compartido mesa en su apartamento, ¿qué tenía de especial el día de hoy? Pero, aunque protestó, Manuel fue implacable. Alegando un día espléndido (Samantha pudo comprobar que tenía toda la razón del mundo al salir a la calle), la obligó a ponerse algo decente y la sacó a tirones del piso.
Por la calle él iba delante y ella le seguía como podía, casi a la carrera.
—¡Vamos, perezosa!
—¿Crees que es fácil andar con esto? —protestó mientras señalaba el monstruoso zapato—. Ahora es como si tuviera esta pierna cuatro centímetros más larga y cojeo

de forma exagerada. Si intento seguir tu ritmo se me va a descoyuntar la cadera.

–Quizá deberías buscar un zapato para el otro pie que tuviera algo de plataforma, más que nada por nivelar.

–Es posible, pero no tengo nada en mi armario. O zapatos planos o taconazo.

Él ajustó su zancada al paso de Sam y le ofreció el brazo. El gesto le hizo recordar al que tenía siempre Héctor con ella. Una punzada le dio de lleno en el corazón.

Había pasado una semana y solo tenía noticias de él a través de su hermano. Le había escrito cientos de mensajes con su móvil, pero no había enviado ninguno. Como una rata cobarde había terminado por borrarlos todos. No le parecía que pedir disculpas a través de un chat fuese algo acertado y no había tenido agallas para llamarle. Manuel tampoco había insistido, según él, todo iba según lo previsto.

De nuevo la misma mesa y, otra vez, la sensación de que Lola podía andar por cualquier parte. No fue así, claro, el mundo es un pañuelo, pero a la ley de Murphy tampoco hay que ponérselo fácil. Así que al sentarse se obligó a no escanear la plaza, no quería vivir con el síndrome de pensar que podría encontrarse con aquella mujer en cualquier esquina.

La sonrisa triunfante de su lazarillo no ayudaba nada, era evidente que algo estaba tramando.

–Esto es un café y no el brebaje que nos preparas tú por las mañanas –dijo por fin Manuel mientras saboreaba el primer trago.

–Eres una persona horrible, después que me he molestado en hacer el desayuno toda la semana.

Él soltó una carcajada que hizo que desde otras mesas le mirasen.

—Era broma, Sam.

Sam.

A pesar de tener el mismo tono de voz y de timbre que su hermano, en la boca de Manuel su nombre sonaba distinto, pero ella no podía evitar que se le erizase el vello al escucharlo.

«¿Qué estaría haciendo Héctor a esas horas?».

La conversación continuó, y aunque Samantha no prestaba mucha atención –su mente estaba a 621,3 kilómetros de allí–, las palabras «Héctor» y «Barcelona» le pusieron de golpe los pies en el suelo.

—¿Qué?

—Que esta tarde nos vamos a ver el Mediterráneo. Como veo que no me has prestado atención te repetiré que el tren sale a las cinco y que llegaremos allí… sobre las siete y media. Vamos con el AVE, estoy hartito de aviones y aeropuertos.

Sam arrugó el ceño, seguro que tenía que ver con su miedo a volar y no con que él no quisiera viajar en avión. Recordaba habérselo dicho a Héctor.

—¿Has comprado hoy el billete?

—¡Qué va! No hubiéramos conseguido plaza, lo conseguí el jueves pasado, cuando averigüé los planes de mi hermano para la semana.

—¿Y lo sabías desde entonces y no me dijiste nada? –respondió airada.

—Sí, y ¿sabes por qué? Para no ver durante días enteros el histerismo que tienes ahora mismo.

—¿Histerismo? –Sam intentó recomponerse, pero la pregunta le salió con un gallo–. Yo no estoy histérica.

Nuevas carcajadas de su acompañante.

—No, no. Solo estás a punto de saltar de la silla, pero histérica… para nada.

—Eres horrible.

—Lo sé y me encanta, pero también era la única forma de no despertarme una mañana y encontrar una nota que dijera: *Estoy haciendo un estudio de los lémures en Madagascar, volveré para Navidad.*

—¿Y quieres decirme qué hago con Pepe? No tengo a nadie con quien dejarle.

—Está todo bajo control, cuñadita. Vamos en preferente y el transporte es gratuito, he mirado las medidas de tu trasportín y son reglamentarias, así que se viene, por supuesto.

Ella seguía con las manos agarrotadas sobre los apoyabrazos de metal de la silla.

—¡Relájate, Sam! Sé que ahora mismo esto te parece un mundo, pero te aseguro que no es nada, durante las dos horas y media del trayecto tendrás tiempo de preparar tu discurso. Yo te ayudaré.

—Solo hace una semana que te conozco, pero ya te odio con toda mi alma.

Él se acercó, le besó la sien y dijo:

—Me encanta que me digan cosas bonitas por la mañana.

Samantha lo miró entrecerrando los ojos, apretando los dientes y endureciendo los músculos de su cara. Él volvió a reír.

—No pongas esa cara, Sam, finge que te parece bien y que me aprecias un poco.

Ella estaba demasiado nerviosa para relajarse, pero se esforzó en esbozar una sonrisa que sin quererlo se amplió cuando Manuel atrapó su nariz entre el índice y el anular y le hizo una carantoña.

Contra todo pronóstico, no le costó preparar la maleta ni dejar su casa. Le tenía tanto apego a su apartamento y a su vida en la capital que pensaba que abandonarlo se le haría muy duro, pero no, no fue así. Esta vez sentía como si su verdadera casa estuviera muy lejos de allí y le hizo ilusión iniciar la marcha. El sentimiento era el mismo con el que había abandonado el redil familiar para independizarse en Madrid, solo que en aquel entonces no estaba segura de a dónde iba y en estos momentos estaba deseando llegar; lo tenía clarísimo.

Con una sonrisa amarga se reafirmó en que una casa física no es tan importante. El «hogar» está junto a las personas que uno quiere y su destino ahora era Barcelona. Llegar hasta Héctor: sincerarse, pedir disculpas y esperar que él pudiera perdonarla.

Manuel había tenido parte de culpa en todo aquello; no solo le había insuflado ánimos como para llegar hasta la Ciudad Condal y salvar con ello el escollo de la distancia, también le había alentado a contar la verdad de lo sucedido, ese maldito malentendido que la había puesto contra las cuerdas y que le había provocado un ataque de celos a lo grande. Ahora se encontraba lo suficientemente convencida como para enfrentarse a ello; siempre hay posibilidades de ganar si uno lucha por conseguirlo.

Vagón clase preferente. Las cinco y pocos minutos de la tarde.

A Samantha le podía la ansiedad. Le daba igual que su asiento tuviera mesa auxiliar, conexión para audio/vídeo, papelera, apoyabrazos individuales, reposapiés y la posibilidad de reclinar el respaldo y deslizar el asiento. Ella parecía estar sentada sobre la alfombra de púas de un faquir.

Manuel, al contrario, era la antítesis personificada; tranquilo y relajado, y el muy ladino sonreía cada vez que la miraba.

–¡Vamos, Sam! Mi hermano no muerde y ha pasado

el tiempo suficiente como para que haya sopesado sus opciones y esté dispuesto a hablarlo.

—No me has dicho si tú le has contado algo.

—No lo he hecho. Lo que pasó es cosa vuestra, pero le conozco y sé cómo piensa.

—¿Y por qué me miras y sonríes de forma despiadada?

—Porque me encanta verte así de enamorada y porque estoy feliz por Héctor, él se merece algo bueno y tú lo eres. ¿Te parecen razones suficientes?

Sam quiso parecer enfadada, aunque estaba encantada de oír aquello.

—¡Ay, cuñadita! —dijo Manuel sonriendo mientras le pellizcaba un moflete como si fuera una niña de cuatro años.

—Te odio.

—Genial. —Sus carcajadas retumbaron en el vagón—. ¡Vamos, Sam! ¡Si estás deseando verle!

Samantha se arrellanó por fin en el asiento. Eso era verdad, tenía unas ganas locas por volver a estar con Héctor, aunque también estaba muerta de miedo porque no podía dejar de pensar en su reacción. Miró de reojo a su acompañante y le vio reírse a mandíbula batiente; qué bien le caía Manuel.

Casi había conseguido relajarse con la cháchara de su acompañante, cuando el tren comenzó a aminorar la marcha. Los nervios volvieron y, de manera cruel, volvieron a atenazar su estómago, aunque lo peor fue cuando por megafonía avisaron del final del trayecto y la visión de los barrios periféricos anunciaron su llegada a Barcelona; fue en ese momento en el que tomó conciencia de que ya no había vuelta atrás.

Sam ya no necesitaba las muletas, pero había cogido una de ellas para que le sirviera de apoyo; caminar por la calle era muy diferente a hacerlo en casa. Y aunque la maleta que llevaba no era grande –tan solo llevaba ropa para un par de días–, la suma de todo: muleta, trasportín y *trolley*, hacía que cualquier pequeño traslado fuera una epopeya. No recordaba que subir al tren le hubiera causado tanto estrés, pero bajar fue toda una odisea, seguramente por el temblor de piernas ante la proximidad del encuentro. Manuel se apañó para llevar las dos maletas y a Pepe, así que ella solo debía ocuparse de mirar dónde pisaba, pero, aun así, le costó llegar hasta el andén.

En la estación de Sants cogieron un taxi, su acompañante le dio al conductor una dirección desconocida y se pusieron en marcha. Aún había mucha luz, los días iban alargándose de forma irremediable; llegaba el verano. Y Samantha pudo entretenerse mirando por la ventanilla. Aunque si le hubieran preguntado por lo que vio en el trayecto no habría sabido qué contestar, su cabecita estaba muy muy lejos. Miraba sin mirar.

¿Qué diría Héctor al encontrarla? ¿Cómo se sentiría ella al verle?

Ella había pensado en disculparse, contar su versión y poco más. Su actitud no tenía una gran defensa, y las excusas, a estas alturas, no servirían de nada. Debía enfrentarse a él con la verdad. Si no reaccionaba, si no la perdonaba, le esperaba una larga noche en la estación esperando un tren que la llevase de vuelta a Madrid.

Manuel parecía muy convencido del éxito del viaje, ella, sin embargo, no las tenía todas consigo.

El traslado en aquel taxi les llevó hasta un polígono industrial a las afueras de Barcelona. Samantha quiso preguntarle a su acompañante dónde puñetas iban, pero este estaba muy ocupado chateando con Rodrigo por el móvil. Sam le veía sonreír y le pareció mal importunarlo, pero estaba con los nervios al límite; los tres cuartos de hora del trayecto se le hicieron interminables.

Por fin se detuvieron frente a un local pintado de blanco con una puerta de garaje enorme, que tenía una más pequeña en su interior. Samantha estaba tan nerviosa que no miró el rótulo exterior, sus ojos se detuvieron en esa portezuela entreabierta unos pocos dedos. Intentó mirar a través de la apertura. «¡Maldición!». No se veía nada, era demasiado estrecha.

Manuel bajó, recogió su maleta y a Pepe y le dijo al taxista que esperase. Abrió la puerta del vehículo y la invitó a salir.

La visión de aquel sitio había conseguido paralizar a Samantha. No solo sus brazos y piernas se negaban a obedecerla, sino que su cerebro se hizo un lío y comenzó a dar orden de esconderse en lo más profundo del coche. Manuel no le dio tregua. Su futuro cuñado metió la cabeza en el interior del habitáculo y la cogió de la mano para sacarla de allí. Si no hubiera sido por él no se hubiera movido del asiento del taxi; se sentía como si hubiera echado raíces.

Una vez fuera, todo fue más fácil, solo tuvo que poner un pie tras otro. De manera misteriosa, el cuerpo se encargó de avanzar. Los empujoncitos de Manuel también ayudaron.

Al traspasar la puerta, un universo desconocido se manifestó ante sus ojos.

La sala a la que accedió tenía forma rectangular y generosas proporciones. No había ventanas, toda la luz era artificial, pero el ligero entramado de vigas del techo pintado de blanco y las paredes del mismo color daban sensación de limpieza y amplitud.

El pavimento se encontraba dividido de forma longitudinal, en «calles» estrechas y alargadas que se separaban unas de otras, además de por un espacio libre, por una línea roja. Y una docena de hombres y también alguna que otra mujer, vestidos con el equipaje completo de color blanco –chaquetilla, pantalones ceñidos a la rodilla, medias, zapatillas y careta–, orquestaban una danza complicada uno frente a otro, batiéndose en un duelo singular con sus espadas.

En uno de los laterales, frente a un gran espejo, un par de tiradores más se enfrentaban a ellos mismos con un extraño baile de pasos.

Sam nunca había estado en un club de esgrima y, durante unos instantes, ganó la curiosidad por empaparse de todo y se olvidó de a qué había ido allí.

En una de esas pistas un hombre alto, con un peto negro que le diferenciaba de los demás, se batía con un adversario al mismo tiempo que le rectificaba posturas y pasos, daba órdenes en voz alta y le mostraba cómo hacer algunos movimientos. Y, a pesar de no verle el rostro –el tupido entramado de la careta de esgrima ocultaba su identidad–, supo que era Héctor desde el primer momento en que sus ojos se fijaron en él. La emoción, al mismo tiempo que un cosquilleo, la recorrió de la cabeza a los pies.

El efecto dominó se produjo de inmediato. Primero fueron los que estaban más cercanos al lugar donde Sam estaba plantada y poco a poco el resto de cabezas. Todos los tiradores fueron ralentizando sus movimientos hasta casi parar del todo, para volverse a mirarla. Sam respiró hondo y metió el mentón en su pecho; los dedos de sus pies captaron todo su interés. En ese momento se dio cuenta de que el trasportín con Pepe y su maleta de flores estaban en el suelo a su lado. Se giró para buscar a Manuel y le vio despedirse desde la puerta con un agitar de dedos muy teatral.

«¿Qué haces, canalla? ¿No irás a dejarme aquí?».

Él sonrió, pero no se dio por aludido, le dio la espalda y se marchó.

Y con un nudo en la garganta, Sam se dio cuenta de que la sala estaba en silencio. Respiró hondo y cerró los ojos a sabiendas de que ya no podía salir corriendo de allí.

Se había arreglado para la ocasión con un vestido azul turquesa sin mangas ni escote, muy ceñido al talle y con falda de campana a la altura de la rodilla. Quería causar buena impresión. Pero en ese momento habría dado su mano derecha por llevar un mono de camuflaje en el mismo tono de la pared que tenía a su espalda. Giró la cabeza despacio, intentando que sus hombros dejasen de temblar y que pareciera que todo iba bien. Pero cuando les vio a todos parados mirándola de forma descarada tuvo que tragar saliva y se obligó a pensar qué podría hacer.

¿Y si gritaba: «¡Fuego!» y escapaba en mitad de la confusión?

Tarde.

El profesor empezaba a quitarse los guantes y a moverse en su dirección.

—¡La clase ha terminado! Todos a las duchas —dijo en voz alta.

Mientras avanzaba se quitó también la careta y, aunque ella ya sabía quién estaba allí escondido, verle le causó impresión. Conforme Héctor se acercaba pudo ver que el traje que llevaba, además de ser de otro color, era mucho más grueso y llevaba protecciones incluso en los brazos. Debajo de aquellas ropas debía de hacer calor, mucho calor, pero a pesar del aspecto agotado por el esfuerzo físico, la barba de cuatro días y el rostro sudoroso, Héctor seguía estando arrebatador.

Cuando estuvo a tan solo dos pasos de Samantha se giró y, al ver que los alumnos seguían sin moverse del sitio, se metió la espada y los guantes bajo el brazo y, con un par de sonoras palmadas, volvió a repetir que la clase había terminado. Hubo algunas débiles protestas, pero su tono fue tan categórico que todos se apresuraron a marcharse al vestuario.

No es que ella esperase un efusivo abrazo o un beso apasionado. Después de las cosas que había dicho no esperaba ni siquiera ser bien recibida, pero aquello era inquietante. Héctor se había parado ante ella y no hacía ningún ademán de acercarse ni de hablar. Tan solo la miraba.

El silencio hacía daño.

—Bonitos zapatos —dijo por fin.

Sam dejó caer el peso sobre la pierna buena y ocultó su zapato de la novia de Frankenstein detrás del pie apoyado en el suelo.

—¿Vienes a apuntarte a las clases? —preguntó Héctor mordaz al ver que ella no decía nada.

—No sabía que eras profesor.

Otra vez don silencio hizo acto de presencia. Era evidente que la conversación superficial no iba a funcionar.

El rostro de Héctor se cerró, sus hombros se enderezaron y su voz tomó un tono autoritario.

—¿Qué haces aquí, Samantha?

Samantha... La había llamado Samantha. Una punzada directa al corazón.

—Me trajo tu hermano.

—Entiendo. Viniendo de él, no me sorprende.

—Yo quería venir. Quería... verte.

—¿Te faltó algo por decir?

Samantha cerró los ojos e intentó respirar hondo. Se

lo merecía. Tenía que explicarse, debía hacerlo, pero las palabras se le amontonaban en el cerebro y su boca seguía sin querer abrirse.

Pepe fue en su ayuda (bendito gato), reconoció a Héctor y se puso a maullar desesperado. Él pareció ablandarse un tanto, se acuclilló y metió un dedo por la rejilla del trasportín para saludarle.

Sam aprovechó que no tenía encima el peso de su mirada.

–No sabía que tú no estabas en casa, te confundí con tu hermano. Ni te imaginas cómo se parece tu voz a la de Manuel. Él y Rodrigo... –Se llevó la mano libre a la frente y negó con la cabeza–. Lola atravesó el patio bamboleando sus caderas como una tigresa que sale de caza y yo... yo...

El discurso atropellado se interrumpió cuando uno de los alumnos salió del vestuario. Al verle, Samantha cerró inmediatamente la boca. Héctor se levantó y la observó: ella estaba a punto de echarse a llorar.

–Lo siento, Héctor. Siento que no fuera como esperabas –consiguió añadir sin derrumbarse.

Sin embargo, no podía continuar allí plantada, cogió el trasportín y lo colocó haciendo malabarismos sobre la parte superior del *trolley*, desplegó el asa metálica y giró sobre sí misma para salir de allí.

No fue muy lejos, una mano se ciñó a su antebrazo deteniéndola en seco.

–Espera un momento; necesito quitarme esto y darme una ducha. No tardaré. –Ella le miró desde su altura, llorosa y abochornada–. Ni se te ocurra moverte de aquí.

Héctor aguardó a soltarla hasta que ella asintió despacio y, por un momento, esa mano se detuvo en el aire en un movimiento que quiso ser una caricia a su rostro. Pero, aunque Sam deseó por todos los santos recibirla, no llegó. Por el contrario, Héctor interpuso más distancia entre los dos, dio un paso atrás, giró sobre sus talones y desapareció por la misma puerta por la que minutos antes habían salido todos los alumnos de la clase.

En realidad, apenas pasaron diez minutos desde que Héctor la dejó allí abandonada a su suerte con sus pensamientos, hasta que volvió a reaparecer con el pelo mojado y oliendo a jabón, pero a Sam ese tiempo se le hizo muy duro. Cada vez que uno de sus alumnos salía y se despedía de manera cordial, ella sentía que estaba en el paseo de la vergüenza.

Su jabón. Ahora que le volvía a tener al lado su olor le llegó en oleadas. ¡Qué recuerdos! Por un momento se vio de nuevo en aquella ducha cogiendo la botella y poniendo unas gotas en la palma de su mano.

Negó para alejarlos de su mente y se dio cuenta de que había cerrado los ojos mientras evocaba aquel instante. Sintió la mano cálida de Héctor que soltaba el garfio en el que se habían convertido sus dedos en torno al asa de su maleta y los abrió de golpe. Los vaqueros viejos, desgastados de mil lavados y con un par de rotos, las zapatillas de deporte y una camiseta de manga corta gris, fueron suficientes para que ella le viera como a un dios.

Héctor la examinó de arriba abajo. Quiso decir algo y la nuez de Adán subió y bajó en un rápido movimiento al tragar saliva, pero sus labios se mantuvieron cerrados. Cogió el trasportín en una mano y con la otra, en la que llevaba una bolsa de deporte, se las apañó para sujetar también el asa de la maleta de Samantha. Antes de ponerse en movimiento, levantó la voz y le dijo a alguien que aún estaba en vestuarios que cerrase bien al salir. Le respondieron con una pregunta: «¿Vuelves mañana, Héctor?».

–Sí, creo que sí.

Volvió a mirarla, esta vez a los ojos, e hizo un gesto con la cabeza invitándola a salir.

Sam se alegró de llevar aún una de las muletas, le temblaban tanto las rodillas que se sentía desfallecer.

Era junio, los días eran larguísimos, pero su reloj ya anunciaba que eran más de las nueve y las luces diurnas empezaban a debilitarse. Una suave brisa estremeció a Samantha y, aunque Héctor iba delante –había tomado la delantera para guiarla hasta su coche–, se giró como si hubiera adivinado la sacudida que le había provocado el escalofrío.

De nuevo aquel rostro impasible que hacía difícil saber qué estaba pensando.

Sam empezó a arrepentirse de haber seguido a Manuel con tanta alegría, quizá tendría que haberlo pensado un par, no, un par no, una docena de veces.

Héctor se paró ante un todoterreno grande, negro y que a ojos de Samantha resultó también amenazador. Levantó la portezuela del maletero y metió su bolsa y la maleta; el trasportín de Pepe fue a parar al asiento de atrás. Cuando cerró, el golpe seco le hizo pensar a Sam que ella era el próximo paquete que él tenía que colocar en el interior.

Si en un primer momento Samantha supuso que él no iba a ayudarla –el habitáculo estaba más alto de lo normal y ella, además de cojear, llevaba una muleta–, al final le tendió su mano para ayudarla a subir.

Cálida, acogedora, segura, firme.

La mano de Héctor le hizo sentir todas esas cosas y despertó también un sentimiento de falta, de añoranza. Una semana sin tocarle, sin tenerle cerca había sido una locura. Solo Manuel y Rodrigo habían conseguido mantenerla cuerda dándole esperanzas. Ahora... Ahora que le veía distante, pensaba que no iba a superar perderle.

A la pregunta cortés de si estaba cómoda, le siguió un prolongado silencio que a Samanta empezó a pasarle factura.

—Solo es necesario que me acerques a un lugar civilizado. Encontrar la estación de tren no será difícil.

Sam se dio cuenta de que había metido la pata cuando le vio endurecer la mandíbula y apretar las manos sobre el volante. Cerró los ojos y deseó que se abriera la puerta del coche y que un muelle imaginario la propulsase directamente sobre el asfalto.

Un buen rato más tarde –Sam estaba tan tensa que ya ni miraba el reloj– llegaron a una zona nueva de la ciudad, un barrio que según anunció Héctor sin que ella preguntara, se abría al mar al final de la avenida Diagonal. Ella observaba embobada las fachadas modernas de cristal, no tenía ni idea de dónde estaba, era la primera vez que pisaba Barcelona y, aunque venía de vivir en Madrid, le impresionó el lugar. Anchas avenidas, altos edificios, el olor a sal... Se veía todo tan distinto.

Metieron el coche en un garaje subterráneo y tras aparcar en una plaza numerada, Héctor la llevó hasta un ascensor. Sam sintió cómo su corazón temblaba de ansiedad y no era porque padeciera claustrofobia –aunque los espacios pequeños nunca le habían gustado demasiado, por eso odiaba volar–, ni porque creyera que el hombre que estaba a su lado estaba conteniendo su hostilidad, su nerviosismo se debía a pensar que estaba entrando en el universo de Héctor: su casa. Y no entendía que, si él no parecía querer volver a verla, la estuviera llevando hasta allí.

Capítulo 29

El trayecto en el ascensor se le hizo eterno.

El apartamento –un *loft* de lujo situado en el piso catorce– no era muy grande. Enorme si lo comparabas con el que Samantha había dejado en Madrid, pero en realidad no debería tener muchos metros más. La sensación de espacio llegaba a través de los enormes ventanales que llenaban todo un lateral y que enmarcaban unas vistas impresionantes. El sol ya se había ocultado, pero aún había suficiente luz como para ver la costa y su profundo horizonte.

Masculino, vacío, funcional. El piso de un soltero sin problemas de dinero.

Lo primero que hizo Héctor al entrar a su casa fue abrirle la jaula a Pepe y buscar un pequeño cuenco donde ponerle agua. El animalito se lo agradeció con un suave ronroneo y un restregón en las piernas antes de lanzarse a beber de forma desesperada.

Samantha avanzó hasta el gran ventanal y su vista se perdió en un punto lejano del horizonte. A esas horas la intensidad de la luz solar había bajado muchísimo, pero todavía se perfilaba la línea que une el cielo y el mar con cierta claridad. Menudas vistas tenía Héctor desde allí.

Las luces del salón se apagaron en ese momento y dejaron la habitación en una agradable penumbra. Eso hizo que las que venían del exterior, las farolas que flanqueaban las calles, las ventanas de otros edificios, los faros de los coches, la luna y las estrellas, fueran poco a poco ganando intensidad. Al estar a oscuras, Samantha se dio cuenta de que al otro lado del ventanal había una terraza vacía y enorme que finalizaba, para no cortar las vistas, en una barandilla también de cristal.

A pesar de la altura, el mar y la ciudad se encontraban muy cerca.

Notar la presencia de Héctor a dos dedos escasos de su espalda le hizo sentir un ligero estremecimiento. Unos dedos que rodearon su cintura y la atrajeron sin remedio, la metieron directamente en un vórtice de sensaciones que aceleraron su corazón, pero eso no fue nada, cuando el aliento que se escapa de una boca antes de un beso rozó su nuca rapada, Samantha creyó desfallecer.

Le quitaron la muleta y la lanzaron sobre el sofá. A pesar de estar de espaldas, –no le notó moverse–, el lanzamiento fue certero, apenas hizo ruido. Después atrapó sus manos, le besó las palmas y las pegó contra el cristal por encima de su cabeza. Sam se sintió entonces como un detenido al que fueran a cachear, pero le resultó erótico estar a su merced y decidió abandonarse a sus caricias.

Héctor se tomó su tiempo, pero recorrió con suavidad sus contornos acariciando primero, con la yema de sus dedos, la tersa piel de sus muñecas, para después deslizarlos casi sin rozarla, por el dorso de sus brazos hasta llegar a las axilas. Al llegar al vestido bajó hasta la cintura y desde ahí, con la palma abierta, se ajustó a sus caderas, donde la sujetó con fuerza para apuntalarla contra su cuerpo.

Sam jadeó.

Entre sus glúteos pudo sentir la fuerza contenida de una bestia que pugnaba por salir.

Con sus cuerpos incrustados el uno en el otro, una mano llegó hasta la piel de sus muslos mientras le arrugaba la falda y se la subía hasta casi la cadera. Esa misma mano se deslizó entre sus piernas y encontró el elástico de su ropa interior.

Al sentir cómo unos dedos se deslizaban entre su piel y la tela, Sam tuvo que cerrar los ojos, abrir la boca e intentar atrapar la mayor cantidad de aire, se ahogaba. Después exhaló todo lo que tenía en los pulmones y su aliento formó un círculo opaco de vaho sobre el cristal. Las palmas de las manos se le perlaron en sudor y se deslizaron por el vidrio hasta que quedaron a la altura de su pecho. Con los brazos en esa posición empujó hacia atrás balanceando sus caderas en un sinuoso baile, lo que la encajó más en la mole que tenía a su espalda.

Más jadeos, palabras incoherentes, pensamientos incomprensibles... Y la sensación de ser dos cuerpos buscando el punto de fusión.

Héctor cerró los ojos, aguantó el envite como pudo, y con las yemas de sus dedos comenzó a trabajar. Primero dulce, tímido, detallista, después... Al sentir sus caricias, Samantha apretó los dientes y empujó hacia atrás mendigando más, reclamando, exigiendo.

Sus demandas consiguieron que la cadencia de aquellas caricias fuera aumentando, que su corazón continuara acelerando y que las sensaciones la dejaran sin habla ni voluntad.

Un prolongado gemido la delató. Y tras él vino el derrumbe; sus rodillas cedieron y se flexionaron hasta dar contra el cristal. Creyó que iba a caer, sus piernas habían dejado de sostenerla. Era como si sus huesos se hubieran convertido en gelatina; no tenía fuerzas. Pero la mano de Héctor, que aún permanecía en su cadera, la trajo de nuevo contra el calor de su cuerpo, afianzándola, sosteniéndola, apuntalándola.

Cuando recuperó el resuello se dio cuenta de que, a su espalda, Héctor jadeaba. Se giró lo que pudo y le encontró con la boca entreabierta y los ojos cerrados. Se revolvió en el nido de sus brazos hasta girar del todo para encontrarle y se estiró para besarle.

—Debería afeitarme —dijo, como si su mente estuviera a mil kilómetros de allí, al tiempo que rehusaba su cara.

Ella se alarmó.

—Estás muy guapo con barba —murmuró ella disculpándole por su aspecto, aunque su voz sonó tensa como el cristal.

Él abrió los ojos despacio. Aquellos ojazos verdes impresionantes que durante un segundo dejaron a Sam sin aliento.

—No te estoy rechazando, me cuesta no besarte como es debido, pero mi barba es muy cerrada y si te beso así... La piel de tu cara es tan suave, tan delicada.

Mientras hablaba llevó sus manos a la cremallera trasera y la bajó despacio hasta descubrir por entero su espalda. Primero besó un hombro, luego el otro, y después, todas las partes de la blanca y suave piel que iba descubriendo.

Sam bajó la vista para comprobar que la tela de su vestido había caído a plomo dibujando un círculo perfecto a sus pies y, mientras observaba la perfecta disposición del tejido, como copos de nieve en invierno, cayó también su ropa interior.

Héctor y su habilidad para desnudarla.

Un dedo índice le obligó a levantar poco a poco la barbilla. Y aunque estaba cohibida, decidió mirarle a los ojos intentando mostrar una valentía que no sentía.

Desnuda.

Delante de la ventana y con el mar de fondo, mientras Héctor examinaba con interés todos los rincones y curvas de su cuerpo.

—¿Tú no te desvistes?

Esa frase hizo que la camiseta que él llevaba puesta volase al otro lado de la habitación.

—¿Y los pantalones? —preguntó nerviosa mientras sus ojos seguían la línea de unos oblicuos muy marcados.

—Me temo que sin ellos no podría detenerme.

—¿Y?

Él respiró para serenarse antes de decir:

—No pensé que iba a necesitar condones esta noche.

Samantha acababa de sonreír. Una sonrisa franca y generosa, un gesto sencillo que llenó aquellos ojos color café de una suave candidez. Hacía más de una semana que no la veía sonreír, por ello, que ahora las comisuras de sus labios se elevaran y mostraran esa bonita y sugerente curva, le hizo muy feliz. Probablemente tendría que irse al baño a aliviarse solo, pero verla entre sus brazos relajada y dispuesta era una recompensa enorme.

—Tu hermano metió en mi maleta algo que tú olvidaste en Madrid. Alegó que él no lo necesitaba.

Héctor tardó tres segundos en saber de qué estaba hablando Sam, pero cuando su cerebro encajó las piezas, sonrió como un pillastre.

La cogió en brazos y la llevó al dormitorio, dejándola con cuidado sobre la cama. Salió de nuevo al salón, y esta vez le tocó el turno al *trolley* de Samantha.

En el dormitorio le pidió permiso con un gesto para descorrer la cremallera y, al obtenerlo, se metió de lleno en la tarea de buscar en su interior. Lo primero rígido que encontró entre las ropas fue el diario de Sam. Lo sacó, lo elevó por encima de su cabeza para mostrarlo y lo dejó en la mesita. Samantha respiró hondo. Otra vez lo tenía Héctor entre sus dedos, otra vez esa opresión por si él lo abría y cotilleaba sus páginas. Pero Héctor tenía otra cosa en sus pensamientos y sus manos continuaron escarbando entre la ropa hasta localizar la caja de preservativos que compró en Madrid.

Menudo era Manuel.

Se descalzó y lanzó la caja junto a Samantha, se agachó a su lado y le besó las rodillas para, como si fuera el príncipe que va a probarle el zapato a Cenicienta, empezar primero por quitarle la sandalia del pie bueno, besar y acariciarle la planta y acto seguido tomar el otro y comenzar a despegar las cintas que mantenían sujeto el zapatón ortopédico.

Sam se tensó sin querer.

–Shhh. He hablado con Ignacio y sé perfectamente qué sí y qué no puedes hacer. No debes pisar sin él, pero puedes quitártelo para estar a gusto. Te aseguro que por ahí no se va a volver a romper. No tengas miedo, llevaré cuidado.

Samantha se lo dejó quitar y se estremeció al sentir la delicadeza con la que él la tomó en brazos y la tumbó sobre el colchón. Y cuando por fin se dejó caer a su lado, la encerró en su abrazo y le llenó la cara de besos, ella se quedó con la sensación de poder enredar sus piernas con las suyas, y aunque él aún llevaba los vaqueros, fue indescriptible.

Pero lo mejor, lo mejor, fue todo lo que sucedió después.

De nada

8 de junio.
Ha sido una noche tan intensa que me siento dulcemente dolorida. Héctor es un gran amante y sabe qué darte en todo momento. Es dulce y tierno cuando debe serlo, pero también salvaje, seductor y exigente si se tercia.
Aunque... no era esto lo que yo esperaba.
Yo creí que dejaríamos claro lo que sentimos, que hablaríamos y que me diría exactamente qué le dolió, qué busca en un futuro y qué espera de esta relación, y en su lugar me ha regalado una noche de sexo apasionada.
Gracias, Héctor.
¿Y ahora qué? ¿Será simplemente un «de nada»?
Espero que hablemos; no he venido de tan lejos para esto.
No necesito sentirme un objeto de deseo, eso es bonito y vivificante, pero yo estoy aquí porque quiero mostrarle mis sentimientos y que él me diga qué piensa de todo esto.

Capítulo 30

Samantha jamás creyó que acabaría escribiendo en un diario, pero ahora lo buscaba sin querer, poner sus sentimientos por escrito le ayudaba, pero en ese momento lo dejó a un lado, su cabeza iba más deprisa que sus dedos.

Necesitaba centrarse y pensar en el siguiente paso.

Qué distinta era la luz de una ciudad cuyo horizonte se prolongaba en el mar. La habitación era luminosa y vivificante. Desde la cama echó un vistazo al dormitorio y mientras lo hacía se dio cuenta de que, distraída, acariciaba las sábanas. Era la primera vez que estaba allí e, inexplicablemente, aquel cuarto no se sentía del todo extraño, le recordaba a él. Desde la pulcritud y austeridad en la decoración hasta las líneas elegantes del mobiliario. Era masculina y a la vez algo espartana: muy Héctor.

Al principio le había resultado raro despertar sola, pero después hasta casi lo había agradecido; disponía de algo de tiempo para ordenar sus ideas. Sin embargo, comenzó a preguntarse dónde estaba. No creía que él tuviera que trabajar, o quizá sí, no lo habían hablado, pero era evidente que había salido; la casa estaba silenciosa.

Cogió una camisa suya que encontró sobre el respaldo de una silla –el único elemento que estaba fuera de lugar– y la olió antes de ponérsela. No era ninguna broma, tenía que comprarse ese gel, le traía a la memoria tantos buenos momentos... No solo el día de la ducha, realmente ese fue el broche de oro, aquel aroma se había convertido en una promesa: la de tener al hombre de sus sueños cerca. Aquel olor era su tarjeta de visita y también unas notas de recuerdo en la despedida.

Se apretó los velcros del zapato para apoyar el pie y decidió aventurarse por el piso.

Con una diferencia de pocos segundos, ella abrió la puerta del dormitorio y Héctor la del apartamento. Él regresaba en ese mismo instante. Y, como un cachorro ilusionado con el retorno de su dueño, Pepe fue corriendo a saludarle. A Sam le dio una punzada de envidia ver que «su» gato le prefería a él, pero se le pasó al ver que en realidad lo que el animalito quería era meterse en las bolsas que Héctor traía en las manos. El instinto gatuno prevalecía siempre.

Él lo dejó todo en el suelo y casi corrió hasta encontrarla. Se detuvo a un par de pasos como si se arrepintiera de algo en el último momento.

–¡Buenos días! Dormías de forma tan apacible que no quise despertarte.

La mirada de Samantha se detuvo en los paquetes que él había dejado en la entrada. Sin necesidad de que los abriera, ella ya podía ver que se trataba de un arenero, un comedero de acero inoxidable, comida, un saco de arena y una especie de colchoneta. ¡Oh, no! Junto a las bolsas había una maleta que no era la suya. ¿Significaba aquello que Héctor se iba a alguna parte? Era evidente que sí.

Héctor observó que Samantha tenía la vista fija en algo, siguió la trayectoria y terminó por llegar a la maleta.

—No sé qué estás pensando, pero por la expresión de tu cara veo que nada bueno. Esa maleta ya estaba ahí cuando llegaste anoche.
—¿Ibas a alguna parte?
—Sí.
Aquello la confundió. Además de que empezaba a sentirse una invitada no deseada, se daba cuenta de que le había estropeado los planes. Debía reaccionar, buscar un hotel donde admitieran a Pepe y liberarle de su presencia. Tenía que hacer algo, no podía quedarse allí.

Héctor debió de verlo en su cara y, antes de que ella comenzase a pedir disculpas, se acercó y puso un dedo sobre sus labios.

—No encontré billete de tren con tan poco tiempo, tenía pensado conducir toda la noche. La idea era llegar a tu casa a tiempo de hacerte el desayuno. —Después de esa frase dio un paso atrás. Necesitaba hacerlo. Era eso o lanzarse sobre aquel cuerpo tentador y, antes de descontrolarse como la noche anterior, tenía que sincerarse con ella—. Sam, tenemos que hablar. Necesito aclarar esto tanto como tú.

La tomó de la mano y la condujo hasta el sofá. Se sentó a su lado y colocó su mano sobre una de sus rodillas desnudas. ¡Qué suave era su piel! Tuvo que quitarla de ahí, no podía permitir que todo su riego sanguíneo abandonase su cerebro y se concentrase en otro lugar. Primero debían hablar.

Ella volvió la cabeza y miró de nuevo la maleta. Él iba a ir a su encuentro, iba a conducir hasta Madrid. Su corazón bailaba de contento.

—Quiero, lo primero, pedirte disculpas por mi comportamiento de ayer. No sé qué me sucedió, fue un shock verte y me quedé bastante parado. Aunque, conociendo a Manuel, debería haberme olido algo. Durante toda la semana me llamó a menudo, preguntándome qué planes tenía y diciéndome que había sido un borrico por haberme largado así. No debí ponerme borde contigo. Lo siento. –Le tomó las manos–. Sam, el día que me marché... Reconozco que debería haber afrontado la situación de otra forma, pero cuando Manuel me contó que sospechabas que Lola y yo habíamos pasado la noche juntos, me encendí y creí que lo más apropiado era poner un poco de distancia para que, tanto tú como yo, pudiéramos valorar lo ocurrido. ¡Qué estúpido fui! En realidad, cuando el tren llegó a Barcelona ya me había dado cuenta de lo que te echaba de menos y nada más bajarme en la estación ya estaba decidido a volver.

Samantha agachó la cabeza. Todavía seguía avergonzada por su reacción y más aún por haberse dejado convencer tan fácilmente por Manuel para no llamarle. Aunque tenerle delante ahora compensaba los malos ratos pasados, las noches sin apenas dormir y todas las teorías que había elucubrado cuando estaba sola, pero se sentía como si le hubiera abandonado.

–Sam –prosiguió Héctor–. ¿De verdad dudaste? Habíamos hablado de ella, es verdad que no te conté con todo lujo de detalles nuestra relación, pero creo que con lo que dije debiste hacerte una idea bastante real de lo que pasó entre nosotros. Además, nos has visto juntos y ya ves que, si hubo química, ha muerto del todo –con un tono serio preguntó–: ¿En serio pensaste que estaba dispuesto a volver con ella?

Samantha respondió con los ojos al borde de las lágrimas y haciendo un esfuerzo para que no le temblase la voz.

–Me ofusqué. Todo lo que vi y escuché me hizo pensar en que estabas con Lola. No pensé, los celos lo hicieron por mí.

En ese punto él se acercó y la abrazó.

—No quiero una relación en la que mi pareja dude de lo que hago. Ya la he tenido y se sufre. Ella lo pasó mal recelando, desconfiando… Y yo también porque, por mucho que dijera, por mucho que hiciera, nunca era suficiente.

Sam, con la mejilla pegada a su camiseta, rompió a llorar en silencio. Le entendía, y el caso es que no podía asegurarle que a ella no le iba a suceder, porque había pasado y se había equivocado. Nunca creyó que era celosa, hasta que su corazón se empeñó en confundirlo todo.

—Sam… —Héctor se separó de ella lo justo para acariciar su cara y retirar un par de lágrimas con las yemas de sus pulgares. La miró con ternura y se agachó para darle un ligero beso en los labios—. No puedes imaginar lo mucho que he de agradecerle a mi hermano que te trajera hasta aquí.

—Manuel no tuvo que convencerme mucho, yo quería venir. Lo que no sé es si tú me quieres aquí.

Él suspiró.

—Voy a tener que esmerarme para que entiendas que sí.

Le sujetó la cabeza con ambas manos y le dio un beso suave con cuidado de no rozarle demasiado con su barba. Se había levantado y dado una ducha, pero no había encontrado tiempo aún para afeitarse.

Ella le acarició las ásperas mejillas, le rodeó con sus manos la cabeza y le empujó para que profundizase en su boca. Y él, aunque en un primer momento pareció reticente, perdió todo el control al sentir la calidez de sus labios.

—Mira, Sam —susurró Héctor contra su boca—. Sé que esto va a sonar descabellado, pero quiero que te quedes al menos unos días. Es cierto que no deseo una relación llena de desconfianza y celos, pero también sé que es necesario que nos demos una oportunidad. No pretendo que mi vida se convierta en un bucle y que vuelva a repetirse lo que sucedió con Lola, pero me daría de puñetazos si no aprovechase esto que tenemos. A lo mejor dentro de un año estoy arrepentido porque no es lo que esperaba, pero si no lo intento no lo sabré.

Le acarició los labios con el pulgar, estaban enrojecidos por el roce con su barba, besó sus pómulos despacio, casi sin rozarla, y la sentó sobre él. Poco a poco le desabrochó la camisa, tocar aquella piel se le antojaba necesario. Era suave, dulce y, en aquel momento, suya.

Por la mente de Samantha empezaron a volar un montón de ideas, todas ellas dirigidas a un mismo pensamiento: «Me desea, pero no me ha dicho que me quiere». Sin embargo, se dejó llevar y permitió que aquellas manos diestras la arrastrasen de nuevo a lo más alto. No podía negarse, ya mucho antes de haber viajado hasta la ciudad condal había encontrado su punto débil: Héctor.

Cuando él la tuvo donde quiso, derrumbada en su abrazo, la levantó a pulso y la llevó hasta el baño. Abrió los grifos de la gran ducha, terminó de desnudarla y le dio un empujoncito hasta meterla bajo el agua.

Sam se apoyó en la pierna buena (Héctor le había quitado el «zapatón» para que estuviera cómoda en la ducha) y puso sus manos contra la pared para que la lluvia se deslizase por su piel. Era muy agradable. No tardó nada en encontrar unos contornos duros pegados a su espalda. Héctor estaba allí con ella, sujetándola, enjabonándola, mimándola.

A propósito, usó su jabón para los dos. Y cuando vio de reojo en el espejo que ella se mordía el labio aguantando una sonrisa, la suya se amplió y no pudo contenerse sin besarla en la nuca.

Cuando terminaron su aseo, él la envolvió en una gran toalla y la sentó sobre el inodoro. Y, como si fuera algo cotidiano, procedió a afeitarse en su presencia. A Sam aquello le gustó, le hizo sentir un poco más cerca, además de que le resultó muy erótico ver cómo, con movimientos precisos, él deslizaba la cuchilla sobre la piel.

Héctor deseaba terminar, estaba loco por besarla, pero se tomó su tiempo mientras la miraba a través del espejo. No sabía si se estaba precipitando o actuaba demasiado lento, le resultaba difícil «leer» sus expresiones. ¿Por qué Samantha estaba tan callada? ¿Acaso no tenía claro que él la quería allí, a su lado? ¿Había dejado algo por decir?

Decidió no besarla, aunque le costó lo suyo darle ese espacio.

—Y ahora vamos a desayunar, esta mañana quiero que hagamos muchas cosas, aunque me tienta, y mucho, pasar el día metido contigo en la cama.

Le acercó una camisa suya —le gustó verla con una de ellas al llegar a casa— y se apresuró a salir del baño.

Intuyó que había sido cortante, pero era eso o abalanzarse de nuevo sobre aquella piel de seda de la que constantemente sentía la llamada y, si quería recuperarla, no podía estar haciéndole el amor cada pocos minutos. Ya se había comportado de manera bastante irracional cuando llegaron al piso, debían funcionar como pareja y no solo como amantes.

—También he traído cruasanes —murmuró él con la voz rota al escucharla acercarse, mientras la examinaba de pies a cabeza—. Te queda mejor que a mí —añadió refiriéndose a su camisa.

Sam se sonrojó. Ella se había visto extraña ante el espejo con una camisa que le venía enorme, el pelo mojado y rebelde y el horroroso zapato que llevaba en el pie. Y él se empeñaba en mostrar que la deseaba. ¿Era eso posible?

Héctor tragó saliva y regresó sobre sus pasos hasta las bolsas abandonadas junto a la puerta del apartamento. ¿Por qué de repente sentía tanta tensión en el ambiente? Estaba empezando a dudar de todas las cosas que había hecho esa mañana. ¿Qué pensaría cuando supiera que había hablado con Ignacio para encontrarle una clínica donde realizar la rehabilitación cerca de su casa? La quería allí, pero ¿se estaba precipitando? Había ido a un almacén de accesorios para mascotas con el fin de que el gato no fuera una excusa, ahora tenía pienso y un lugar donde dormir, y, por supuesto, tenía pensado ir con Samantha de compras; la maleta que ella traía apenas tenía ropa para un fin de semana y él pretendía que se quedase mucho más.

—Héctor, no era necesario, Pepe y yo nos iremos mañana —murmuró Samantha mientras él revolvía entre los paquetes.

—¿Por qué tan pronto? —Sam no supo qué decir, su boca se abrió para volver a cerrarse, lo que obligó a Héctor a continuar hablando—. ¿Me he pasado, verdad? Tú solo venías a disculparte y yo estoy intentando desesperadamente que no salgas de mi casa.

—No es eso y lo sabes, es que hay cosas que no termino de entender.

—¿Lo discutimos mientras nos tomamos un café?

Él proponía una tregua y aclarar sus posturas de una vez.

—Sí, pero antes deja que le ponga comida a Pepe, está empezando a mordisquear las bolsas.

Héctor sonrió, cogió el paquete con la comida y lo llevó hasta la bancada de piedra. Una vez allí, vació el contenido. Había comprado de todo: pienso, latas de paté, bolsas individuales de comida húmeda, aperitivos...

—¿Catisfactions? Vas a convertirle en un minino malcriado —protestó Sam mientras sostenía en la mano el envase de aquellas golosinas para gato.
—Me gustan, pero nunca he tenido uno, reconozco que he comprado a lo loco.
—Él es callejero y se come hasta las piedras. Cuando vuelva a casa tendrá que comer pienso de supermercado, y aún te querrá más por ser quien le compra chucherías.
—Lo siento, solo pretendía que no pasara hambre —susurró confundido.
—No, no… no quise que sonara así. Perdona, no… Es solo que yo parezco la mala en esta historia. Os quiere a todos mucho más que a mí.
Héctor se metió tras la barra de la cocina y conectó la cafetera eléctrica. Estaba nervioso, parecía no dar una a derechas desde ayer. Cada cosa que intentaba hacer por ella le salía al revés.
Ella le vio de espaldas, tenso, y al mismo tiempo cabizbajo, y se le acercó por detrás, le rodeó la cintura con sus brazos y apoyó su cabeza en su espalda.
—Muchas gracias por cuidar de Pepe.
Él respiró tranquilo y, mientras esperaba la señal acústica que indicaba que el aparato estaba listo, se giró para poder abrazarla también.
—Sam, quiero que te quedes aquí conmigo. Todavía queda tiempo hasta que comiences la rehabilitación y a mí me gustaría disfrutar de tu compañía. Soy muy egoísta, lo sé, pero quiero verte, disfrutar de estos momentos juntos, quiero seguir como cuando vivía en Madrid, en casa de Rodrigo.
Ella no dijo nada, la esperanza de que Héctor se confesase enamorado se estaba evaporando, pero deseaba tanto compartir tiempo con él, que, aunque fuera como su amante, aceptaría gustosa su invitación. Sonrió y,

con ello, se ganó una enorme cara de felicidad de vuelta y un beso apasionado.

Cómo había echado de menos sus labios.

Mientras desayunaban, miles de ideas revoloteaban por su cabeza: el extraño y frío recibimiento, la física reconciliación junto a la ventana, la conversación matinal... pero dejaría que pasase el día y que se fueran asentando. Ahora mismo su prioridad era estar con él, tenerle cerca.

«*Carpe diem*. Ya veremos qué sucede mañana».

Capítulo 31

Dejaron a Pepe en el piso, Héctor alegó que esa misma noche estarían de vuelta, y emprendieron viaje hacia el norte bordeando la costa bajo un halo de misterio.

Él parecía entusiasmado, Samantha no tenía ni idea de a dónde iban.

Tras una interminable batería de preguntas y muchas sonrisas enigmáticas, él confesó que iban a Tossa de Mar, a casa de sus abuelos. Ante la cara de horror de Sam, le informó de que la casa estaba vacía, que era tan solo un lugar de vacaciones al que iban para estar tranquilos.

Algo no cuadraba.

¿Iban a recorrer más de cien kilómetros para estar solos? ¿No lo estaban ya en Barcelona?

Sam lo miró, le conocía lo suficiente como para saber que había gato encerrado. Él disimuló centrándose en la carretera, no iba a decirle exactamente a qué iban hasta que estuvieran allí.

Tardaron algo más de hora y media en llegar, pero, contra todo pronóstico –el pueblo es un enclave precioso de la costa catalana y su «Vila Vella» una gran excusa para pasear por un entramado medieval muy cuidado–, no hubo tour turístico, fueron derechos al que debía de ser su destino: la casa familiar.

La casona de los abuelos de Héctor era preciosa y estaba muy bien situada. Cerca del recinto amurallado, del mar... Y lo suficientemente lejos del bullicio del turismo de playa, bares y restaurantes.

Samantha estaba impresionada. Era miércoles, apenas había empezado junio, y ya se notaba el ir y venir de extranjeros y gente joven. En pleno agosto aquello debía de ser un hervidero de turistas.

–Lo cierto es que venimos más en otoño y en invierno, es mucho más tranquilo. –Héctor parecía adivinar sus pensamientos–. Ahora que llega el verano empiezan las aglomeraciones. Ya verás cuando volvamos en octubre.

Ella lo miró, pero no se atrevió a decir nada. Si ver el pueblo no era el motivo de su visita, ¿a qué habían ido?

Héctor hizo una maniobra para aparcar en un hueco, a todas luces pequeño para aquel coche, pero, a pesar de que la calle era bastante estrecha, se las apañó para dejar espacio por si otro vehículo quería pasar. Al apagar el motor se quedó quieto en el sillón, como si lo que hubiera dicho tan solo un minuto antes solo fuera un simple preámbulo de lo que estaba por llegar. Como si escuchar su voz diciendo algo trivial le hubiera servido como punto de partida. Sam se tensó, no sabía qué esperar.

–Verás, llevo tiempo pensando en esto –dijo sin mirarla–. Más o menos desde que me contaste lo de tu empleo en el taller de aquella tienda de decoración. Recuerdo que vi cómo se te iluminaban los ojos cuando hablabas de tu trabajo con los objetos viejos, de lo bien que te sentías cuando los restaurabas y les dabas una segunda vida. Era evidente que disfrutaste, pero no empecé a verlo como una futura posibilidad de trabajo hasta que Gervais habló de ello. –Abrió la puerta del coche, lo bordeó y llegó hasta la ventanilla de Sam–. ¿Qué tal si bajas y lo ves por ti misma?

Con cautela, Samantha bajó del vehículo y se quedó parada junto a la puerta de la casona, esperando a que Héctor cerrase el todoterreno y se decidiera a contarle algo más.

–Sam, por aquí, no vamos a la casa.

Doblaron por la primera esquina hasta la puerta de un garaje, Héctor sacó unas llaves y abrió. Y la sensación de la joven fue exactamente la misma que la que tuvo al entrar en el granero de sus padres, allí en el Bierzo. Ante sus ojos había una colección estupenda de retazos de historia: enseres, herramientas, juguetes antiguos de metal, pequeñas tallas de madera, sillas... Un montón de sillas antiguas.

–No entiendo –dijo ella.

Héctor se llenó los pulmones de aire.

–He hablado con mi abuelo, lleva tiempo queriendo vaciar esto y le he convencido de que no venda nada hasta que tú elijas aquello que pienses que te puede servir. –Como ella clavó en él sus ojos, tuvo que hacer una pausa y tomar aire–. Sam, te imagino teniendo tu propio taller, rodeada de antigüedades y objetos viejos. Arreglando, restaurando y devolviéndoles la vida. Aquí hay mucho material para empezar, ya lo ves. –Carraspeó–. Y en el polígono donde damos las clases de esgrima hay un montón de naves que no utilizan. Podemos conseguir un alquiler bajo, conozco a los dueños y hablaría en tu favor. Por supuesto que yo te ayudaría económicamente hasta que la idea despegase, y... –Al ver la cara de Sam se quedó callado y esperó a que ella dijese algo.

–Mi madre me ofreció lo mismo cuando estuvimos en el Bierzo el fin de semana de San Isidro. Bueno,

aquello no fue en plan «te monto un piso», ella solo quería ayudarme con el taller y a buscar material.
La cara de Héctor se entristeció un poco más.
—Yo no he dicho que iba a montarte un taller. Entiendo que con tus padres parece otra cosa, pero ¿ellos sí pueden ayudarte y ofrecerte su apoyo económico, y yo no?
—No es lo mismo. Además, pensaba devolvérselo.
—¿Y mi dinero no es válido?
—Héctor —titubeó—, ellos son mis padres.
Ante eso él no respondió, pero, por la cara que puso, aquello le había sentado como si le hubieran dado un puñetazo en el estómago.
—Solo era una idea. Creí que te gustaría regresar a un trabajo que te gusta. —Negó con la cabeza—. Está claro que hoy no es mi día.

La desilusión hizo mella en su rostro. Lo último que imaginaba era que Samantha rechazara, solo porque partía de él, la posibilidad de comenzar a trabajar en algo con lo que sabía que disfrutaba. Tardó unos segundos en reaccionar, pero al final se recompuso.
—Ya que hemos venido hasta aquí te enseñaré el pueblo. Hace calor como para dar un largo paseo, pero no estamos lejos del mar, en la playa podremos tomar algo y descansar.
Cerró el garaje, dio media vuelta y, despacio, empezó a caminar. Silencioso, apretando los labios.
Sam empezó a seguirle. No llevaba muleta —la había dejado en el coche— y se apresuró a llegar hasta él. Aunque dudó un instante en cogerse de su brazo, Héctor tenía la mirada perdida en el horizonte y no estaba segura de que fuera un buen momento para colgarse de él, pero la respuesta fue instantánea: tan pronto como ella

le tocó el antebrazo, se aferró a su cintura y la ayudó a caminar.

De la tranquila calle en la que estaba la casa de la familia de Héctor pasaron a una zona peatonal llena de bares y tiendas de *souvenirs*. Deambularon sin rumbo paralelos al recinto amurallado hasta llegar al mar. Caminaron en silencio, pensando en lo que acababa de suceder.

Samantha, mientras iba colgada de su brazo, intentó analizar lo sucedido desde su reencuentro. En el club de esgrima Héctor se transformó en un hombre enfadado y borde. Nunca le había visto así. Hasta llegó a creer que se había molestado por la sorpresa de encontrarla en su clase delante de sus alumnos. ¿Se avergonzaba? No, eso no tenía sentido, él no había tenido problemas para pasearse con ella por Madrid y, aunque no le había presentado a su ex, por ejemplo, se notaba que era porque no soportaba hablar con ella más de dos segundos. Y eso que en aquellos días él pensaba que era una joven alocada. No. Tenía que dejar de pensar tonterías. Héctor no había tenido problemas en acompañarla a la clínica, ni de tomar su brazo orgulloso por la capital el día que pasaron con Claire y Gervaise. Tuvo que ser el shock de verla.

Además, ella había visto su maleta preparada junto a la puerta, y él le había confesado que tenía previsto conducir toda la noche para llegar a tiempo de hacerle el desayuno.

Sonrió. Eso era muy romántico.

Después, cuando llegaron a su casa, la sorpresa inicial se convirtió en apetito incontrolable. Allí, de pie, a la luz de la luna, Héctor se comportó como un animal. No fue brusco y tampoco la forzó a nada, pero liberó sus deseos y los materializó contra el cristal de la ventana.

Un suspiro llegó a sus labios. Nunca se había sentido tan deseada.

Tras la locura, la ternura se abrió paso, el Héctor que ella conocía se impuso sobre su parte oscura y el resto de la noche la pasaron amándose, tocándose, sintiéndose el uno junto al otro.

El arenero, la comida y los accesorios para Pepe podrían haber sido (o no) una excusa para salir huyendo de la cama. Quizá lo había hecho para despejarse y pensar qué hacía con ella, pero después insistió en hablar y le propuso quedarse unos días.

Sam apretó los labios al recordar cómo él le había reprochado su falta de confianza. Aquello le pesaría siempre. ¿En qué maldito momento pensó que Héctor y Lola volvían a estar juntos?

Tenía que olvidar lo ocurrido, formaba parte del pasado. Aunque, ahora paseaba de su brazo y no sabía a qué atenerse. En realidad, Héctor no le había dicho qué sentía por ella, pero sí que deseaba una oportunidad. ¿De verdad quería montarle un taller?

Estaba hecha un verdadero lío.

Aún era junio, pero ya se sentía el calor veraniego. Samantha no estaba acostumbrada a la humedad e iba arrastrando los pies, y Héctor, al verla cansada, le propuso sentarse en una de aquellas terrazas que bordeaban la playa.

Era una zona muy turística y, aunque no estaba aún a rebosar, había bastante gente alrededor.

Ella pidió un tinto de verano, él una cerveza sin alcohol –alegando que tenía que conducir– y durante unos instantes se miraron sin saber qué decir.

Héctor no paraba de darle vueltas. ¿Qué estaba haciendo mal? Le había pedido una oportunidad, ofrecido su casa, su apoyo económico... Desde luego no estaba intentando comprar la «relación» entre los dos al ofrecerle el dinero para empezar, solo pensó que se sentiría mejor si podía trabajar en algo que le gustaba. ¿Por qué ahora Sam no reaccionaba? Pensaba que después de aquella confesión en casa de Claire ella estaría dispuesta a intentarlo, pero acababa de elegir la oferta de sus padres antes que la suya. ¿Se sentiría demasiado comprometida? ¿Quería más libertad? Él podría dársela. Si tenía que viajar a León cada fin de semana para verla estaba dispuesto a ello.

Los dos se quedaron callados, cada uno mirando la bebida que le habían puesto delante.

«Quizá...».

Héctor se enderezó en la silla. Una nueva idea surgía en su cerebro. Lo había tenido todo el rato ante sus narices y no había sabido verlo.

Se levantó y empezó a golpear con un tenedor el botellín de cerveza. Sam levantó la cabeza y le miró con los ojos muy abiertos. Pero su objetivo no era ella, Héctor buscaba que los clientes de las mesas cercanas se fijasen en él.

Ante la mirada atónita de la joven se subió a la silla, su intención era llegar desde ahí a la mesa, pero tuvo que parar y quedarse donde estaba; su cabeza ya casi daba en la lona que les protegía del sol.

—Muy buenos días a todos. Esto es algo un poco improvisado así que espero que me disculpen si sueno desordenado o confuso, no he tenido tiempo de redactar un guion. —Se giró para comprobar si tenía bastante público; lo tenía—. No voy a entretenerles mucho, solo quiero tener testigos mientras le digo a la mujer que está sentada a mi mesa que acepte mi ayuda porque lo único que busco es verla feliz, no comprar nuestra relación; también quiero que sepa que, si ella quiere, la seguiré a todas partes porque la necesito en mi vida y, sobre todo, que no tenga miedo, que puede ilusionarse cuando le confieso mi amor, porque es real. No solo quiero ser su amante, aunque reconozco que esa es la parte más divertida, sino su amigo, su protector, su confidente y su compañero. Y es necesario que entienda que no le tengo miedo al compromiso porque me considero una persona leal y responsable. Samantha –la llamó para que ella alzase la cabeza y le mirase–, confía en mí. Sé que con palabras no lo he dicho nunca, pero necesito que sepas que estoy loco por ti. –Mientras ella se iba hundiendo cada vez más en la silla, alrededor se escuchaban silbidos y palmas–. ¿Samantha?

Sam no sabía dónde meterse, el discurso había sido una copia «bonita» de todo lo que ella dijo en casa de Claire aquella noche, con la única diferencia de que, a ella, a causa del vino, se le enredaban las palabras y él estaba más sereno que una noche llena de estrellas.

–¿Samantha? –repitió Héctor dulcemente.

Al ver que no respondía y que sus mejillas estaban a punto de estallar, se encogió de hombros, levantó las palmas en un gesto de resignación y, dando por finalizado su discurso, se sentó.

Una voz de una mujer se escuchó por encima del murmullo de los presentes.

–¡Si no lo quieres, para mí!

Hubo risas generales.

–No hacía falta todo esto –murmuró ella poniéndose en pie, aunque evitó mirar a la gente y se centró en Héctor–. Ya sabes lo que siento y también que he metido la pata hasta el fondo y te he puesto en una situación comprometida presentándome en tu casa...

–Sam. –Él se levantó de la silla y le tomó una mano–. No me has puesto en ninguna situación, tan solo dónde quería estar. ¡Quédate conmigo! Hagamos cosas juntos, descubramos si todo esto nos lleva a alguna parte. Sé que hace poco que nos conocemos, pero te has metido bajo mi piel. Te quiero, Samantha.

Estaban hablando bajo, de uno para el otro, pero la gente de alrededor guardó silencio para no perderse ni una sola de sus palabras.

De un salto, Sam se abrazó a su cuello y, por el impulso y la sorpresa, casi se caen al suelo los dos.

–¿Quieres…? ¿De veras quieres que me quede en Barcelona?

–Pues claro; las relaciones a distancia son complicadas, pero no quiero obligarte a nada, tan solo me gustaría que lo pensases.

–¿Y que sigamos viéndonos?

–Madre mía, Sam, ¿has escuchado algo de lo que he dicho?

–Estoy muy nerviosa, no me hagas caso, pero por favor, vámonos de aquí que todos nos miran.

Héctor sacó la cartera, dejó un billete sobre la mesa y, entre aplausos, le dio un beso a Samantha que la dejó sin respiración. Tomó su mano y la llevó en volandas hasta la vieja casa de sus abuelos. Ahora mismo lo único que le apetecía era tenerla entre sus brazos y reiterarse una y otra vez en sus palabras hasta que ella las aprendiera de memoria.

Durante el regreso al coche, Sam repitió, para sí misma, todo lo que Héctor había dicho en la cafetería. Por fin sentía que tenía una oportunidad.

–¿Por qué estabas tan incómodo cuando me viste en el club de esgrima? ¿Acaso te avergoncé al presentarme en tu clase? –preguntó dando un pequeño tirón para que él se detuviera. Aquella idea no abandonaba sus pensamientos.

Él la miró como si le hubiera crecido otra cabeza.

–¿En serio piensas eso, Sam? –Su tono sonó aflautado, sorprendido y molesto, todo a la vez.

–No, no sé.
–Mira, Samantha, llevaba enfadado desde que cogí el tren en Atocha el día que me echaste de tu casa. He pasado una semana de mierda gruñéndole a todo el mundo. Cuando te vi, simplemente, seguí refunfuñando; fue como si mi cerebro no pudiera creer que estabas allí. En la ducha logré eliminar parte de esa sensación y cuando llegamos a casa ya se había evaporado del todo. Estabas allí, conmigo.

Ella se miró las puntas de los pies. Él negó con la cabeza, tenía que conseguir que Samantha no se sintiera tan insegura en aquella relación.

–Mañana iremos y te los presentaré a todos. –Ante la mirada de espanto, sonrió–. Sam, en realidad no es «mi clase», ayudo a Marc, el dueño de aquello, cuando él no puede asistir o cuando tiene algún tirador de nivel alto que se prepara para algo. Él no puede dedicarle toda su atención, hay alumnos que no puede desatender. Y quiero que te quede claro que no me avergüenzo de ti. ¿Me crees?

Ella asintió y tiró de él para que continuasen andando, ya estaban cerca del coche. Pero esta vez Héctor no se detuvo junto al vehículo, sino que lo sobrepasó y la llevó hasta la gran puerta de acceso.

–¿Vamos a entrar? –preguntó Samantha.
–Ya que estamos aquí te enseñaré la casa. Lleva tiempo vacía, cada vez venimos menos, cuando éramos pequeños el pueblo no estaba tan masificado y era más agradable.
–Oye, Héctor.
–Dime.
–Respecto a lo del garaje…
–Olvídalo, no ha sido buena idea.
–Déjame que lo piense, ¿vale? Era algo que no esperaba. Aún no sé qué haré con mi vida cuando consiga recuperarme.
–Sam, tienes todo el tiempo del mundo para decidir-

te. Ve paso a paso, recupérate y piensa en ello. Madrid, el Bierzo, Barcelona... Yo. –La besó en la frente–. Hay muchos cabos sueltos, pero al final todo acabará encajando, igual que en ese puzle que tenemos a medias.

Ella sonrió. En eso tenía razón, quizá no supiera qué hacer en lo profesional, pero tenía muy claro que quería a Héctor en su vida. Puso su cara más pícara y preguntó:

–¿Me enseñas tu habitación?

–¿A qué crees que hemos venido? –respondió él con su sonrisa más canalla–. Sam, deja que pase el tiempo, deja que nos conozcamos, aprende a confiar en mí. El resto vendrá rodado, ya verás.

–Aún no puedo creerlo, no sé cómo conseguí llamar tu atención.

–¿Recuerdas que te conté que te vi desde la ventana? ¿Que aparecías y desaparecías como por arte de magia? –Ella le miró avergonzada, pero con una tímida sonrisa asomando a su cara–. Ese fue mi cebo. Tan bonita, tan dulce, tan inocente... Ese día me di cuenta de que la mayor de las tentaciones puede, simplemente, vivir en el piso de arriba.

–¿Como Marilyn en la película?

Él pareció pensar un poco la respuesta.

–Sí, solo que no hubiera hecho falta que te rompieras el pie. Con la excusa del aire acondicionado habría bastado.

No añadió nada más, no pudo, tras la última palabra ya la tenía apoyada contra el muro del recibidor y llenaba de besos su cara.

Tras esa declaración, Sam admitió que el asunto de su mala suerte empezaba a ser agua pasada, que lo bueno estaba aún por llegar.

Después, cuando él la besó en serio, simplemente dejó de pensar.

Capítulo 32

—¡Clínica del doctor Lamaignere, buenos días!
—¡Hola, Carlos! ¿Qué tal todo?
—¡Samantha! ¿Eres tú? —Una risa ahogada se escuchó al otro lado de la línea.
—Pues claro que soy yo. ¿Cómo vas?
—Solo llevo quince minutos sentado tras este mostrador, pero me siento genial, Sam. No te lo puedes imaginar, todos han sido muy amables conmigo y me dan muchos recuerdos para ti.
—¿Y la casa? ¿Todo estaba en orden? Dentro de unos días volveré y terminaré de recoger mis cosas.
—No me molestan, de verdad. He traído tan poco equipaje que el apartamento me parece hasta grande. Samantha, el piso es precioso, no puede estar mejor situado y el alquiler es muy asequible. Nunca te lo podré agradecer lo suficiente, me has proporcionado trabajo y casa, y una independencia que jamás soñé que llegaría. Gracias también por presentarme a Rodrigo y a Manuel, son geniales.
—Me alegro un montón, Carlos, de verdad. Yo no sabía si ofrecerte todo esto era entrometerme demasiado en tus cosas.
—Para nada, Samantha, la decisión de venir ha sido del todo mía. ¿Cómo va tu pie? ¿Sigues en Barcelona?

—Sigo con la rehabilitación, pero ya llevo zapatos normales y puedo andar sin cojear casi. Con unas cuantas sesiones más, todo arreglado.
—Me alegra oír eso. Oye, Sam, tengo que colgar, llegan los primeros clientes de la mañana. Te llamo. Un beso fuerte.
—Un abrazo, Carlos.

La joven colgó el teléfono con una sonrisa en los labios y, al levantar la vista, comprobó que Héctor la observaba con disimulo a través de los cristales de sus gafas. Sonrió. Cuando él le dijo que la quería en su casa pensó que era muy precipitado convivir como pareja, pero Héctor no cejó en su empeño de conseguir que no estuviera allí como invitada, sino que se sintiera parte de su vida y de todo aquello. Aun así, había sido cauteloso, apenas la había presionado, le había dejado libertad plena, al menos en la relación. En otras cosas él había actuado deprisa, como si presintiera que tenía que solucionar algunos aspectos prácticos de la vida de Sam para que ella se sintiera a gusto allí. Se había encargado de buscar una clínica cercana a su rehabilitación y había hablado personalmente con sus padres. Iba muy en serio.

—¿Qué tal le va a Carlos?
—Genial. Gracias, Héctor, fue una gran idea preguntarle si quería venir a trabajar a Madrid y también que hablases con Ana, la secretaria de tu padre, para que él pudiera ocupar mi puesto.

Samantha se levantó y avanzó hasta la mesa en la que él solía sentarse a trabajar. Por el camino se quedó mirando el mar a través de los grandes ventanales. Aún no se acostumbraba a su inmensidad.

—No sé cómo puedes apañártelas para concentrarte en el trabajo. Yo me pasaría el día mirando la línea del horizonte. —Sonrió y dijo melosa—: ¿Me enseñas de nuevo las fotos de la casa esa que has comprado en Candín?

Esa era otra de esas cosas que él había hecho para que ella se sintiera bien. En su viaje al Bierzo se enamoró de la zona y le pidió a Juan que le buscase allí alguna propiedad como inversión, algo que pudiera rehabilitar y usar en un futuro como casa de vacaciones. Fue algo instintivo, en aquellos momentos él aún no lo sabía, pero la idea de estar cerca de Samantha daba pasos de gigante en su subconsciente.

–¿Te refieres a esas ruinas?

–Mira que te gusta hacerme rabiar. Es preciosa, tiene mucho potencial.

–Sam, no tiene tejado. Tardará en ser una vivienda en condiciones.

–Estoy deseando verla.

Él sonrió. Por un momento había dudado el contarle a Sam lo de la casa, creyó que ella se lo tomaría como una maniobra a sus espaldas, pero se iba a enterar por su madre, así que no tuvo más remedio que confesar.

–¿Por qué no has querido contarles a tus padres que vamos este fin de semana? Si no hay sitio en el hotel vamos a tener que montar un vivac en el bosque.

–Podemos acurrucarnos en el coche –respondió con picardía–. Vamos, enséñamelas. –Le separó uno de los antebrazos de la mesa para tener sitio por donde colarse y sentarse en sus rodillas. Cuando él vio su intención se hizo hacia atrás y la acomodó–. ¡Eh, creí que estabas trabajando, pero eso no son los planos de un nuevo barco! –protestó Samantha al ver la pantalla del ordenador.

Las carcajadas de Héctor fueron música celestial.

–No, no lo son; me has pillado. Son de un estudio de arquitectura de Ponferrada. Van a prepararnos un par de propuestas para rehabilitar la casa.

Ella arrugó el entrecejo. Aún no se acostumbraba a que Héctor usase el plural. Pero la verdad era que ese «nosotros» sonaba fenomenal.

—Sé que la casa es tuya, pero me hubiera gustado que contases conmigo... Un poco.
—Sam, no empecemos. La casa es mía, sí, es mi dinero y bla, bla, bla, pero es algo para los dos. Y también era, o pretendía ser, una sorpresa. Solo es una casa de vacaciones.

Samantha se revolvió entre sus brazos para girar el talle y ponerse frente a él. En las cinco semanas que llevaban viviendo en su apartamento habían dejado claras muchas cosas, pero aún les quedaba camino por recorrer. Habían hablado mucho, se habían sincerado y también habían ido adquiriendo compromisos con el otro. Ella había decidido que Madrid no era tan importante y por eso había renunciado a su trabajo y a su casa en la capital. Por el momento vivía con Héctor en su piso de Barcelona, pero, aunque cedió de primeras disfrazándolo de algo provisional, cada día lo era un poco menos, él había conseguido que se sintiera parte integrante de su vida.

Suspiró.

Héctor se había colado bajo su piel y estar con él era una oportunidad única que no podía, ni quería, desaprovechar.

Por otro lado, sus padres estaban encantados; el muy granuja se los había metido en el bolsillo. Y, aunque todavía no lo había dicho en voz alta, mientras se recuperaba del todo para volver al trabajo a pleno rendimiento, estaba reflexionando sobre su futuro profesional.

Su propio taller.

La idea no abandonaba su cabeza.

Barcelona, el Bierzo... Ahí estaba el quid de la cuestión. La capital mediterránea ganaba puntos: Héctor estaba allí y eso era fundamental, y aunque en el día de hoy todo se soluciona con Internet, la logística también era muy importante. Pero el hecho de tener un rinconcito privado en el Valle de Ancares también la motivaba. Allí estaban sus padres, su infancia.

También le frenaba que fuese él quien pusiera los medios para empezar. No es que rechazase su ayuda, pero tampoco quería cargarle con un gasto extra que no había programado. Aunque no sería una gran inversión. Iría muy poco a poco, trabajando en principio más por encargo que otra cosa.

Pero no solo había sido la posibilidad de un trabajo con el que se sintiera bien, Héctor no se rendía: había comprado una pequeña casa cerca del hotel de sus padres. Necesitaba una remodelación seria, pero era la excusa perfecta para, en un futuro, tener un rincón en plena naturaleza. Tenía que reconocer que había sido muy cuco. La compra de esa ruina, como él siempre la llamaba, era una forma de darle un equilibrio, de no sentir que si se quedaba en Barcelona se distanciaba más de su hogar. Podría disfrutar allí de un segundo taller para trabajar. No le había podido sonsacar nada, pero seguro que había hecho un pacto con su madre.

Cuantos cambios en tan poco tiempo; a veces se sentía mareada, pero así es la vida. Pueden pasar años sin que ocurra nada y, de repente, una decisión te lleva a otra y a otra, y debes subirte al tren o te quedarás en la estación para siempre.

En pocos días estaría de nuevo en el Bierzo, en un rápido viaje de fin de semana, y esta vez presentaría a Héctor como su novio. Su novio.

Suspiró.

Sonaba demasiado bien.

Metió los dedos entre el sedoso cabello acariciando su nuca y, cuando él levantó la cabeza para mirarla, le besó en los labios.

Sonrió.

Había conseguido que se dejase barba y le quedaba muy bien. Ahora era todavía más masculino y seductor.
Con un rápido movimiento le quitó las gafas, volvió a besarle y... se olvidaron de las fotos y los planos del ordenador.

Mi turno (Héctor)

Querido diario de Samantha:
Nos hemos visto en varias ocasiones, pero nunca he sucumbido a la tentación de abrirte y leer.

Sam, cariño, sé que vas a enfadarte cuando veas que he profanado tu diario, pero necesito dejarte clara una cosa. Te juro que no he leído lo anterior. He pasado las páginas deprisa, viendo tus dibujos y pintarrajos, pero aparte de algún «Héctor» por ahí suelto, no me he detenido en nada, y no lo he hecho porque, aunque me puede el ansia por saber qué pensaste de mí al conocerme, me gustaría que lo leyéramos juntos.

¿Sin presiones, eh? Solo si tú quieres hacerme partícipe de lo que hay escrito en él.

Es raro para mí garabatear en páginas rosas llenas de flores (no te juzgo, sé que Claire tiene toda la culpa), pero allá voy. También es difícil expresar lo que me haces sentir, pero quiero hacerlo.

Aunque en un primer momento mi pensamiento fue matar a Rodrigo por meterme en semejante lío –cuidar a una jovencita convaleciente no entraba en mis planes–, fue refrescante conocerte. Y, como hubiera hecho cualquier otro hombre, lo primero que vi de ti fue que eras joven, guapa y simpática.

Qué adorable era ver cómo te sonrojabas cuando te miraba. Qué canalla me sentía al provocar eso en ti.

Pero también tenías un lado sexy y seductor, no creas. No puedo dejar de pensar en unas braguitas preciosas de flores azules que vi por casualidad (espero que pronto recuperes todo tu equipaje, llevo tiempo soñando con tu ropa interior) la primera mañana que fui a tu casa a llevarte cruasanes. En aquel momento eras para mí una persona madura atrapada en el cuerpo de una niña, un ángel con la boca de una diablesa. Sensual y tentadora. No te enfades, pero esa fue mi primera impresión. He de decir que no duró mucho, aunque te seguía viendo muy joven, a los pocos días me di cuenta de que, debajo de ese flequillo rebelde, había mucho más.

Dicen que empiezas a enamorarte cuando piensas en alguien a todas horas, pues... Yo no lo quise reconocer, pero eso fue lo que me sucedió. Subir a tu casa, hacerte la cena, robarte piezas del puzle, ver cómo te sonrojabas con mis atenciones... Todo eso (y tu sonrisa) se hizo imprescindible en mi vida. Cuesta verlo, no creas. No es fácil de la noche a la mañana pensar que estás enamorado, y más cuando crees que a la persona implicada no le convienes. Porque, sí, yo me veía muy mayor para ti. ¿Qué cosas, eh? Después resultó que no era tanto.

¡Madre mía! No me he sentido más tonto y estúpido en toda mi vida que cuando me dijiste: «Héctor, pregúntame cuántos años tengo». En fin, a veces uno se obceca y ve lo que quiere ver, y reconozco que yo estaba totalmente cegado. Aunque en mi defensa diré que, en ese momento, yo ya estaba decidido a buscar un hueco a tu lado pasara lo que pasase. Aunque me vieras como un «viejo» seductor. ¿Cómo me llamaste? ¡Ah, sí! Ya lo recuerdo. Dijiste que seguía siendo un «buenorro» a pesar de haber pasado de los treinta y cinco años. En ese momento me hundiste en la miseria, tan joven, tan hermosa y yo tan «viejuno» a tu lado. Eres perversa.

Saber que los escollos no eran tan grandes hizo que mi supuesto «cortejo» se precipitase. Te cargué sobre los hombros en mitad de la plaza de Santa Ana y acabamos en la cocina de Rodrigo, y no precisamente pre-

*parando la cena. Aún recuerdo la primera vez que vi
la suave piel de tus senos: tan blanca, tan tersa; esa
mirada perdida mientras mis dedos exploraban entre
tus muslos; los quejidos entrecortados que lanzaban señales intermitentes como un neón diciendo que estabas
a punto... Eso ha quedado impreso en mi retina para
siempre.*

*Comprendo que te enfadases al pensar que estaba
con otra, pero ¿con Lola? Me cuesta entender que fuera así, sobre todo después de lo que te conté. Sé que te
reproché que no confiases en mí, pero ahora pienso qué
habría pasado de haber ocurrido al revés, y no tengo ni
idea de cómo habría reaccionado yo.*

Lección aprendida.

*Todos nos equivocamos, pero para que una pareja
funcione hay que hablar, hablar mucho, y confiar. Ahora estoy convencido de que algo así no nos volverá a
ocurrir, porque la relación ha cambiado para mejor,
entre los dos hay sinceridad, amistad, complicidad y,
sobre todo, un amor que se siente muy real.*

Gracias por permanecer a mi lado.

*Hoy es un día importante y yo estoy muy contento
por ti.*

*Ahora mismo debes de estar en la agencia de trans-
portes poniendo firme al que recepciona los paquetes
para que tenga cuidado con ese primer envío a París.
Gervais ha cumplido su palabra y te han hecho desde
allí el primer encargo. Ese pequeño balancín de madera con forma de caballo ha quedado fantástico. Todo
va a ir bien, Sam, ¡ya lo verás!, pero he de encontrarte
pronto un local porque mi mesa de despacho está protegida por una manta y envuelta en plásticos, y toda la
casa huele a barniz. Menos mal que es verano.*

En fin, estás a punto de regresar a casa y me vas a

pillar con las manos en la masa, así que he de terminar aquí. Solo me falta añadir que no me canso de decir lo mucho que te quiero, Sam, y que deseo que me permitas demostrártelo un poco cada día.
Tú y yo.
Juntos.

Héctor

Y ahora sí, FIN.

AGRADECIMIENTOS

A la editorial, por creer y confiar en mi trabajo y también por la cálida bienvenida que me han dado al entrar a esa su gran familia. A todas mis lectoras cero, María, Noelia, Eugenia y Lidia, no os podéis imaginar lo importante que es una opinión sincera cuando terminas un trabajo y surgen miles de dudas. A mi costurera de historias, Cris, ella siempre sabe señalar el punto débil y también consigue empujarte a mejorar. A todas ellas, gracias, mil gracias.

Pero con esta novela quiero hacer una mención especial: Mara, sin esos diez minutos de conversación en la puerta del Teatro Real mientras esperábamos tu autobús, esta historia no sé si habría salido de mis dedos. La idea estaba ahí, es cierto, pero tú fuiste pellizco y motor, empujón y pistoletazo de salida. Y no solo eso, claro, me leíste, me animaste y me convenciste para presentarme a este certamen. Eres de esas personas especiales que han llegado a mi corazón para quedarse. Un abrazo enorme y, aun a riesgo de parecer un disco rayado, gracias. Nunca serán suficientes.

No, no me olvido, por supuesto que vosotros, lectores que habéis llegado hasta aquí, también tenéis mi agradecimiento. Sois los que dais sentido a todo y hace que lo que empieza como una ilusión se convierta en una realidad.

Espero haberos hecho disfrutar.

ÚLTIMOS TÍTULOS PUBLICADOS EN HQN

Último destino: Placer de Megan Hart

Placer prohibido de Julia London

En mi corazón de Brenda Novak

Está sonando nuestra canción de Anna Garcia

Siempre un caballero de Delilah Marvelle

Somos tú y yo de Claudia Velasco

Noches de Manhattan de Sarah Morgan

Azul cielo de Mar Carrión

El Puerto de la Luz de Jane Kelder

Vuelves en cada canción de Anna García

Emocióname de Susan Mallery

Vacaciones al amor de Isabel Keats

No puedo evitar enamorarme de ti de Anabel Botella

Dulce como la miel de Susan Wiggs

Un lugar donde olvidarte de J. de la Rosa

Una boda en invierno de Brenda Novak

www.ingramcontent.com/pod-product-compliance
Lightning Source LLC
LaVergne TN
LVHW030338070526
838199LV00067B/6341